난무

폭풍의 화가 변시지

김미숙 각본 · 김호경 소설

난무 폭풍의 화가 변시지

인쇄 · 2018년 4월 30일
발행 · 2018년 5월 7일

지은이 · 김미숙, 김호경
펴낸이 · 한봉숙
펴낸곳 · 푸른사상사

주간 · 맹문재 | 편집 · 지순이 | 교정 · 김수란
등록 · 1999년 7월 8일 제2-2876호
주소 · 경기도 파주시 회동길 337-16 푸른사상사
대표전화 · 031) 955-9111(2) | 팩시밀리 · 031) 955-9114
이메일 · prun21c@hanmail.net
홈페이지 · http://www.prun21c.com

ISBN 979-11-308-1335-6   03810
값 15,000원

이 도서의 국립중앙도서관 출판예정도서목록(CIP)은 서지정보유통지원시스템 홈페이지(http://seoji.nl.go.kr)와 국가자료공동목록시스템(http://www.nl.go.kr/kolisnet)에서 이용하실 수 있습니다.(CIP제어번호: CIP2018012790)

난무

폭풍의 화가 변시지

푸른사상
PRUNSASANG

심장을 끌어당기는 힘

그림에 마치 자석이라도 달린 듯 황토색 그림은 내 심장을 끌어당겼다. 심장은 출렁 아픈 소리를 내며 그림 쪽으로 움직였다. 나는 휘청했고 그림에 끌려가는 내 가슴은 아렸다.

변시지 화백의 황토색 그림을 처음 보던 날의 기억을 나는 잊을 수가 없다. 나는 그림을 잘 모르는 사람이었다. 모네나 마네 같은 인상파 화가의 강렬한 그림을 보면 가끔 가슴이 두근거리기는 했어도 내 심장을 온통 끌어당기지는 못했다. 그림 앞에서 내가 휘청거리고 가슴이 찢어지는 아픔을 느낄 거라는, 그래서 그림을 떠나와서도 잊지 못해 허공 속에서 다시 그림을 떠올릴 거라고는 상상하지 못했다.

변시지 화백의 그림은 나에게 그렇게 다가왔다. 그의 아픔이 내게 왔고, 그의 예술혼이 내 영혼을 두드렸으며 그의 고독이 나를 울게 했다. 많이 울고 난 다음 제주도 곳곳을 훑으며 그의 삶의 자취를 더듬더듬 찾기 시작했다. 내가 몇 년만 더 일찍 변시지라는 화가를 알았다면 그와 마주 보고 이야기하면서 웃고 울었을 것을, 그래서 그의 삶을 온전히 내 온몸으로 받아들이고 나를 매혹시킨 그 화가의 삶을 더 잘 그려냈을 것을, 그러지 못한 것이 한스러웠다. 그래서인지 그에 관한 시나리오를 집필하기 위해 그의 삶의 흔적을 찾아가던 그해 가을, 제주도에는 유난히 비가 많이 왔다.

변시지 화백의 그림이 심장을 후벼파는 아픔을 주면서도 깊은 위로가 되는 건 그의 그림이 오롯이 우리 삶을 재현해내고 있기 때문일 것이다. 환희와 고통, 기쁨과 절망이 버무려진 인생길에서 어디 아프지 않고 삶을 살아내는 사람이 있을까. 변시지 화백은 자신이 아팠던 만큼, 자신이 고독했던 만큼 예술 속에서 행복했다고 말하고 있는 것 같았다. 그래서 그의 그림을 보는 우리도 아픔과 고독을 넘어 위로를 느끼고 행복을 꿈꾸게 되는 것이 아닐까.

우리나라 화가 중에 가장 일본을 잘 알면서도 가장 일본을 극복하기 위해 노력했던 극일주의 화가 변시지, 그래서 그는 제주화라는 독특한 화풍을 구축하기 위해 그토록 몸부림쳤는지도 모른다. 하지만 그가 극복한 것은 일본만이 아니다. 그의 아픈 다리, 잘 보이지 않는 눈, 처절하게 외로웠던 이방인의 삶을 극복했다. 아니 단순한 극복이 아니라 온통 신비로 싸여 있는 우리 삶을 꿰뚫어 보는 경지에 올라선 것이 분명하다.

변시지 화백의 삶을 뒤쫓으면서 나는 그의 목소리를 들었다.

"단순하게 살아라. 그것이 행복이다."

나는 이 책이 삶의 위로가 필요한 사람들에게 인생의 동무가 되었으면 좋겠다. 그래서 이 세상에서 어지러운 춤(亂舞)을 추더라도 절망하지 않고 주눅 들지 않고 당당히 살아갔으면 좋겠다.

변시지 화백의 삶을 따라가는 데 좋은 벗이 되어준 변정훈 이사장님, 좋은 책을 만들어주신 푸른사상사 한봉숙 사장님과 편집팀에게 감사의 말씀을 전한다.

2018년 봄 파주에서

김미숙

차례

제1부

폭풍의 바다

폭풍의 언덕에서

"폭풍!"

사내는 다짜고짜 소리쳤다.

"네?"

"폭풍도 몰르크냐? 폭풍 말이라!"

기사는 차고지로 돌아갈까 말까 망설이던 참이었다. 택시에 오른 손님을 룸미러로 흘깃 살폈다. 흰 머리가 흩날리는 60대의 사내였다. 형겊으로 만든 낡고, 커다란 검정 가방을 품에 안은 그는 문을 닫을 생각조차 하지 않고 또 한 번 다급하게 외쳤다.

"폭풍!"

"손님…… 대체 어디로 가시겠다고 허는 말이우꽈. 경허고 그 문일랑 꽉허게 닫으십서게."

시지에게는 그 요청이 들리지 않았다. 공허한 메아리처럼 '폭풍'이라 소리치고는 지팡이를 안으로 끌어들였다. 그제야 기사는 손님의 한쪽 다리가 불편하다는 사실을 발견했다. 고개를 뒤로 돌려 빤히 응시했다.

"저어기…… 어르신 마씀, 이 제주도 땅에서 '폭풍'이렌 허는 동넨 엇수다. 이렇게 바람이 많이 부는 폭풍은 있어도 예."

지팡이를 품에 안고 시지는 문을 꽝, 닫았다. 창밖의 거리에는 폭풍이 몰아치고 있었다. 바람 많은 땅 제주도에 몰아닥친 늦여름의 폭풍은 땅과 바다를 쓸어버릴 듯 거셌다. 간판들이 금방이라도 추락할 듯 흔들거렸고 작은 가로수들이 쓰러져 위험하게 나뒹굴었다. 그 위로 무수히 많은 녹색 낙엽들이 길바닥에 흩날렸다. 폭포처럼 쏟아지는 비는 금세 낙엽들을 수장시켰다. 을씨년스러운 거리에 사람은 한 명도 없었다.

"어디라도 좋으난, 바람이 팡팡, 제일 세게 부는 곳더레 가주시게."

기사는 고개를 앞으로 돌려 잠시 생각에 잠겼다. 시지가 또 소리쳤다.

"아니, 아니라! 폭풍이 제일 잘 베려지는 바다로 가자."

기사는 시동을 걸었다.

"그러다가 어르신이 바람에 날려가도 날 원망허질랑 맙서, 예?"

"원망은 무슨? 혼저 가기나 허게."

폭풍을 뚫고 택시가 거리를 질주할 때 시지의 머릿속 한 귀퉁이에서 검은 씨앗 하나가 피어올랐다. 씨앗은 점점 자라 원망이라는 나무가 되어 가슴까지 뿌리를 내렸다. 휘어진 가지들은 가슴을 쿵쿵 두드렸고, 뿌리는 무성히 자라나 시지의 몸뚱이를 완전히 휘감았다.

66년을 살아오면서 원망할 일은 무수히 많았지. 그러나 그 어떤 사람도, 그 어떤 운명의 덫도 원망하지 않았어. 먹구름이 하늘을 가린다 하여도 태양이 사라진 것은 아니지. 날카롭고, 절망적이고, 바위처럼 무거운 운명이라 하여도 하나씩 헤쳐 왔어. 이제 마지막 덫이 눈앞에 도사리고 있을 뿐이야.

기사는 라디오 볼륨을 높였다. 노래가 흘러나왔다. 창문을 꼭꼭 닫았음에도 바람소리가 강해 무슨 노래인지 알 수 없었다.

"방송국 놈덜은 천하태평이네. 폭풍이 영 팡팡 부는디, 이렇게 한가허게 노래나 틀다니 원!"

투덜거리면서도 다른 곳으로 돌리지는 않았다.

"저가 50년을 살아수다마는, 이런 바람은 처음이우다."

"난 바람이, 아니 폭풍이 몰아치는 것이 더 좋아. 왜냐면 폭풍을 맞아야 바다가 요동치곡 나무덜도 튼튼해지난 허는 말이주. 사람도 꼭마찬가지라. 시련을 많이 겪은 놈이 더 멋진 인생을 사는 거난."

기사는 히죽 웃었다. 이 날씨에 폭풍을 보러 가는 짓거리나 몰골로 판단컨대 반(半)정신병자일 것이었다. 시련을 많이 겪어야 인생이 더 멋지다는 말에도 공감할 수 없었다.

"평범허게 사는 삶이 젤 좋기는 허주 마씀. 전 안 해본 일이 없수다.

어선도 타보고, 공사장에서 십장도 해보고, 육지 나강 식당도 해보고 마씸……. 그러다가 올봄에, 그러니까 1981년 봄을 맞이난, 어떻게라 도 고향서 살아보젠 맘먹고 돌아왓수다."

"……고향, 고향이 경 좋은가?"

"그렇주 마씀. 사람덜은 젊었을 땐 기를 쓰고 고향을 떠나젠 허지 안 험니깡? 그러다가 나이 먹어지면 또시 고향더레 돌아오젠 애를 막 씁 니께. 참, 어이엇인 일 아니꽝?"

"……."

"고향이렌 허는 것이 좋은 것 같기도 허곡 원수 같은 땅이기도 헌 거 라 마씀."

시지는 묵묵히 그 말을 들었다. '그렇지' 맞장구치거나 '아니야' 반박 이 나오기를 기다렸으나 반응이 없자 기사는 입맛을 쩝쩝 다셨다. 차 안은 침묵에 잠겼다. 지직거리는 라디오 소리와 창문을 때리는 빗소리 만이 맴돌았다.

"다 왓수다."

"여기가 어디라?"

"군산오름이우다. 저쪽에 작은 오솔길 보이지 예. 그 위로 쭉 올라가 민 산 정상에 널른 마당이 나올 거우다, 그디서 보민 바당이 한눈에 들 어오주 마씀."

"난 바다를 보려고 온 건디……."

"하하. 저 꼭대기에서 보면 바다에서 바람이 미친 듯이 춤추는 모습을 보아질 거우다."

시지는 지폐를 내밀었다.

"고맙수다. 경헌디, 바람에 날려가도 난 몰릅니다 예. 절대 날 원망 허질랑 맙서, 예?"

문을 열자마자 매서운 바람이 얼굴을 때렸다. 오른손에 지팡이를 짚고 왼손에 가방을 부여안았다. 기사는 걱정스레 보다가 외쳤다.

"어르신, 그 지팡이. 참 멋지우다 예."

지팡이로 땅을 쿡, 찍었다. 몸을 가눌 수는 있었어도 발 하나 내딛을 수 없었다. 가방을 열어 비옷을 걸쳤다. 그 짧은 시간에 비는 온몸을 흠뻑 적셨다. 바람은 바위와 같았다. 뚫고 나갈 틈을 주지 않았다. 어깨를 잔뜩 움츠리고 쓰러질 듯 한 발 한 발 앞으로 나아갔다. 오솔길에 접어들자 나무들이 바람을 막아주었다. 휴— 긴 한숨을 내쉬고 오름을 올려다보았다. 100여 미터쯤 남았다. 절망감이 들었다. 그러나 불가능하지는 않을 것이었다. 가방을 어깨에 메고 지팡이로 땅을 쿡, 찍었다. 오른발을 내딛자 거센 폭풍이 불어와 몸이 휘청거렸다.

힘겹게 한 걸음 한 걸음 비탈을 올랐다. 사람은 그림자조차 보이지 않았다. 미친놈이 아니라면 이 폭풍을 뚫고 이곳에 올 리 없을 것이었다. 땀이 줄줄 흘러내려 등을 적셨다. 한나절 지난 것 같은 생각이 들 때 정상이 나타났다. 너른 풀밭이 펼쳐져 있었다. 허리 높이의 풀들이 요란한 비명을 내지르며 이리저리 비틀거렸다. 탁 트인 오름의 하늘은 검정색이었다.

시계는 오후 2시 16분을 가리키고 있었으나 폭풍은 시간을 무시했다. 낮과 밤이 뒤섞여 맹렬히 뜯어 발기고 있었다. 낮은 한 치도 물러서지 않으려 했고 밤은 낮을 집어삼키려 했다. 남쪽을 바라보았다. 낮게 엎드린 집들과 꾸불꾸불한 거리들이 거미줄처럼 퍼져나갔다. 먹구름이 몰려와 그 아름다운 풍광을 순식간에 가려버렸다.

한없이 넓은 바다는 미친 듯 넘실거렸다. 파도는 모든 것을 다 부숴버리려는 듯 흰 포말을 일으키며 모래밭을 때리고 또 때렸다. 파란 바다는 이미 검은색이었다. 그곳에서는 폭풍이 황제였다. 가슴이 벅차올랐다.

"폭풍아 오거라! 나한테 몰아닥쳐 와라! 내가 너를 기꺼이 맞아주마!"

바위 위에 앉아 가방을 열어 스케치북을 꺼냈다. 오른손에 연필을 들고 폭풍을 그리기 시작했다. 바람이 스케치북을 날려버렸다. 벌떡 일어나 절뚝절뚝 걸어 땅에 처박힌 스케치북을 들고 다시 그리기 시작했다. 흰 종이 위에 검은 선들이 그려졌다. 그것은 서너 개의 직선 혹은 곡선에 불과했다. 누군가 보았다면 "폭풍을 그린다고? 단단히 미쳤군." 하고 혀를 끌끌 찰 것이었다.

빗방울이 뿌려지기 시작했다. 폭풍이 더 거세져 가방이 나뒹굴었다. 가방을 주워 품에 안고 비탈 아래로 기다시피 내려갔다. 열 걸음 밑에 동굴 입구가 커다란 입을 쩍 벌리고 있었다. 날카로운 이가 돋아난 백상어가 사람을 잡아먹을 듯한 형상이었다. 반백 년 전 일본군이 파놓은 동굴 진지였다.

허리를 반으로 꺾어 엉금엉금 기다시피 안으로 들어서자 퀴퀴한 냄새가 코를 찔렀다. 음식물 썩는 냄새, 죽은 쥐 냄새, 배설물 냄새, 막걸리 냄새, 흙냄새에 섞여 세월의 냄새가 진하게 풍겼다. 그것은 죽음의 냄새였다. 무릎으로 기어 작은 돌멩이 위에 가까스로 앉아 가방을 열었다. 초에 불을 붙이자 이끼를 뒤집어쓴 녹색 돌들이 희미하게 드러났다. 혼비백산한 풀벌레들이 일제히 날갯짓하며 사방으로 날아올랐다.

"놀라시냐덜? 내가 잠시만 여기를 빌려 써야겠다."

스케치북을 펼쳤다. 금방 전 맞닥뜨린 폭풍은 여전히 머릿속에 간직되어 있었다. 넘실거리는 파도와 거친 바다는 오롯이 뇌리에 새겨져 있었다. 그 기억이 사라지기 전에 초원을 달리는 말처럼 빠르게 그림을 그려나갔다. 바람과 더불어 수억 년을 버티어온 제주의 아름다운 풍광이 스케치북 위에 모습을 드러냈다.

징– 징–

느닷없이 징소리가 들려왔다.

쨍강– 쨍강–

꽹과리가 소란스레 울렸다. 날카로운 외침이 터져나왔다.

"훠어이– 훠어이– 물러나라!"

징소리가 귀를 파고들었다. 시지는 몸서리를 쳤다. 붉은 옷을 휘감은 박수무당이 대뜸 호통쳤다.

"느가 너를 알아졈시냐!"

다그치는 소리에 시지는 눈을 감았다. 솜반천의 물 흐르는 소리가 아득히 들려왔다.

"나는 날 몰른다."

너는 어지러운 춤을 출 운명

    박수무당은 땀 한 방울 흘리지 않았다. 세상의 모든 귀신과 억울한 영혼들이 한꺼번에 달려들어도 물리칠 자신이 있었다. 솜반천에 차려진 굿판은 사람들로 북적였다. 수십 년, 수백 년 지켜온 소나무들에 둘러싸인 솜반천의 잔잔한 물은 평화롭기만 했다. 억년의 사연을 간직한 짙은 밤색 바위들은 종남소와 고냉이소, 나꿈소 이곳저곳에 우뚝우뚝 솟아나 있었다. 숭숭 뚫린 구멍 사이로 바람이 홀연히 빠져나갔다. 시지는 눈을 감았다. 물고기를 잡으려 바지를 걷어붙이고 오후 내내 친구들과 뛰어놀았던 다정했던 솜반천이 이제는 공포의 나락이었다.

    쿠르르릉.

    저 아래 천지연 폭포에서 쉼없이 낙하하는 물의 굉음은 사람들의 두런거림을 단숨에 집어삼켰다. 박수무당은 작두 위에서 맨발로 춤을 추었다. 햇빛에 한 번도 드러나지 않은 듯한 흰 발은 두려움을 몰랐다. 이글이글 타오르는 눈빛은 이미 사람의 것이 아니었다.

"물러나라! 훠이훠이 물러나라!"

그 외침에 일본인 서너 명이 움찔했다. 야마구치 소좌는 옆에 서 있는 감귤농장 사장 신페이를 향해 얼굴을 찌푸렸다.

"저 물러가라는 소리가 귀신을 향한 것인가? 아니면 우리에게 물러가라는 소린가?"

신페이는 굳은 표정으로 대답했다.

"귀신에게 하는 소리기는 한데…… 어찌 영, 기분이 나쁩니다."

야마구치는 허리에 찬 장도의 손잡이를 만지작거렸다. 여차하면 뽑아서 휘두를 기세였다.

"조센징들이 굿 핑계 대고 혹, 딴 수작을 부릴지도 모르오. 굿이 끝나고 나면 동태를 면밀히 감시하고, 나에게 수시로 보고하시오."

"여부가 있겠습니까. 저만 믿으세요. 그런데 저 꼬맹이를 왜 저렇게 묶어놓은 겁니까?"

야마구치는 빈정 상한 웃음을 지었다.

"내가 저 꼬마를 잘 알지. 지금 여덟 살인데, 귀신이 씌었다고 믿고 있지."

"역시 조센징은 미개하군요. 대일본제국이 통치한 지 24년이 지났는데 아직도 저런 미신을 믿다니! 쯧쯧."

"조선엔 미신, 우리 대일본제국엔 천황이 있지."

신페이는, 천황에 대한 헛된 믿음이 결국은 미신 아닌가 생각하면서도 고개를 주억거렸다.

"맞습니다."

박수무당은 또 소리쳤다.

"물러나라! 물러나라! 훠이훠이 물러나라!"

양손에 든 날카로운 단검이 허공을 갈랐다. 자칫 그 칼이 몸을 스친다면 선혈이 쏟아질 것 같았다. 한가운데 차려진 짙은 밤색의 상 위에 온갖 음식이 놓여 있었다. 누군가 투덜거렸다.

"사름 먹을 것도 엇인디 귀신 상은 다리가 부러졈구나."

"얼마나 사정이 딱헤시민 저렇게 해시코."

"맞주게. 아덜이 저치록 되엇인디 고만히 잇일 애비가 잇이카? 집을 팔앙이라도 용왕님한테 빌어사주."

"그리고 굿판이 끝나민 우리가 먹을 거난, 그자 고만히 잇이라게."

바람이 건듯 불어 형형색색의 기메들이 휘날렸다. 박수무당의 작두 춤보다 더 현란했다. 마치 신들이 강림해 한판 신명나는 춤판을 벌이는 듯싶었다. 박수무당은 목소리를 높였다.

"제주 땅 일만 팔천 신덜이시여, 영등할마님광 용왕님이시여, 들어봅써. 부디 노여움을 풀엉 저 어린 거 굽어 살펴줍써!"

시지는 알 수 없었다. 여덟 살 아이에 불과한 자신에게 왜 하늘은 노여움을 안고 있는 것일까? 나의 죄는 무엇이란 말인가? 식민지 아이가 대일본제국의 아이들에게 지지 않으려 한 것도 죄가 될 수 있을까. 결박에서 풀려나려 몸을 움직였다. 그러나 기둥에 묶여 있는 몸은 꼼짝도 할 수 없었다.

송곳 같은 눈빛을 가진 박수무당이 시지를 잡아먹을 듯 쏘아보며 작두 위에서 춤을 추었다. 그는 사람이 아니었다. 사람들의 눈에는 남자로 보이겠지만 시지의 눈에는 남반여반(男半女半)이면서 거대한 괴물이었다. 괴물은 징그러운 웃음을 흘리며, 기괴한 이를 드러내며 눈앞으로 성큼 다가왔다. 어린 가슴이 터질 것 같았다. 아무리 참으려 해도 울음이 새어나왔다. 그러나 참아야 했다. 굿판을 둘러싼 수많은 사람들 앞에 아버지와 누나가 앉아 있었다. 시지는 마음속으로 간절히 소리쳤다.

'아버지, 날 풀어줍써. 제발 마씸!'

징징─ 징이 울리고, 챙챙─ 꽹과리가 뒤를 이었다. 정윤은 아들을 안타까운 눈길로 바라보았다. 눈이 마주치자 단호히 고개를 저었다. 아들과 똑같이 마음속으로 간절히 외쳤다.

'호꼼만 춤으라. 곧 느 다리가 나을 거여.'

시지는 그 소리가 들리지 않았다. 거세게 몸부림쳤다.

'제발 날 풀어줍서게. 난 아무 죄도 엇수다.'

느닷없이 박수무당의 화통 같은 목소리가 터져 나왔다.

"귀신은 썩 물럿거라! 그 아이 몸뚱이서 나오지 못할까!"

그는 이미 혼이 나갔다. 귀신에게 호통치면서도 그 자신이 귀신인 듯 알 수 없는 말을 끊임없이 뱉어냈다. 사람들은 시지보다 더 겁에 질려 얼굴이 하얗게 변하고, 몇몇 여자들은 "어떵허코 게", "아이고, 무섭다 게" 소곤거렸다. 눈물을 흘리며 뒷걸음질치는 처녀도 있었다.

"대령허라!"

박수의 천둥 같은 고함이 굿판 가득 울려 퍼졌다. 솜반천의 물은 여전히 태평스레 흘러갔다. 고함은 사람들의 머리 위를 맴돌다가 허공으로 사라졌다. 현란한 옷을 입은 신방(神房)들이 까마귀 새끼 열두 마리를 제단 위에 올려놓았다.

까악까악―

새끼줄에 묶인 어린 까마귀의 울음이 애처롭게 울렸다. 사람들은 더욱 겁에 질렸고, 눈물 흘리던 처녀는 얼굴을 가린 채 뛰쳐나갔다. 그 순간 어미 까마귀들이 하늘을 뒤덮으며 떼로 몰려들어 울어댔다.

까악까악! 까악까악!

새끼들을 구하려는 애처로운 통곡이었다. 둥지에서 잡혀온 새끼 까마귀들은 어미를 보자 필사적으로 울어댔다. 굿판은 순식간에 까마귀 울음으로 가득 찼다. 마치 양철 지붕 위로 소나기가 쏟아지는 것 같았다. 박수무당은 노한 눈빛으로 하늘의 까마귀들을 노려보았다. 눈에 살기가 흘렀다. 그러나 새끼를 빼앗긴 어미 까마귀들의 분노가 더 거셌다. 대장 까마귀가 울어대자 한꺼번에 울음을 토해냈다.

까악까악! 까악까악!

박수무당은 이윽고 용머리가 찬란한 검을 꺼냈다. 사람들이 흠칫했다. 하늘을 향해 검을 들었다. 야마구치가 비웃음을 흘렸다.

"검이 찬란하긴 해도, 우리 대일본제국 용사의 칼보다는 힘이 없지."

"옳은 말씀입니다."

박수무당은 까마귀들의 발광을 끝내야 할 때가 왔다. 어린 까마귀들 위로 검을 힘껏 쳐들었다. 순간 시지가 발광적으로 소리쳤다.

"안 됩니다 게! 까마귀덜은 살려줍써!"

허공에서 검이 멈추었다. 모든 사람들의 입에서 탄성이 새어나왔다. 사람들의 눈에는 경탄과 두려움이 동시에 서렸다. 야마구치는 흠칫했다. 어린 녀석이 제법이라는 생각이 들어 자신도 모르게 고개를 끄덕였다. 시지는 울먹이며 외쳤다.

"무사, 무사 저 때문에 까마귀를 죽이젠 햄수광?"

정윤은 당황했다. 그 옆에서 딸 현희는 온몸을 바들바들 떨었다. 정윤은 떨고 있는 현희의 손을 꼭 잡았다. 아들의 용기가 가상하기는 해도 지금 멈추어서는 안 되었다. 그것은 아들의 앞길을 망치는 어리석음이었다.

"시지야! 눈을 감으라."

그러나 시지는 지지 않았다. 몸부림치며 더 세게 소리 질렀다.

"까마귀덜이 무슨 죄가 잇수광?"

박수는 멈추지 않았다. 흘낏 시지를 보더니 다시 검을 들어 어린 까마귀들을 겨냥했다.

"안 돼! 경허지 맙써, 제발 마씀!"

검은 더 이상 움직이지 않았다. 박수는 혼란스러웠다. 수십 년 동안 굿을 벌였지만 이처럼 저항하는 사람은 없었다. 까마귀를 죽여 자신의 병이 낫는다면 수백 마리라도 죽이기 마련인데 이 아이는 왜 하찮은 미물을 가엾이 여기는 것일까? 정윤이 벌떡 일어나 아들에게 달려갔다. 몸부림치다가 행여 기둥에서 빠져나올까 싶어서였다. 그러면 모든 것이 도로아미타불이 될 수 있었다. 박수가 호통쳤다.

"저레 비켜서! 당신이 끼어들 싸움이 아니난."

정윤은 멈칫했다. 순간 정적이 굿판에 흘렀다. 박수는 정윤과 시지를 노려보다가 온 힘을 다해 검을 내리치는 순간,

"안 돼!"

시지가 죽을힘을 다해 울부짖으며 기둥에서 빠져나왔다.

휘잉.

칼은 허공을 무섭게 가르며 어린 까마귀 위로 폭풍처럼 몰아쳤다. 어미 까마귀들이 떼거리로 박수를 향해 달려들었다. 시지는 어린 까마귀들을 향해 돌진했다. 그러나 칼이 더 빨랐다.

크악.

역겨운 비명과 함께 어미 까마귀 한 마리의 다리가 댕겅, 잘렸다. 칼 끝에 흥건한 피가 흐르고, 까마귀들의 울음은 이제 우박이 되었다. 시지가 박수의 다리를 움켜잡았다. 아랑곳하지 않고 또 한 번 칼을 휘둘렀다.

휘웅―

칼은 송곳 끝만큼 빗나갔다. 새끼 까마귀들을 묶고 있던 줄이 툭, 끊

어졌다. 까마귀들은 일제히 하늘로 날아올랐다. 사람들이 비명을 내질렀다. 정윤은 그 자리에 얼어붙었다. 쓰러진 시지의 다리에 피가 튀었다. 아무런 소리도 들리지 않았다. 완벽한 침묵이 찾아들었다. 우박처럼 울음을 쏟아냈던 까마귀들은 한 마리도 보이지 않았다. 천지연 폭포 너머로 날갯짓하며 사라져갔다. 무서운 정적이 흐르고, 사람들은 입을 벌린 채 부들부들 떨었다.

"이 어린 놈이 기어이 제주 신딜을 노하게 만들엄구나!…… 그래, 얼마꼬지 버티는지 보주!"

북과 징, 꽹과리가 일제히 울렸다. 박수는 용머리 검을 버리고 단도를 양손에 들고 춤을 추기 시작했다. 징징, 챙챙 소리가 거세질수록 춤사위가 더욱 빨라졌다. 정윤은 아들을 안았다. 눈앞에서 무언가 꿈틀거렸다. 까마귀 한 마리가 비틀거렸다. 잘린 다리에서 피가 흘렀다.

까악까악.

까마귀는 마지막 울음을 토해내고 푸드득 푸드득 힘겹게 날아올랐다. 그 안간힘을 바라보는 사람들의 눈에 애처로움이 가득했다. 신폐이가 중얼거렸다.

"바로 조선의 현실이로고. 쯧쯧."

시지는 눈을 꼭 감았다. 아버지의 품은 포근했다. 비가 내리는 날 볏단 속에 들어가 있는 아늑함이었다. 눈을 떴다. 푸른 하늘이 맑게 펼쳐져 있었다. 다리 잘린 까마귀가 솜반천의 하늘을 빙빙 맴돌았다. 갑자기 무서운 얼굴 하나가 쑤욱- 들어왔다. 분노한 박수무당이 소리쳤다.

"썩 일어나지 못허크냐! 아직 끝마치지 안허엿져!"

박수무당은 포기를 모르는 사람이었다. 제주의 수많은 귀신들을 노엽게 해서는 안 되었다. 시지의 몸이 부들부들 떨렸다. 포근함은 온데간데없고 공포와 추위, 갈증이 한꺼번에 밀려왔다. 일어나려 했지만 다리가 말을 듣지 않았다. 안간힘을 써서 일어나는 순간 앞으로 나자빠졌다. 발목에서 무언가 불쑥 튀어나왔다. 그것은 사람이었고, 까마귀였고, 뒷동산의 고목이었고, 뿔 하나가 돋아난 기괴한 동물이었다. 그 모든 것들이 합쳐져 거대한 괴물이 되었다. 괴물은 아무런 말 없이 다리 위에 척, 앉았다.

"저레 비키라!"

괴물은 귀가 없는 듯했다. 미친 듯 웃음을 터뜨렸다.

"으하하하! 으하하하!"

기겁한 시지가 움찔거리며 뒤로 주춤 물러났다.

꽈꽝!

마른하늘에 갑자기 천둥이 치며 빗방울이 후드득 떨어졌다. 사람들은 혼비백산했다. 푸른 하늘은 갈색으로 변했다. 어두워진 하늘 위로 괴물의 웃음이 퍼져 나갔다.

으하하하하! 으하하하하!

박수는 여전히 미친 듯 춤을 추었다. 빗방울은 더 굵어졌다. 시지는 엉금엉금 기어 도망갔다. 괴물은 혀를 낼름거리며 쫓아왔다. 시지는 그 괴물이 커다란 뱀으로 변해 아픈 다리를 통해 몸속으로 들어가는 것을 느꼈다. 아버지가 박수를 향해 버럭 소리쳤다.

"그만! 그만헙써!"

그 호통에 일제히 소리가 멈추었다. 현희가 달려가 부들부들 떠는 시지를 껴안았다. 박수는 정윤을 노려보았다.

"아직 끝나지 않았어! 이 솜반천에 까마귀의 피를 흘려야 허난. 저 아래 천지연 폭포로 가서 그 핏물을 흠뻑 뒤집어써야 허니깐. 그래야만."

"당장 그만둡써!"

"흐흣, 여기서 끝내면 당신 아덜은 용의 저주를 받은 삶을 살아야 헐 거라!"

정윤은 주먹을 불끈 쥐었다. 박수는 양손에 든 단도를 땅바닥에 팽개쳤다.

"아덜을 애비가 버렴구나! 폭풍 같은 인생! 그 속에서 난무를 추명 살아갈 팔자니."

"⋯⋯."

"흐흣, 이곳을 떠나가라. 그리고 다시는 돌아오지 말라."

"⋯⋯."

"만약 돌아오게 되민, 화가 난 용의 저주를 받을 게야!"

시지는 그 저주가 들리지 않았다. 이를 악물고 일어나 솜반천을 첨 벙첨벙 건너 천지연 폭포를 향해 걸었다. 오른쪽 다리를 절뚝이며 걷는 뒷모습은 처량했다. 사람들의 머리 위로 빗방울이 쏟아졌다. 아무도 돌아갈 생각을 하지 않았다. 야마구치는 담배를 꺼내 입에 물었다. 흩날리는 연기 속으로 아이가 힘들게 걸어가는 모습이 희미하게 보였다. 아이는 제자리에 우뚝 서서 하늘을 올려다보았다.

꽈꽝!

천둥이 울리고 엄청난 비가 쏟아지기 시작했다. 야마구치는 담배를 던졌다. 우산을 든 신페이가 물었다.

"조선의 굿을 본 소감이 어떠신가요?"

"⋯⋯굿은, 논할 바가 못 되오. 하지만 저 아이의 앞날은 짐작이 되오."

"무당의 말처럼 저주를 받을까요?"

"운명이란 것을 딱 잘라 말하기는 어렵지⋯⋯. 그러나 어지러운 삶을 산다 해도⋯⋯ 남들이 가지지 못한 감수성과 특별한 재능을 가지고 있어 우리 선진 일본인을 뛰어넘는 자가 될 수도 있겠지."

신페이는 의아했다.

"과연 그럴까요?"

어려운 시절

"우리 대일본제국은 곧 동아시아 전부를 통치하는 위대한 천황폐하
의 나라가 될 것이다."

야마구치는 말을 멈추고 도열한 병사들을 위엄 있게 훑어보았다. 차
렷 자세로 서 있는 병사들은 햇볕에 그을려 얼굴이 검게 탔으나 눈동
자는 이글거렸다.

"그동안 비행장을 만드느라 수고 많았다. 하지만 우리의 과업은 아
직 끝나지 않았다. 저곳에,"

지휘봉을 들어 남서쪽을 가리켰다.

"저곳에 격납고를 세 개 더 만들어야 한다. 조센징 사내 녀석들을 모
두 징발해서 작업에 투입시켜라. 중화인민군의 전투기는 무서울 것이
없으나 곧 미제 놈들이 이곳까지 당도할 것이다. 우리에게 무릎을 꿇

겠지만 준비는 철저해야 한다. 알겠나?"

"예!"

우렁찬 대답이 넓은 활주로에 울려 퍼졌다. 모슬포 바다에서 시원한 바람이 불어왔다. 야마구치는 흡족했다. 2층 관제탑 꼭대기에 히노마루노하타(日章旗)가 기세 좋게 펄럭였다. 그것은 욱일승천하는 대일본제국의 표상이었다.

"조센징을 부릴 때는 인정사정 두지 마라. 그들은 우리의 노예다. 알겠나?"

"예!"

"해산."

야마구치는 연단을 내려오며 이곳이 천혜의 요새임을 감사히 여겼다. 관제탑에 올라 바라보는 저 멀리 산방산은 한 폭의 그림이었고 바다는 언제나 아름답게 출렁였다. 봄바람이 불어오면 유채꽃이 슬며시 고개를 내밀어 언제인지 눈치채기도 전에 섬을 노랗게 물들였다. 꽃은 5월 늦게까지 제주를 수놓았고 그 노란 멋에 취해 자칫 자신이 군인임을 망각하곤 했다. 사시사철 따뜻한 모슬포 해변의 바위에 앉아 있노라면 문득 시를 짓고 싶은 욕망이 들었다. 그러다 문득 정신이 들었다.

이처럼 아름다운 섬이 조선에만 있다는 것은 신의 불공정한 처사였다. 그러나 일본인의 지혜와 위대함으로 공정한 세상을 만들었다. 그 세상을 지키기 위해 1920년의 어느 날부터 시작해 10년에 걸쳐 대정읍 알뜨르에 비행장을 만들어냈다. 야마구치는 그 업적이 자랑스러웠다. 활주로와 관제탑, 지하 비행사령부를 구축하는 노역에 모슬포 일대의 조센징을 대거 동원했다. 격납고 열일곱 개가 완성되었고 이제 세 개만 더 만들면 중화인민군과 미제국에 대항할 수 있었다.

조센징을 다스릴 때 필요한 것은 욕설과 발길질이었다. 그 두 가지면 충분했다. 그러나 몇몇 가문은 녹록치 않았다. 겉으로는 협조하는 척하면서 동족을 보살피는 불손한 행동을 은근히 자행하고 있었다. 해산물과 감귤 농사로 벌어들인 많은 돈의 용처도 불분명했다. 야마구치는 그들이 몹시 못마땅했다.

마음에 들지 않는 것은 또 있었다. 비행사령부가 지하에 있다는 점이었다. 폭격에 대비해 땅을 깊게 파고 근무실과 창고, 통신실, 무기고를 만들었다. 그곳에서는 퀴퀴한 냄새가 늘 풍겼다. 남자들만 우글거리는 곳에서 풍기는 밤꽃 냄새와 뒤섞여 간혹 구토가 올라왔다.

"3시에 변정윤 사장이 오기로 돼 있습니다."

부관의 보고에 야마구치는 이맛살을 찌푸렸다. 부관은 '또 시작이군' 하는 표정을 짓고 책상 위의 서류로 눈을 돌렸다. 지하로 내려오면 이맛살을 한 번 찌푸리고 일을 시작하는 것이 야마구치의 오래된 습관이었다.

"본토에서 온 탄약은 어찌 되었나?"

"무기고 3번열에 적재했습니다."

"기관총은?"

부관은 서류철 하나를 뽑아 빠르게 넘겼다.

"스물다섯 정이 들어왔는데 4번열에 보관했습니다."

"흐음…… 내일 시범 사격을 하도록 하지."

"넷!"

연필을 들어 책상을 두어 번 두드리다가 모자를 쓰고 밖으로 나왔다. 너른 풀밭 너머에 바다가 잔잔하게 출렁거렸다. 파란 바다의 깊은 곳에는 해산물이 무궁무진했다. 몸을 숙여 지하를 향해 소리쳤다.

"해녀들에게 더 많은 전복과 소라를 채취해 오라고 해."

"네엣, 알겠습니다아아."

메아리를 들으며 남쪽 초소로 천천히 걸어갔다. 구부러진 소나무 아래에서 한 아이가 뛰어놀고 있었다.

시지는 노란 가방에서 연필을 꺼냈다. 식민지로 전락한 척박한 섬 제주에서 가방과 연필은 귀한 물건이었다. 해마다 가을걷이가 끝나면 시지의 할아버지는 옷을 잘 차려입고 육지로 건너가 며칠씩 경성이라는 곳과 일본이라는 나라에 다녀왔다. 풀어놓은 가방 안에는 손자에게 줄 선물이 여럿 담겨 있었다.

"요건 연필이렌 허는 건디, 일본 사름덜은 이젠 먹을 갈아 씨지 안 허고 이 연필이렌 허는 걸로 글을 씬다. 신문물과 신학문을 받아들여야 우리도 잘살 수 잇인 벱이여. 그리고,"

목소리를 낮추어 손자의 귀에 소곤거렸다.

"일본을 이길 수 잇인 거여."

그러나 어린 시지는 신학문에는 관심이 없었다. 삼촌이 한문 서당을 그만두고 가장 먼저 제주의 중학교에 입학하던 날 할아버지는 기쁜 웃음을 지었으나 여섯 살 시지에게는 무의미했다. 하지만 연필은 신기한 물건이었다. 벼루에 물을 붓고 힘들게 갈아야 하는 먹과 판이하게 달랐다. 그저 종이에 그으면 선명하게 선이 그려졌다. 그날 이후 종이와 연필을 가방에 넣어가지고 다니며 그림을 그렸다. 눈에 보이는 풍경 모두가 창조의 소재였다.

새벽 굴뚝에서 피어오르는 연기, 낮게 엎드린 동네 초가집들, 파란색으로 때로는 옥색으로 넘실대는 파도, 곰보처럼 구멍이 숭숭 뚫린 바닷가의 바위들, 하늘을 쉬지 않고 나는 검은 까마귀들, 구부러진 소나무, 풀밭 위의 갈색 어미 말과 새끼 말, 거침없이 바닷속으로 들어가는 해녀들을 그리노라면 하루가 금세 저물었다.

할아버지는 아침을 먹고 나면 밥 한 숟갈을 남겨두었다가 지붕 위로 휙, 던졌다. 까마귀 수십 마리가 몰려들어 지붕 위는 전쟁터가 되었고 까악까악 소리가 우성(宇城)에 퍼져나갔다. 사람들은 시지의 집을 우성이라 불렀다. 까마귀 울음은 시지에게 수수께끼였다. 돼지의 '꿀꿀'과 달랐고, 개의 '멍멍'과도 달랐다.

"할아버지, 까마귀들은 왜 웁니까?"

"손님이 온다고 알려주는 거지."

그 말은 사실이었다. 우성에는 늘 손님들이 찾아왔다. 술 한잔하자고 찾아오는 사람, 쌀이 떨어졌다고 하소연하는 사람, 아들이 속을 썩인다고 한걱정을 늘어놓는 사람, 올해 감귤 농사가 어찌 될지 궁금해서 찾아오는 사람…… 그중에는 일본 순사와 항공단 군인들도 있었다. 집에 찾아오는 모든 사람은 돌아갈 때 늘 무언가 하나를 손에 들고 갔다.

그래서 할아버지가 저세상으로 떠났을 때 우성은 울음바다가 되었다. 이제 아버지가 아침이면 까마귀들에게 밥을 주었다. 아버지는 늘 바빴다. 농사는 일꾼들에게 맡기고 알 수 없는 일들을 하느라 대정, 모슬포, 애월, 함덕, 서귀포를 바삐 돌아다녔다. 밤늦게 육지에서 낯선 손님이 찾아와 밤새 두런두런 이야기를 나누고 새벽에 흔적도 없이 사라지곤 했다. 아버지가 바쁜 만큼 일꾼들도 바빴다. 농사 일꾼들은 논과 밭, 감귤밭에서 일하고, 마방 일꾼들은 말을 키웠다. 시지는 말과 이야기를 나누고, 먹이를 주고, 운이 좋으면 위에 올라타 알뜨르 풀밭을 신나게 돌아다녔다.

그 일이 있기 전까지 나의 유년 시절은 찬란했다. 제주도의 모든 풍광은 나를 위해 있었고, 나는 누구보다도 제주의 아름다움을 즐기는 아이였다.

까마귀 열댓 마리가 날아왔다. 오랜 친구인 듯 까마귀들은 아이의 어깨에 앉았다가, 하늘로 날아올랐다가, 풀밭으로 내려앉아 종종걸음으로 주변을 맴돌았다. 야마구치는 문득 어린 시절이 떠올랐다. 고향 하마마쓰(浜松)에도 까마귀들이 많았고 바닷가에는 이곳처럼 소나무들이 울창했다. 제주도 근무를 자원한 것은 바다와 함께 살고 싶어서였다. 아이의 천진난만을 멍하니 응시하다가 초소로 발을 옮겼다.

시지는 보따리에서 떡을 꺼내 작게 잘라 풀밭에 던졌다. 까마귀들이 파다닥 날갯짓하며 떡으로 몰려들었다. 어린 까마귀 한 마리는 서성이기만 할 뿐 한 조각도 먹지 못했다. 시지는 그 어린 까마귀 앞에 떡조각을 던졌다. 다행히 귀여운 입안으로 쏙 들어갔다.

"그래, 잘했져."

구부러진 소나무 아래에 평평한 돌 하나가 마침 놓여 있었다. 그 위에 걸터앉아 가방에서 종이 서너 장을 꺼내 연필로 그림을 그리기 시작했다. 어린 까마귀가 종종종 걸어와 빤히 바라보았다. 그 모습이 종이 위에 그대로 살아났다. 검은 날개, 검은 부리, 검은 다리, 검은 눈…… 온통 검정이었지만 표정은 풍부했다. 어떤 까마귀는 명랑했고, 어떤 까마귀는 슬펐고, 어떤 까마귀는 갈망하고 있었다. 까마귀들은 자신을 그려준 것을 고마워하는 듯 아이 주변을 맴돌았다.

까악까악.

갑자기 하늘로 일제히 날아올랐다. 낯선 사람에 대한 경계였다. 둔탁한 발걸음과 철렁이는 소리가 들려왔다. 아버지가 일본군 장교와 함께 걸어오고 있었다. 허리에 매달린 칼이 덜그럭거렸다.

"아버지!"

야마구치는 아이를 무심히 보았다. 잠시 전 떠올렸던 어린 시절의 추억은 이미 머릿속에서 지워냈다.

"아들이오?"

"네. 이제 여섯 살입니다."

시지의 손에 들린 종이를 멀거니 들여다보았다.

"너 여기서 뭘 하니?"

"까마귀덜 그렴수다."

"하하. 까마귀 따위를 그려서 뭘 하려고?"

야마구치는 눈앞에 펼쳐진 전경을 응시했다. 녹색의 송악산, 끝없이 펼쳐진 풀숲, 파란 하늘과 옥색 바다, 구부러진 백 년의 소나무들…… 이 아름다운 광경에는 아랑곳없이 오직 검은색으로 까마귀를 그리는 아이를 이해할 수 없었다. 하지만 자신이 관여할 일은 아니었다.

"그나저나 노무자 징발은 잘 돼가오?"

정윤은 머뭇거렸다.

"그게…… 방위 업무에 협조해야 하긴 하지만…… 노무비를 조금 더 올려주시는 게."

자신의 손아귀에 들어오지 않는 가문 중의 하나가 변정윤의 가문이었다. 대대로 엄청난 부를 소유한 그는 협조적이면서도 저항을 감추지 않았다. 고삐를 바짝 조여야 할 필요가 있었다.

"뭐요? 노무비를 올려달라고? 그걸 말이라 하오! 지금도 넉넉하게 주고 있는데."

"여기 모슬포 주민들뿐만 아니라 서귀포 주민들도 연일 노역에 동원돼 생업이 위태롭습니다."

"빠가야로."

야마구치는 우뚝 섰다.

"중국 놈들과 미제 놈들에게서 국토를 방위하는 일보다 더 급한 것이 무엇이란 말이오? 응?"

"하지만 일당이 너무 적어서……."

"그만! 그딴 말은 더 이상 하지 마시오. 그렇지 않으면 일당을 깎겠소!"

"……."

"올해까지, 1931년이 다 가기 전에 격납고 세 개를 더 완성해야 하오? 알겠소?"

"노무비를 올려주지 않으면…… 우리 농장에서 일할 일꾼들을 더 뽑을 것입니다."

"지금 나에게 반항하는 것이오?"

"그렇지 않습니다. 다만 농장에서 일꾼이 더 필요하다고 말했을 뿐입니다."

"어림도 없지!"

카악, 침을 뱉어내고 성큼성큼 걸어갔다. 시지는 까마귀 그림을 가방에 넣고 아버지를 쫓아 뛰어왔다. 활주로에 비행기 20여 대가 서 있고 징발된 조선인들이 무리지어 일하고 있었다. 열다섯 살을 갓 넘은 소년부터 백발의 노인까지 족히 30명이 넘었다. "나는 노무비를 받지 않을 테니 노역에서 빼주시오."라는 말은 통하지 않았다. 사내는 전부 노역에 징발되었다. 하루에 한 끼 값에도 미치지 못하는 돈을 주면서 "대일본제국은 조선인에게 후한 노임을 준다."고 떠벌려댔다. 오늘 정윤은 그 일에 대해 협상을 하러 왔다. 헌병대에서 협박하는 것쯤이야 이겨낼 수 있었다.

총을 멘 병사들이 시라소니의 눈길로 노무자들을 감시했다. 헐벗고 야윈 노무자들이 수레에 커다란 돌멩이를 실었다. 거친 손에는 모두 물집이 잡혔고 피가 엉겨붙은 걸레 조각을 팔목에 휘감은 사람도 여럿이었다.

"영감, 저 바위를 실어!"

병사의 명령에 덕칠 할아버지는 허리를 숙였다. 그러나 바위는 너무 크고 무거웠다.

등 위로 욕설이 날아왔다.

"빠가야로! 빨리 빨리 못 해!"

덕칠 할아버지는 힘들게 몸을 일으켰다. 작년만 해도 노인이라 하여 노역을 시키지 않았으나 육지로 도망가는 청년이 늘어나면서 노인들도 모두 강제로 끌려왔다. 일당을 준다고 하지만 그것은 허울에 불과했다.

"미, 미안허우다. 쪼끔만⋯⋯."

시지는 우뚝 섰다. 반가움과 애처로움이 동시에 들었다.

"덕칠 할으방!"

앞서 걷던 정윤과 야마구치가 고개를 돌렸다. 야마구치의 얼굴이 심하게 일그러졌다.

"무슨 일이야!"

병사는 우물쭈물했다. 욕설을 내뱉기는 했어도 자신의 아버지보다 더 나이 많은 노인에게 그 이상 닦달할 수는 없었다.

"저 노인네가 너무 느려서…… 일에 지장이 많습니다."

야마구치가 병사의 총을 빼앗아 개머리판으로 덕칠 할아버지의 어깨를 쿡 찍었다. 심한 타격이 아니었음에도 푹 꼬꾸라졌다. 강타를 날렸다면 죽었을지도 몰랐다. 시지의 얼굴이 하얗게 질렸다. 조선인들의 일하는 모습은 그 자체로도 충격과 안타까움이었다. 그런데 할아버지가 총으로 얻어맞다니! 여섯 살 시지는 이해할 수 없었다.

'도대체 덕칠 할아버지는 무신 죄를 지엇인고?'

정윤은 야마구치의 팔을 잡았다. 총을 병사에게 던지고 야마구치는 호통을 날렸다.

"이런 일도 제대로 못 하면서 어떻게 대일본제국 군인이라 할 수 있나! 똑바로 해!"

얼어붙은 병사가 잔뜩 긴장해서 대답했다.

"하이!"

희미하게나마 그의 가슴에서 꿈틀거리던 동정심마저 허공으로 사라졌다. 야마구치는 여보란 듯 정윤에게 말했다.

"일당을 더 주고 싶어도 이렇게 게으름을 피우는데……."

정윤은 그 자리에서 덕칠 할아버지를 도울 수 없다는 사실에 자괴감이 들었다. 마을 사람들을 조금이나마 돕기 위하여 일본군 지휘관들을 자주 찾아다니지만 한계가 있었다. 그들은 자기에게 이익이 있을 때만 마지못해 너그러움을 보였다. 노무비를 조금이나마 지급한 것도 정윤의 끈질긴 협상 덕분이었다. 하루에 여섯 시간만 일하고, 농번기에는 일하는 시간을 줄여달라고 요구해 관철시켰다. 그러나 덕칠 할아버지처럼 오직 몸뚱이 하나인 사람은 늘 멸시를 받았다. 그것은 가난한 식민지 백성의 숙명이었다. 병사가 노무자들에게 마구 소리쳤다.

"빠가야로! 뭘 보나? 빨리 일하지 않고!"

시지는 병사를 보고, 노무자들을 보고, 야마구치를 노려보았다. 그 눈빛이 칼처럼 날카로웠다. 야마구치는 흠칫했지만 여섯 살 꼬마의 눈길에 불과하다고 생각했다. '조센징은 어렸을 때부터 매로 다스려야 해. 내선일체(內鮮一體)는 명목일 뿐이지.'

사령부로 내려가는 지하 계단을 밟으며 정윤은 아들에게 일렀다.

"멀릴랑 가지 말앙. 여기, 이 근처에서 놀라 이."

병사들의 고함과 함께 노무자들이 사방으로 흩어졌다. 누구는 수레를 끌고, 누구는 통나무를 나르고, 누구는 바위를 들었다. 커다란 나무 물통에 물이 담겨 있었으나 아무도 마시지 못했다. 행여 욕설과 함께 발길질이 날아올까 봐서였다.

나는 본 것을 기억한다

가방을 메고 활주로를 내달렸다. 먼지 섞인 바람이 불어 눈물이 흘러내렸다. 다정한 동네 사람들이 일본 군인들에게 욕을 듣고, 매를 맞는 모습은 슬프기 그지없었다.

멀리 격납고가 보이는 언덕 나무 밑 그늘에 앉아 종이를 꺼내 그림을 그리기 시작했다. 슬픔을 삭일 수 있는 가장 좋은 방법이었다. 종이 위에 긴 선이 그려지고 곧 활주로가 되었다. 동그란 선이 그려지고 곧 전투기가 되었다. 바람소리, 먼 고함 소리, 까마귀 울음에 섞여 발걸음이 다가왔다. 발걸음은 시지 옆에서 멈추었다. 통나무를 어깨에 이고 가던 청년은 시지 뒤에서 무심히 그림을 바라보았다. 그 눈이 커졌다.

연필 끝에서 탄생하는 그림은 사진과 똑같았다. 청년은 그림을 보고 고개를 돌려 비행장을 보았다. 두 모습이 완전히 하나였다. 일본군 병사가 어디에 있는지 조심스레 살피고는 통나무를 내려놓았다.

"너, 그림 정말로 잘 그렴져 이."

손을 뻗어 종이를 잡으려 했다.

"······삼춘이 그 그림 한번 볼 수 잇이카?"

조선인은 맞지만 동네 사람은 아니었다. 시지는 망설였다. 어머니의 말이 떠올랐다. '아덜아, 요지금은 어려운 시절이난, 낯선 사름한테 함불로 가차이 가지 말라 이.' 어려운 시절의 의미를 알지는 못했으나 낯선 사람을 주의하라는 말은 이해할 수 있었다. 그 마음을 눈치챈 듯 청년은 일부러 함박웃음을 지었다.

"너, 날 몰르크냐?"

시지는 사내를 빤히 바라보았다. 나쁜 사람으로 보이지는 않았다. 하지만 속단할 수 없었다. 덕칠 할아버지를 개머리판으로 후려친 높은 군인도 나쁜 사람으로 보이지 않았었다. 청년은 안심하라는 듯 말했다.

"나······ 나가 덕칠 할으방네 막내아덜 아니가 게. 지난봄이 육지서 왓인디."

시지는 움찔했다. 덕칠 할아버지가 방금 전 얻어맞은 사실을 그는 모르고 있었다. 시지는 그 사실을 알려주려다 입을 다물었다. 청년은 아이의 환심을 사려고 과장되게 말했다.

"나가 느네 집, 우성 잇잖아. 거기도 자주 올라갔어······. 우리 아방 심부름허레······. 나 못 봐나시냐?"

시지는 우성이라는 말에 그제야 의심이 풀렸다.

"아, 생각남수다! 덕칠 할으방이 막 자랑허여난 그 아덜!"

"기여 맞다 게. 나가 그 잘난 아덜 박진운이라."

"아, 손재주가 좋아서 할으방이 모아둔 돈을 들러아졍 아무도 몰르게 튀었다는 둘째 아덜이꽝?"

"에이, 우리 아방도 참…… 튀긴 뭘 튀었다고…… 의젓하게, 아니, 뒤도 안 돌아봥 빨리빨리 걸어가기만 햇인디."

"할으방이 분명 튀었다고 햇인디 마씀."

진운은 뒷머리를 긁적이며 피식 웃었다. 그 선한 웃음에 안심이 들어 시지는 그림을 건넸다. 진운의 손이 떨렸다. 누런 16절지에 그려진 그림은 정밀한 설계도였다. 이 그림에 맞춰 건물을 짓는다면 완전한 비행장 하나가 건설될 것이었다.

"야…… 너, 정말, 그림은 잘 그렴져 이."

진운은 골똘히 생각에 잠겼다. 조심스레 주위를 살펴보고 목소리를 낮추었다.

"얘야, 삼춘이 부탁 이신디, 하나 들어줄 티야?"

시지는 가방을 옆구리에 끼고 팔짝팔짝 활주로를 뛰어갔다. 노무자들은 저 멀리 3번 격납고 옆에서 벽돌을 쌓고 있었다. 넓은 활주로에는 비행기만 있을 뿐 사람은 없었다. 천연덕스레 노래를 부르며 작은 초소를 지나 무기고 안으로 슬쩍 들어갔다. 총을 곁에 세워둔 초소 병사는 일지에 무언가를 기록하느라 키 작은 시지가 들어가는 모습을 보지 못했다. 회색의 블록 벽돌로 지어진 무기고에는 차가운 바람이 돌아다녔다. 호기심 가득한 눈으로 이리저리 살폈다. 어린 시지가 알 수 없는 온갖 무기들이 쌓여 있었다. 오른쪽에 지하 계단이 있고, 왼쪽에 2층으로 올라가는 계단이 있었다. 2층 작은 사무실에서 한 병사가 나왔다. 허리를 쭉 펴고 기지개를 켰다.

"꼬마야, 너 어떻게 들어왔니?"

시지는 병사를 멀뚱멀뚱 바라보았다. 병사는 하품을 하며 소리쳤다.

"여긴 들어오면 안 돼! 어서 나가!"

못 들은 척 기관총을 매만졌다.

"이거 정말 신기허우다 예!"

병사는 주먹을 들어 흔들었다.

"안 나가면 맞는다."

팔짝팔짝 뛰면서 무기고 밖으로 나갔다. 100여 미터를 달려 길게 늘어선 병사 숙소로 들어갔다. 텅 비어 있었다. 양쪽으로 마루가 있고 그 끝에 관물함이 있고, 복도에 총기보관대가 세워져 있었다. 몇몇 총은 비어 있었고 나머지는 커다란 자물쇠로 잠겨 있었다. 그 광경을 눈에 담았다. 이제 볼 곳은 다 보았다.

고개를 슬며시 밖으로 내밀었다. 활주로와 연병장에 뜨거운 햇살만 쏟아질 뿐이었다. 한달음에 달려나와 5번 격납고 옆을 지날 때 이야기 소리가 들렸다.

"꼭 그렇게 해주시기를 당부합니다."

"뭐, 여하튼 알겠소."

꼬마가 비행장 안을 돌아다니는 무방비가 야마구치는 언짢았다. 그러나 변 사장의 아들인 데다 이제 겨우 여섯 살이기에 별다른 의심은 들지 않았다. 단지 성가실 뿐이었다. 정문 보초병에게 꼬마라 해도 절대 들이지 말라고 지시해야겠다고 생각했다. 아버지는 아들을 향해 환한 웃음을 지었다.

"이젤랑 가게."

보름달이 뜨자 시지는 집을 나섰다. 동네 고샅길을 지나 개울을 지나 감귤농장을 지나 허름한 집으로 들어섰다. 마루에 진운이 서 있었다.

"밥은 먹어시냐?"

"네."

"이 방으로 들어오라."

진운은 종이 여러 장을 내밀었다. 호롱불 아래에서 시지는 슥슥 그림을 그려나갔다. 무기고 내부가 정밀하게 재현되었다. 소총과 기관단총, 수류탄, 대검, 방독면이 실제처럼 눈앞에 펼쳐졌다. 이어 병사들의 숙소가 완성되었다. 연필을 내려놓았다. 진운은 입을 떡 벌렸다가, 고개를 갸웃했다가, 눈을 반짝 빛냈다.

"그런데, 삼춘. 이 그림으로 뭐 할 거 마씸?"

"넌 몰라도 되여. 자, 가면서 이 사탕 먹으라."

막대사탕을 쪽쪽 빨면서 마루로 내려와 운동화를 신을 때 진운이 어깨를 잡았다. 뚫어질 듯 노려보며 다짐을 받았다.

"절대, 그 누구한테도 말해서는 안 되어 이! 너네 아방한테도 말허지 말라, 이?"

아버지는 괜찮다

알뜨르 비행장에 땅거미가 졌다. 진운은 운동화 끈을 꽉 조이고 토
방으로 내려섰다. 방문이 열리고 아버지가 내다보았다. 아버지는 이제
비행장 일을 하지 않아도 되었다. 정윤이 그제 야마구치를 만나 60세
이상은 노역에서 빼달라고 협상을 벌인 덕분이었다.

"이 밤이 어딜 감시니?"

"그냥 친구덜 만낭 오젠 마씀."

"밤늦게 돌아뎅기지 말앙 일찍일찍 집이 들어오라 이."

종이를 품에 안고 골목을 지나 비행장이 바라보이는 숲으로 조심스
레 들어갔다. 가장 큰 소나무 아래에 세 명의 청년이 앉아 있었다.

"아무도 안 봤지덜, 이?"

"당연허주."

진운은 주위를 살피며 종이를 꺼냈다. 멀리서 서치라이트가 숲을 스치며 지나갔다. 청년들은 일제히 엎드렸다. 빛이 사라지자 옷자락으로 손전등을 가리고 종이를 비추었다. 한 청년이 종이를 보고 소스라치게 놀랐다.

"이 사진은 어디서 구한 거?"

"사진이 아니고 그림 아니가 게."

"이거, 그림이라? 누게가 이걸 그런?"

"몰라도 된다 게. 조선 최고의 화가가 그려준 거난."

"하늘이 우릴 도왐구나."

"폭약은 어떵, 준비되엇이냐? 다 맹글어 난?"

"열다섯 개 만들언. 몰래 살짝 멩글젠허난 메칠 고생했어."

한 청년이 낡은 검정 가방을 열었다. 조잡하지만 폭약이 가득 들어 있었다.

"경헌디 이 화약 기폭제는 어디서 난 거?"

진운은 순간적으로 '정윤 어르신'이라 말할 뻔했다. 동지들을 믿어야 했지만 그것은 영원히 지켜져야 할 비밀이었다.

"그것도 역시…… 몰라도 된다 게!"

손가락으로 종이 위를 가리켰다.

"이디가 무기고고, 요디는 숙소여. 무기고 안엔 총이 70자루, 탄창 450개, 수류탄 120개가 있고, 기관단총은 5정이 잇어. 이것덜을 훔쳐 내민 일본 놈덜광 본때 좋게 전투도 벌일 수 잇일 거라."

청년들의 얼굴에 비장감이 감돌았다.

"만약이, 실패허민…… 무기고를 폭파하고…… 경허고 각자 구명도 생허기로 허게."

진운은 손을 내밀었다.

"자……! 동지덜. 조선의 독립을 위하여!"

청년들이 차례차례 그 위에 손을 얹었다.

"대한의 독립을 위하여!"

눈에 의기가 충천했다. 소쩍새가 소쩍소쩍 울었다. 그 울음이 신호인 양 비행장에 칠흑처럼 어둠이 내려앉았다. 마치 검은 담요를 펼친 것 같았다. 북에서 남으로, 동에서 서로 교차하며 비추는 서치라이트가 유일한 빛이었다. 그 불빛을 피하면서 어둠 속을 기어가듯 조용히 그리고 재빠르게 철조망으로 질주했다. 절단기로 구멍을 내고 한 명씩 잠입했다. 무기고 앞에 외등이 켜 있고 그 아래 초소에서 보초병이 이리저리 거닐고 있었다. 한 청년이 엉금엉금 건물 뒤로 돌아갔다. 보초병이 등을 보였을 때 몽둥이로 퍽, 후려쳤다. 비명도 없이 쓰러지자 질질 끌어 초소 안에 세웠다. 밖에서 보면 완벽한 보초병의 모습이었다. 허리에 걸린 열쇠를 풀어 무기고의 문을 옆으로 살짝 밀었다. 지켜보던 세 명이 우르르 몰려 들어갔다. 문을 닫고 손전등으로 안을 비추었다.

"이 무기덜이 우리 조선인덜 생명을 위협하는 것덜이주."

"빨리 푸대에 담게."

하나씩 포대를 펼쳐 닥치는 대로 총, 수류탄, 탄약을 담기 시작했다.

"이봐, 다다요시 상병!"

밖에서 인기척이 났다.

"쉿."

네 명은 일제히 멈추었다.

"다다요시 상병, 아니, 왜 이래? 이게 뭐야!"

삐이익!

요란한 호루라기가 울리고 문이 덜컹거렸다. 네 사람은 굳은 얼굴로 서로를 바라보았다.

삐이익!

"그 안에 누구냐? 당장 문 열어!"

진운은 무겁게 입을 열었다.

"무기 탈취하는 건 일단 실패여. 폭파시켜야키여. 경허고 각자가 알앙 도망치라."

포대를 내던지고 폭약을 꺼내 불을 붙였다. 호루라기는 멈추고 사이렌이 울렸다.

애애앵ㅡ

"문 열어라, 빠가야로! 너희들은 독 안에 든 쥐다. 당장 항복하라!"

네 청년은 총 한 자루씩을 들고 총알을 장전했다.

"자, 우리 운명은 여기까지라. 폭약을 던정 무기덜을 모두 파괴허여불게. 나가 문을 열민 총을 쏘멍 탈출허게. 죽는 사름은 죽을 거고, 사는 사름은 살 수 잇일 거여."

동시에 폭약을 던졌다.

꽈광! 천지가 진동하는 폭발음과 함께 붉은 화염이 터졌다. 진운은 문을 활짝 열었다.

"대한독립 만세!"

네 청년은 일제히 총을 쏘며 서치라이트가 비추는 어둠 속으로 돌진했다.

"도미는 세 마리 올려야 허여."

"톳냉국이 쪼꼼 싱거운 거 닮다 이."

"이 정도민 되엇주게."

솥에서 연기가 모락모락 피어올랐다. 돌흙집 부엌에서 애월댁은 상 두 개에 찬을 올리고, 월정댁은 밥솥 뚜껑을 열고 밥을 담기 시작했다. 밥알 하나를 입에 넣으며 넋두리하듯 중얼거렸다.

"어젯밤이 비행장이서 뭔가 폭발허엿덴 허던디."

"게메 말이라. 경헌디 순사덜이나 병정덜은 도대체 아무 말덜 안 허연게마는 쉬쉬하는 것이 쪼꼼 수상허긴 허여라."

"사름도 요랏이 죽었뎅 허연게, 무신 일인고?"

"덕칠 할으방 아덜이 없어젓뎅 허연게?"

"그 아덜은 또 돈 훔청 육지로 도망쳐실 테주."

"모슬포 김씨네 아덜도 없어젓뎅 허고, 서씨 아덜도 안 보염뎬 허던데."

"보나마나 밤새낭 술덜 쳐먹엉 자빠정 잠을 잠거나, 서울로 내빼엇

거나 경허여실 테주. 그나저나 이 동네에 젊은 남정네들이 하나썩 둘
썩 자꾸 줄어들어부난 큰일은 큰일이라."

"그게, 일본 놈덜한티 핍박당하느니 차라리 만주로 가나 일본 땅으
로 가니까 경헌 거주 게."

"일본 땅이서 멸시받으멍 사느니 이디가 낫지 안 허카?"

"그것사 생각허기 나름이고 각자 몫이 아니라? 우리사 머, 헐 말이
잇이크냐. 재기재기 상이나 차리라 게."

상이 다 차려지자 마부 박 서방이 들어와 불끈 들었다. 큰 상은 안방
으로, 작은 상은 건넌방으로 옮겼다.

"주인어른, 저녁상 차렸습니다."

시지와 현희가 상 주변에서 팔짝팔짝 뛰었다. 큰 상에는 정윤과 동
생 하윤이 앉고 작은 상에는 아내와 아이들이 앉았다. 애월댁이 들어
와 현희를 무릎에 올렸다.

"우리 아가씨, 무얼 먼저 먹으코?"

밥을 한 숟가락 들어 현희에게 먹이고, 또 한 숟가락 들어 시지에게
먹일 때 대문이 시끄러워졌다. 하윤은 숟가락을 놓았다. 씩씩거리며
야마구치가 나타났다. 그 뒤로 총을 든 병사 네댓 명이 따라 들어왔다.
정윤도 숟가락을 놓고 일어섰다. 야마구치는 다짜고짜 군홧발로 마루
에 올라섰다. 정윤은 어설픈 웃음을 지었다. 어젯밤 비행장에서 폭발
이 있었다는 사실을 동네 사람들은 죄다 알고 있었다. 그러나 태연하
게 물었다.

"야마구치상, 무슨 일이오?"

야마구치는 뱀의 눈으로 식구들을 훑었다. 눈길이 시지에게서 멈추었다. 허리에 매달린 장도의 손잡이를 만지작거렸다. 정윤을 노려보며 차갑게 말했다.

"조사할 일이 있어 잠시 가주셔야겠소."

정윤은 마음을 다잡았다. 폭발음을 들었을 때 '드디어 결행했구나' 생각했다. 그 생각만으로 사람을 잡아갈 수는 없었다. 증거는 없을 것이었다. 폭약이 필요하다고 은밀히 요청했을 때 공사용으로 들여온 물품 두 상자를 빼돌렸다. 그것을 어디에 사용할지 피차 묻지 않았고, 대답도 하지 않았다. 대한 남아로서 일본군에게 대항한 것은 장한 일이지만 목숨을 잃은 것은 슬프기 그지없었다. 야마구치가 그 내막을 알 수는 없을 것이었다.

"아닌 밤중에…… 조사할 일이라니……."

"그건, 같이 가면 알 거요."

병사들에게 소리쳤다.

"끌어내라."

병사들이 거칠게 정윤을 잡아당겼다. 하윤이 더 거칠게 뜯어말렸다.

"이게 무슨 행패야?"

야마구치가 하윤을 군홧발로 걷어찼다. 뒤로 벌렁 나자빠지면서 상이 엎어지고 식구들이 비명을 내질렀다. 밥과 국, 반찬이 사방으로 흩어졌다. 시지와 현희가 울음을 터트렸다. 아내가 아이들을 껴안았다.

병사들은 막무가내로 정윤을 끌어냈다. 하인들이 몰려들었다. 정윤이 침착하게 고함쳤다.

"전부 조용히 잇이라."

하인들이 멈칫했다. 시지는 울음을 그쳤다. 정윤은 얼굴에 묻은 음식을 털어내고 야마구치에게 점잖게 말했다.

"가기는 가겠소만…… 나는 그리 호락호락한 사람이 아니오."

뜻밖의 당당함에 당혹한 야마구치는 표정을 바꾸어 시지를 응시했다. 그 눈에서 칼이 튕겨나올 것 같았다.

"아저씨, 기억하니?"

시지는 소맷자락으로 눈물을 닦아냈다. 어제 비행장에서 만났을 때 군복 오른쪽 명찰에 실밥 두 개가 늘어져 있었는데 오늘은 없었다. 떼어냈거나 저절로 떨어졌을 것이었다. 시지는 왜 하나의 나라에서 어떤 사람은 고개를 조아리고, 어떤 사람은 행패를 부리는지 이해할 수 없었다. 이 나라의 주인이 원래 누구였는지 말해주는 사람도 없었다. 그 말을 하면 잡혀간다는 것만 알 뿐이었다. 야마구치가 시지의 머리를 쓰다듬었다.

"똑똑하다고 머리를 함부로 쓰면 여러 사람이 죽는다. 그리고…… 이렇게 식구들이 고생하는 거야. 너 때문에!"

시지는 눈을 떨구지 않았다. 눈물을 꾹 참으며 그를 노려보았다. 이 남자는 행패를 부리는 사람이었다. 이 땅의 주인이 아니면서 동네 사람들을 노예로 부리는 나쁜 사람이었다. 자신이 가장 좋아하는 아버지를 끌고 가려 하다니! 야먀구치의 손을 잡아 이빨로 힘껏 물었다.

"빠가야로!"

손을 뿌리치자 구석으로 나동그라졌다. 어머니가 비명을 지르며 껴안았다. 시지는 아픈 것을 알지 못했다. 왜 아버지가 끌려가는지도 알지 못했다.

"아방!"

"시지야, 괜찮으다. 걱정허지 말라."

골목 어둠 속에서 동네 사람들이 두리번거리며 집 안을 엿보았다. 더 행패를 부렸다가는 금방이라도 폭동을 일으킬 기세였다. 그 기세를 눌러야 했다.

"뭐야! 너희들 모두 죽고 싶나? 응?"

명확한 증거는 없을지라도 손아귀에 들어오지 못한 가문을 이제 폭발 사건을 빌미로 짓밟을 수 있었다. 야마구치는 지휘봉으로 정윤의 등을 후려쳤다.

"으악!"

"아프시오? 아프겠지……. 하지만 불귀의 객이 된 우리 병사들보다 덜 아플 게다."

정윤은 꼿꼿이 걸었다. 담 너머 대추나무에서 까마귀가 울었다.

까악까악─

야마구치는 까마귀를 향해 침을 퉷, 뱉었다.

"더러운 조센징! 불령선인은 죄다 죽여버려야 해."

제2부

잿빛 하늘의 오사카

길고 긴 바닷길

"아주 길고 고달픈 여정이 될 거라."

나무 궤짝에 옷가지를 담던 아내는 옷고름으로 눈물을 닦아냈다. 정윤은 가방 속에 서류를 챙겨 넣으며 아내를 위로했다.

"고향을 떠나는 일이 힘들기는 허여도 어쩔 수 엇인 거라. 호랑이를 잡젠허문 호랑이 굴로 가야 허는 거난. 일본을 이길 수 잇인 가장 좋은 방법은 그들의 실체를 아는 것 아닌가? 일본에서 돈을 벌엉 동포덜을 돕젠 허는 것이 내 계획이라."

"전 괜찮수다. 어딜 가서 무슨 일을 하든 견딜 수 잇수다. 단지 아이덜이 걱정입주."

"걱정허지 말아. 시지와 현희 둘 다 잘 이겨낼 거난."

정윤은 지도를 펼쳤다. 항로는 계획되어 있지만 과연 그대로 행해질

지는 예측하기 어려웠다. 눈을 감았다. 60년을 살아온 제주를 떠나야 한다는 사실에 가슴이 저려왔다.

쿨럭 쿨럭.

밭은기침이 쏟아졌다. 지하 비행사령부에서 며칠이 흐르는지도 모른 채 받은 고문은 긴 후유증을 안겨주었다. 시도때도 없이 다리가 저려오고, 기침이 쏟아지는가 하면 편두통이 몸과 마음을 괴롭혔다. 그나마 풀려난 것은 증거가 없어서였다. 박진운은 총을 쏘며 돌진하기 직전 옷을 벗어 폭탄과 함께 날려버렸다. 그 덕분에 그림도 불에 탔다. 그것은 천운이었지만 정윤은 불령선인이 되었고, 모든 사업은 벽에 막혔다. '요주의 감시자'로 등록되는 바람에 동족들을 도와줄 수 있는 방법도 없어졌다. 이제 방법은 하나밖에 남지 않았다. 일본 땅으로 넘어가는 것이었다. 호랑이 굴로 뛰어드는 아슬아슬한 모험이 성공할 수 있을지 예측하기 어려웠으나 어떻게 해서든 성공할 것이라 각오를 다졌다.

꼭 필요한 살림살이와 옷만을 챙겨 이삿짐을 꾸렸다. 큰 가방 세 개와 나무 궤짝 두 개가 전부였다. 땅도 팔고, 집도 팔고, 공장도 팔고, 농장도 팔았다. 남겨놓으면 다시 돌아올 여지가 남기 때문이었다. 가재도구와 장롱, 부엌용품은 새 곳에서 사기로 했다. 그 먼 길을 많은 이삿짐과 함께 이동할 수는 없었다. 따라오고 싶은 사람은 따라오고, 남고 싶은 사람은 남으라 했다. 말을 키우는 마방의 박 서방 가족은 따라오고, 이 서방, 최 서방 가족은 남고, 애월댁은 따라오고, 월정댁은 남

겠다고 했다. 남은 사람들에게는 후한 돈을 주었다. 월정댁은 걱정이
한가득이었다.

"어르신, 지는 어디 머물 데도 없고, 왜국으론 가긴 더더구나 싫어
마씀. 어떵 하는 게 좋으코 양?"

아내의 말에 따라 모슬포 바다 앞에 작은 집 한 채를 사주었다. 우성
을 떠나던 날 아침, 동네는 눈물바다가 되었다.

"울지덜 말라게. 곧 다시 만나질 거난."

정윤은 그 약속을 지킬 수 있을지 자신이 없었다. 트럭에 올랐을 때
지프차 한 대가 먼지를 일으키며 골목에 멈추었다. 뜻밖에 야마구치가
내렸다.

"이사 간다는 이야기는 진즉에 들었소."

정윤은 애써 웃으며 대답했다.

"제가 없더라도 우리 주민들을……."

야마구치는 훗, 비웃음을 짓고 뜬금없는 말을 던졌다.

"일본에 내 친구들이 많소."

도움이 필요할 때 연락하라는 뜻인지, 언행을 조심하라는 뜻인지 파
악하기 어려웠다. 정윤은 후자라 생각했다. 야마구치는 시지를 노려보
았다. 갑자기 미소를 지으며 정윤에게 손을 내밀었다.

"여하튼 정이 들었는데…… 서운하오. 가서, 잘 사시오."

정윤은 '잘 계시오'라고 말하려다 바꿔서 말했다.

"무운을 성취하기 바랍니다."

그렇게 말해야 서귀포 사람들이 조금이나마 편할 것이었다. 우성을 출발한 차는 점심 무렵 제주에 도착했다. 모두 열두 명이었다. 제주항에서 연락선을 타고 부산으로 향했다. 친척집에서 하루를 묵고 아침 일찍 관부연락선에 올랐다. 현해탄은 짙푸른 파도가 넘실거렸다. 문득 윤심덕의 노래 〈사의 찬미〉가 떠올랐다.

> *광막한 광야에 달리는 인생아*
> *너의 가는 곳 그 어데이냐*
> *쓸쓸한 세상 험악한 고해에*
> *너는 무엇을 찾으려 하느냐*
> *웃는 저 꽃과 우는 저 새들이*
> *그 운명이 모두 다 같구나*
> *삶에 열중한 가련한 인생아*
> *너는 칼 위에 춤추는 자로다.*

정윤은 바다를 보며 나지막이 노래를 불렀다. '칼 위에 춤추는 자로다'가 가슴에 파고들었다. 대마도를 지나 배는 빠르게 남쪽으로 향했다. 뱃전에 앉아 출렁이는 파도를 응시했다. 아들이 뛰어왔다. 파도를 따라 몸이 한쪽으로 쏠렸다.

"저런! 조심해야지."

"아방, 우리 어디로 가는 거우꽈?"

"지금 부산으로 가는 거여."

"부산은 육지에 잇인 항구지 예?"

"그래, 똑똑허구나."

"그다음에는 마씀."

"그다음에는……."

부웅―

뱃고동이 울리고 갈매기들이 꾸르룩 울어댔다. 수평선 너머로 도시가 모습을 드러냈다. 저녁 7시였다. 안내원이 배 안을 돌아다니며 종을 땡땡 쳤다.

"시모노세키(下關)에 도착합니다. 내릴 준비 하세요."

정윤은 아들의 손을 잡고, 아내는 딸의 손을 잡고 내렸다. 처음 밟아보는 이국의 땅이었다. 생의 후반을 일본에서 살게 되리라고는 꿈에도 생각해본 적이 없었다. 그런데 운명은 평탄함을 거부했다. 고달플지라도 그 운명에 따라야 했다. 짐을 찾는 데만 두 시간이 걸렸고, 입국 수속을 받는 데만 또 세 시간이 걸렸다. 일본으로 넘어오는 조선인은 많고도 많았다. 각자의 사연은 달라도 낯선 땅에서 모두 행복해지기를 정윤은 빌었다.

"아버지, 다 온 거우꽝?"

"아니여. 배를 한 번 더 타야 헌다."

"배를 또 타 마씀? 어휴, 멀미가 나는디 예."

"조금만 참으라."

승선 창구는 닫혀 있었다.

"오사카행 배는 오늘 마감되었어요. 밤기차를 타든지, 내일 아침 배를 타든지 하세요."

정윤은 난처했다. 열두 명이나 되는 식구가 나무 궤짝 두 개를 들고 기차를 탈 수는 없었다. 아내와 여자들은 피곤한 기색이 역력했다.

"오늘은 여기서 자고 내일 아침에 배를 타는 것이 좋을 거 닮은게."

"예. 조용한 디서 목욕허영 잠이나 푹 잣이민 원이 엇이쿠다."

다음 날 아침 일찍 열두 명은 시모노세키 부두로 갔다. 벌써부터 사람들로 북적였다. 떠나려는 사람과 돌아오는 사람, 보내는 사람과 마중 나온 사람, 그들을 감시하는 사람들로 발 디딜 틈이 없었다. 장사치들이 목판을 메고 사람들 사이를 헤집으며 연달아 소리를 질러댔다. 9시 15분에 여객선은 부두를 떠나 스오여울(周防灘), 이요여울(伊預灘)을 지나 하리마여울(播磨灘)을 거쳐 세 시간 만에 오사카만에 들어섰다. 완장을 찬 승무원이 통로를 거닐며 큰 소리로 외쳤다.

"곧 오사카항에 도착합니다. 내릴 준비 하세요."

현희는 동생의 손을 잡고 갑판으로 나갔다. 푸른 바다 건너편에 잿빛 풍광이 펼쳐져 있었다. 그 위의 하늘도 잿빛이었다. 가슴속으로 먹구름이 몰려왔다. 푸른 하늘과 옥색 바다만을 보며 자란 시지에게 잿빛은 낯설기만 했다.

"왜 하늘과 마을이 온통 칙칙한 색이지?"

"눈을 감아봐."

시지는 눈을 감았다.

"우리 고향 제주를 떠올려보라."

오색찬란한 풍광이 선연히 떠올랐다. 끝이 보이지 않던 알뜨르의 푸른 풀밭, 은빛으로 반짝거리던 바다, 주렁주렁 열리던 노란 감귤, 하늘을 무리지어 날아오르는 검은 까마귀들. 눈을 뜨자 그 아름다움은 단박에 사라졌다. 매캐한 냄새가 코를 간질였다.

"엣취."

현희는 살짝 미소를 짓고 동생의 손을 꽉 쥐었다.

"시지야, 그 풍경들을 잊지 안허도록 허라 이."

이도다완의 뿌리

땡땡.

두부장수의 종소리가 골목에 울려 퍼졌다. 흰 수건으로 머리를 동여 맨 사내는 작은 손수레에 두부를 가득 싣고 늘 시지의 집 앞에서 요란하게 종을 쳤다. 애월댁은 접시를 들고 나가 두부 두 개를 받았다.

"얼마우꽈?"

"2엔이우다."

어제도 묻고 그제도 물었지만 오늘 또 물었다. 묻고 대답하면서 두 사람의 눈웃음은 차츰 늘어갔다. 그 종소리를 시작으로 이쿠노쿠 거리에 아침이 밝아왔다. 두부장수가 휘파람의 여운을 남기고 사라지면 바둑판처럼 직선으로 뻗은 좁은 골목 여기저기에 사람들이 하나둘 나타났다. 도시락을 들고 출근하는 공장 노동자, 자전거에 올라 무언가를 배달하는 청년, 가게 문을 열고 야채를 진열하는 장사치, 잔소리를 퍼붓는 그의 아내, 그 등에 업혀 칭얼대는 아이…… 거리는 떠오르는 태양과 함께 활기를 띠었다.

하지메마시테, 도－오스고시데스카, 저녁에 일찍 오세요, 강옵서, 어느제 오쿠콰, 닌 하오 젠따오 닌 헌 까오싱……

시지는 창밖에서 들리는 말들이 신기했다. 그것은 말의 잔치였다.

"엄마, 여긴 말이 너무 섞어졍 잇수다. 어떤 사름은 일본말을 쓰고, 어떤 사름은 조선말을 쓰곡, 우리는 제주말을 쓰곡 마씸."

어머니는 아들에게 옷을 입히며 일러주었다.

"학교에 가민 일본말을 배우고, 집에 오민 제주말을 쓰라."

"한 가지 말만 쓰면 안 돼 마씸?"

"고향 말을 잊으민 안 되는 거난 게."

"알앗수다."

골목으로 달려나갔다.

이쿠노쿠에 푸른 풀밭이나 언덕, 논, 밭은 없었다. 다닥다닥 붙은 작은 집들과 상점, 관공서뿐이었다. 그 새로움이 한편으로는 반갑고 한편으로는 서운했다. 생선가게는 일본어 간판이었고, 한복집은 한글 간판이었다. 중국식당에는 붉은 등 아래에 한문이 큼지막하게 내걸렸다. 겉으로만 봐서는 누가 일본인이고 조선인인지 또 누가 중국인인지 알 수 없었다. 눈이 조금 더 매섭고 몸이 조금 더 왜소한 사람이 일본인일 것이라 짐작했다.

"시지야, 빨리 나오라. 학교 가야 헌다."

정윤은 가장 좋은 양복을 입고, 붉은 줄무늬 넥타이를 맸다. 어제 말끔하게 이발도 하고 구두도 깨끗이 닦아놓았다. 흰 손수건을 건네며 아내가 한걱정을 했다.

"조선에서 왔덴 얕잡아보민 어떵허코 예?"

"걱정허지 말아. 싸워서 이길 자신 잇이난."

짐짓 평온하고 강단 있는 표정으로 아내를 안심시켰으나 정윤의 가슴에도 근심이 자리잡고 있었다. 왼손에 반짝반짝 빛나는 가죽가방을 들고 오른손에 아들의 손을 잡고 집을 나섰다. 부두 노동자들이 청색 작업복을 입고 행군하듯 출근했다.

자전거가 수십 대 지나가고 자동차들도 질주했다. 오토바이도 많았다. 사람들은 의욕에 가득 찼고, 행동에 절제가 있었다. 거리에는 쓰레기 하나 보이지 않아 유리처럼 깨끗했다. 오사카와 아마가사키(尼崎市) 사이에 놓은 요도강(淀川) 위에 이미 두 개의 다리가 있음에도 항구 쪽과 내륙 쪽에 또 다리를 짓고 있었다. 오사카 아래 다카이시(高石市) 포구에는 거대한 제철소가 밤낮으로 연기를 뿜어내면서 철강을 생산해냈다. 일자리는 많았고, 노동자는 부족했다. 조선, 중국, 안남에서 건너온 노동자들이 철강과 화공제품을 무궁무진으로 산출해냈다. 그것들은 매일 트럭에 실려 전쟁터와 식민지로 향했다. 자신의 조국을 침략하고 다스리는 데 필요한 물품을 생산해내는 철저한 모순 속에서 식민지인들은 살아가고 있었다.

정윤은 한숨이 나왔다. 불과 100년 전 미개하기 짝이 없었던 왜나라가 동양의 강국으로 떠오른 사실이 놀랍고 부러우면서도 분노가 치솟았다. 위정자 한 사람의 잘못된 판단이 수천만 백성들에게 고통과 치욕을 안겨주었다. 어떻게 해서든 그 고리를 끊어야 했다.

花園尋常高等小學校

교문 앞에서 멈추었다. 옷매무새를 다듬은 뒤 교문에 성큼 발을 디뎠다.

"누구시오?"

짙은 청회색 제복을 입은 수위가 작은 창으로 얼굴을 내밀었다.

"오늘 전학 수속을 밟으러 온 학부형입니다."

수위는 아버지와 아들을 위아래로 훑어보았다. 비웃음이 슬며시 묻어났다.

"서무실과 약속이 돼 있소?"

"이시하라 교장 선생님을 11시에 만나기로 했습니다."

"그래요? 별일이네…… 여하튼 들어가 보기는 하시오."

찰칵, 창이 닫혔다. 정윤은 큼, 기침을 한 번 하고 아들에게 억지 미소를 지었다. 등을 한 번 툭 쳤다. '이깟 일은 아무것도 아니야!' 시지가 그렇다는 듯 방긋 웃었다. 두 사람은 뚜벅뚜벅 절도 있게 보도를 걸었다. 3층에 닿을 만큼 커다란 히말라야시다가 양쪽으로 줄지어 서 있었다.

"무척 아름다운 교정이구나."

그러나 시지의 머릿속에는 수위의 눈에 서렸던 불길한 비웃음이 떠나지 않았다. 하윤 삼촌이 말한 조선인학교에 가면 그러한 비웃음은 없을 것이라는 생각이 들었다.

"연락은 받았소만……."

교장은 떨떠름한 표정으로 서류를 건너다 보았다. 정윤은 침을 꿀꺽 삼켰다. 꼿꼿한 자세를 흩뜨리지 않으며 교장은 단호하게 말했다.

"입학은 어렵겠소."

"입학금과 수업료는 얼마든지 낼 수 있습니다."

이시하라는 입술을 실룩였다. 돈은 아무런 문제가 되지 않았다.

"잘못 찾아오셨소. 여긴 일본인 귀족학교요. 조선인에겐 교육을 하지 않는 학교요."

하지만 정윤은 물러날 수 없었다. 몸을 앞으로 기울였다.

"조선인을 차별대우하는 것은 잘못이지 않나요? 법에서는, 차별대우해서는 안 된다고 되어 있습니다."

이시하라는 불쾌하지만 내색하지 않았다. 며칠 전 대정화공사(大正化工社) 사장의 소개가 아니었다면 애당초 만나지도 않았을 것이었다. 그러나 조선인 치고는 태도가 너무 당당했다. 그렇게 당당했다가는 앞으로 닥쳐올 난관에 무릎꿇을 수 있음을 알려주어야 했다.

"일본과 조선이 하나가 되어도, 조선인이 일본인이 될 수는 없소."

"……그렇지요. 그러나 교육에 차별이 있어서는 안 됩니다."

"일본 사람과 조선 사람은 피가 다릅니다. 당연히 교육도 달라야 한 다는 것을 모릅니까?"

정윤은 화가 치밀어 오르는 것을 겨우 참았다. 이시하라는 입학서류 를 조롱하듯 정윤에게 밀었다.

"더 볼 것도 없소. 게다가 여기는 귀족학교요. 다른 학교를 알아보시 오."

아내는 옷고름으로 눈물을 찍어냈다.

"어젯밤 꿈이 사나왓인디 일부러 말을 안 허엿수다. 조선인학교나 다른 학교에 입학시키는 것이 더 낫지 안 허카 마씸?"

"안 되어. 교육만이 조선인이 살 길이난. 교육을 받을 거면 제대로, 철저허게 받아야 허여."

"그것사 그렇주만……."

"내가 생각이 잇이난 걱정허지 말아."

사흘 후 정윤은 양복을 입고, 가죽가방을 오른손에 들고, 왼손에 작 은 상자를 들고 집을 나섰다. 시지는 잠자코 아버지 뒤를 따랐다. 花園 尋常高等小學校. 교문 앞에서 잠시 멈추어 옷을 다듬은 뒤 안으로 들 어섰다. 수위가 창으로 얼굴을 내밀었다.

"어디 가시오?"

"이시하라 교장 선생님을 뵈러 왔습니다."

"그래요? 들어가 보기는 하시오."

전과 똑같이 희미한 비웃음이 떠올랐다. 이시하라는 불쾌한 기색을 역력히 드러냈다. 정윤은 아랑곳하지 않고 상자를 탁자에 올려놓았다. 끈을 푸는 모습을 멀거니 지켜보며 교장은 이 사내가 끈질길뿐더러 강단이 있다고 생각했다. '조선인 모두가 이와 같다면 식민국가가 안 되었을 것이련만.' 상자 속에서 나온 물건을 보고는 몸을 일으킬 뻔했다. 이도다완(井戸茶碗)이 사뿐히 모습을 나타냈다.

"이, 이것을 왜?"

"일본 사람이라면 누구든 소유하고 싶어 하지요. 교장 선생님께서도 이게 뭔지 잘 아실 것입니다."

교장은 머뭇거리다가 다시 뻣뻣하게 대답했다.

"흠. 이도다완을 모르는 일본인은 없지요. 그런데 이것이 댁의 아들 입학과 무슨 상관이 있소이까?"

정윤은 의젓한 미소를 지었다.

"이 아름다운 이도다완을 일본에서 만든 사람들이 누군지 아시지 않습니까?"

교장의 얼굴이 빨갛게 달아올랐다.

"조선인과 일본인이 피가 다르다고 하셨습니까?"

"그, 그렇소."

"교장 선생님은 임진왜란 때 조선에서 넘어온 도공의 자손이라는 사실을 이 학교 이사장님도 알고 계십니까?"

얼굴이 일그러지고 손이 부들부들 떨렸다. 이 작자가 그 사실을 어떻게 알았을까? 400년 전 경남 하동에서 끌려온 조선의 이씨가 조상이라는 사실을 철저히 숨기고 살아왔다. 그런데 그 비밀을 밝혀내다니! 정윤은 멈추지 않았다.

"교장 선생님의 가문도 결국은 현해탄을 건너와 일본 사람이 되지 않았습니까? 원래는 조선인 아닌가요?"

"……."

"내 아들 변시지가 이 일본인 귀족학교에 다니지 못할 이유가 아직도 있습니까?"

이시하라는 손수건을 꺼내 이마에 흐르는 땀을 닦아냈다.

"아, 알았소. 입학을 받아들이다. 그 대신!"

정윤은 이도다완을 교장에게 밀며 강하게 말했다.

"제가 지금까지 한 이야기는 내 아들이 학교에 입학하는 날 깨끗하고 완전하게 잊겠습니다."

어린 조센징의 시련

"이얏! 내 칼을 받아라!"

"호잇! 네가 날 이길 수 있다고 생각하냐!"

아이들은 천방지축으로 떠들어댔다. 30센티미터 대나무 자로 칼싸움을 하는 아이, 구슬치기를 하는 아이, 노래를 부르는 아이, 공책에 낙서를 하며 킬킬 웃는 아이……. 우시로 도키시(宇城時志)는 자리에 얌전히 앉아 이민족의 급우들을 바라보았다. 그들과 어울리기에는 보이지 않는 경계선이 있었다.

복도에서 종이 울렸건만 아이들은 여전히 떠들어댔다. 갑자기 탁, 소리와 함께 앞문이 열렸다. 출석부를 옆구리에 낀 사카모토가 절도 있게 들어왔다. 교실은 순식간에 깊은 정적에 싸였다. 먼지들이 조용히 가라앉았다. 학생들을 매섭게 훑어보고 사카모토는 교단에 섰다.

선생님이 아니라 육군 장교 같은 행동이었다. 시지는 야마구치 소좌가 떠올랐다.

"우시로 도키시, 아니 변시지, 일어나라!"

"네!"

벌떡 일어선 시지를 노려보고 사카모토는 근엄하게 입을 열었다.

"며칠 전 상하이에서 비극이 있었다. 다들 알고 있겠지?"

학생들이 일제히 대답했다.

"예!"

지휘봉을 들어 빈자리 하나를 가리켰다.

"상하이 홍커우공원(魯迅公園)에서 윤봉길이라는 조센징 폭도가 폭란을 일으켰다. 더러운 조센징에 의해 마모루의 아버님 시라카와 사령관님이 돌아가셨다. 조국을 위해 아버님을 잃은 마모루가 장례식 후 돌아오면 따뜻하게 위로해주도록!"

"예!"

이제 경멸스러운 표정으로 시지를 노려보았다.

"너 같은 조센징에게 교육의 기회를 준 대일본제국이 얼마나 자애로운지 알고 있나?"

"……."

지휘봉으로 책상을 꽝, 내리쳤다. 시지는 흠칫했다.

"넌! 이 학교에서 공부할 수 있다는 것 자체가 천황폐하의 큰 은혜라는 것을 늘 기억하도록! 알겠나?"

"……네."

"마지못해 대답하는구나. 너 같은 2등국민이 여기 있는 것이 누구의
은혜인가?"

"……."

시지가 머뭇거리자 다가와 뺨을 세게 후려쳤다. 쓰러질 듯 비틀거
렸다.

"누구라고? 말하라!"

기어들어가는 목소리로 대답했다.

"……천…… 황…… 폐…… 하……."

눈물 한 방울이 볼을 타고 흘러내렸다. 입술을 깨물었다. 첫 시련일
뿐이었다. 이보다 더한 시련이 곧 파도처럼 다가올 것이었다. 첫 시련
에서 눈물을 쏟으면 패배자가 될 수 있었다. 사카모토는 다그쳤다.

"변시지! 다시 한 번 외쳐라! 누구의 은혜인가?"

"천…… 황…… 폐…… 하."

입가에 경멸을 가득 담고 사카모토는 다시 교단에 올라섰다. 타국땅
에서 부상당하고 서거한 위대한 지도자들에 대한 큰 보상은 되지 못할
지라도 학생들에게 조선인의 야만성을 알려줄 수 있어 그나마 다행이
라 여겼다. 이시하라 교장은 복도 창문으로 그 광경을 지켜보았다. 자
리에 앉는 시지의 얼굴에 분노가 서렸다. 학창 생활이 평탄치 않을 것
이라 예상했지만 장애물이 생각지도 못한 곳에서 왔다는 사실이 가슴
아팠다. 하지만 자신이 관여할 일이 아니었다. 스스로 극복하거나 굴

복하거나 둘 중 하나였다. 그것이 조선인의 숙명이었다. 뒷짐을 지고
복도를 천천히 걸으며 '굴복'이 더 편하다고 생각했다.

"즐거운 점심이다!"

"넌 오늘 뭐 싸 왔니?"

"그거야 도시락을 열어봐야 알지."

아이들은 와자하게 떠들며 도시락을 열고, 반찬 뚜껑을 열고, 뒤로
돌아앉아 옹기종기 점심을 먹기 시작했다.

"큼큼, 이게 무슨 냄새지?"

"냄새? 큼큼, 그렇네. 어디서 김치 냄새가 나네."

아이들은 얼굴을 찌푸렸다. 한 아이가 젓가락을 들고 냄새의 근원을
찾아 이리저리 돌아다녔다. 시지 옆에서 멈추었다.

"어휴!"

몇몇 아이들이 따라와 시지를 둘러쌌다. 젓가락으로 김치를 가리켰다.

"너, 이 냄새를 교실에 풍기고 싶냐?"

"미개한 조센징은 음식도 미개해."

시지는 당혹했다. 학교에 입학했을 때 조센징이라 놀림받고, 엉터리
억양을 쓴다고 손가락질 받고, 중국 상하이에서 일어난 사건으로 인해
선생님에게 뺨을 맞고, 하굣길에 느닷없이 뒤통수를 얻어맞았지만 도
시락 반찬으로 시비를 걸 줄은 몰랐다. 하지만 아이들에게 피해를 주
고 싶지는 않았다. 잠자코 뚜껑을 닫았다.

"왜 닫니, 열어봐. 얼마나 추접한지 한번 보자."

한 아이가 빼앗아 열려고 했다. 시지는 벌떡 일어서 주먹을 날렸다. 타인의 행동을 막을 권리는 그 아이에게 없기 때문이었다. 갑자기 날아온 주먹에 아이는 쿵, 나자빠졌다. 일순 정적이 찾아들었다. 늘 조용하고 과묵했던 시지의 주먹은 급작스런 폭풍과 같았다. 나아가 정의로운 경고였다. '나를 부당하게 압박하면 받은 만큼 되돌려주겠다'는 경고였다. 밥알을 씹던 이케다 마사타케(池田正毅)가 피식, 웃었다. 젓가락을 내려놓고 천천히 다가왔다. 아이들이 양쪽으로 갈라섰다.

"이봐, 조센징. 네가 힘 좀 쓰나 보구나."

그는 시지보다 두 뼘이나 더 컸고, 덩치도 커서 후지산이라 불렸다. 이케다는 시지의 멱살을 잡았다. 그 손을 뿌리칠 틈도 없이 주먹이 얼굴로 날아왔다. 비틀거리다 뒤로 벌렁 넘어졌다. 쿵, 소리가 바닥을 울렸다. 방금 전 일본 아이가 쓰러질 때보다 충격이 더 컸다. 이케다는 그 위로 올라타 주먹을 연거푸 휘둘렀다.

"이 빠가야로 조센징! 너 같은 놈은 우리 학교에서 없어져야 해!"

주먹을 휘두를수록 이케다는 분노가 치솟았다. 한편으로는 쾌감도 느껴졌다.

"항복이라 말하면 용서해주지."

시지는 입을 앙 다물고 눈을 꽉 감았다. '항복'이란 대체 무엇인지 생각했다. 왜 항복을 해야 하는지 이유를 알 수 없었다. 그래서 항복이라 말할 수 없었다. 입을 더 앙 다물수록 이케다의 주먹은 거세졌다.

"이 새끼."

"그만해."

누군가 이케다의 어깨에 손을 올렸다. 주먹이 허공에서 멈추었다. 아이들은 서로의 얼굴을 민망한 듯 바라보았다. 하나둘 제자리로 돌아갔다. 시지는 눈을 떴다. 흰 천장이 빙빙 돌았다. 아득히 멀어지면서 파란 하늘로 변했다. 어린 까마귀 한 마리가 까악까악— 슬픈 울음을 토해냈다.

어머니는 눈물을 흘렸고, 아버지는 굳은 표정으로 상처만 바라보았다. 눈밑에 퍼런 멍이 두 개, 왼쪽 볼이 부어올랐고, 이빨 한 개가 깨졌다. 삼촌은 주먹을 꽉 쥐며 소리쳤다.

"내일 당장 학교로 찾아가 그 녀석한테 똑같이 해주어야쿠다. 절대 가만두지 말아야쿠다!"

아버지는 침착했다.

"꾹 참으라. 그러면 일이 더 커질 거난. 아이덜 다툼은 아이덜의 일일 뿐인 거여."

"형님, 이 얼굴을 봅써. 이게 다툼일 뿐이꽝? 폭력도 이런 폭력은 엇인 법이우다."

"느 맘은 잘 안다만, 문제를 삼으면…… 결국 시지만 정학을 당하거나 퇴학 처분을 받을 거여. 학적부에 '폭행'이렌 기록되면 어떻게 될 거고? 다른 학교로 전학 가기도 어려울 거고, 이제 자리를 잡아가는 고무공장도 어려움에 처해질 수 잇일 거여."

삼촌은 억울한 한숨을 내쉬었다.

"조선인은 언제 일본 앞에 당당하게 설 수 잇일 건고!"

첫사랑

눈 밑의 퍼런 멍을 시지는 훈장이라 여겼다. 이케다를 이긴 아이는 한 명도 없었으나 그에게 항복이라고 말하지 않은 아이는 자신이 유일했다. 그것을 내색하지는 않았다. 이유가 터무니없을지라도 일본 아이와의 싸움은 이제 막 자리를 잡아가는 아버지의 고무공장과 가족의 삶에 어려움을 줄 수 있다는 사실을 절절히 깨달았다. 어머니는 손을 꼭 잡고 일러주었다.

"시지야, 양보와 인내가 느 학교생활의 지표가 되어사 헌다."

김치 냄새를 풍기고, '느닷없이 주먹을 날릴 수 있는 조센징'이라는 소문은 착한 아이들마저 다가오기 어렵게 만들었다. 일본 친구는 없었으나 자연의 벗은 많았다. 높다란 히말라야시다가 친구였고, 정원의 들국화와 코스모스도 친구였다. 가장 친한 벗은 까마귀였다. 까마귀는 시지가 외로울 때 가냘픈 날개를 퍼덕이며 나타났다. 까악까악— 울음을 따라 시지는 복도를 걸었다. 2층으로 올라가 남쪽 끝 교실에서 멈추었다. 팻말을 올려다보았다.

美術室

문이 조금 열려 있고 기름 냄새가 풍겼다. 슬며시 고개를 안으로 넣었다. 그림들이 벽에 가득 세워져 있었다. 풍경화, 정물화, 인물화, 꽃, 산, 거리, 사람, 연필로 그린 그림, 물감으로 그린 그림, 흰 캔버스, 수북이 쌓인 스케치북들, 석고 조각상, 온갖 물감들, 물통들……. 무심히 한 그림 앞으로 다가갔다. 나무 받침 위에 세워진 풍경화는 미완성이었다. 녹색의 산 하나가 그려져 있을 뿐이었다. 그 아래에 바다를 그리면 무척 아름다울 것이라 생각했다.

연필 하나를 들어 떨리는 손으로 빈 스케치북에 슬쩍 그었다. 4B연필은 진하게 선을 만들어냈다. 그토록 진한 연필은 처음이었다. 검은 선은 곧 산이 되었고 나무가 되었고 바다가 되었다. 서귀포가 떠올랐다. 잊고 있었던 파란 바다가 가슴에서 물결쳤다. 파란 물감을 꾹, 눌렀다. 파란 바다가 쏟아지는 것 같았다. 붓에 듬뿍 묻혀 이젤에 걸쳐 있는 캔버스의 녹색 아래에 스윽 칠했다.

"아!"

탄성이 저절로 나왔다. 태어나서 처음으로 접하는 신세계였다. 이제까지는 먹물이나 연필로 그렸을 뿐이었다. 그것은 2차원의 세계였다.

그런데 물감은 3차원이었다. 귀신에 홀린 듯 빨간 물감을 캔버스에 칠하고, 녹색을 칠하고, 검은색을 칠하고, 노란색을 칠했다.

"어머! 아름답다."

깜짝 놀라 뒤를 바라보았다. 여자아이가 서 있었다. 머리를 양갈래로 땋은 소녀는 천천히 걸어와 그림 앞에 섰다. 시지는 그제야 엄청난 잘못을 저질렀다는 사실을 깨달았다. 떨리는 손으로 붓을 내려놓았다.

"이곳이 어디니?"

천상의 목소리였다.

"······천지연 폭포."

"아! 폭포 아래에서 아이들이 노는구나. 이것은 조랑말. 이것은 까마귀. 그렇지?"

고개를 끄덕였다. 가슴이 울렁거려 대답이 나오지 않았다. 소녀는 따뜻한 미소를 지으며 손으로 까마귀를 가리켰다.

"예쁘구나······. 너 혹시, 조선에서 왔니?"

또 한 번 고개를 끄덕였다. 이제 소녀는 조선말로 물었다.

"너구나, 우리 학교에 입학했다는 조선 아이가."

시지는 깜짝 놀랐다. 학교에서 조선말을 들어본 것은 처음이었다.

"어, 어떻게 조선말을?"

"여기 오기 전에 조선에서 살았었거든. 아빠 엄마랑 경성에서 살았는데 제주도에 놀러 간 적이 있었어."

"아!"

"그때 천지연 폭포……."

문이 벌컥 열렸다.

"너희들 뭐 하니?"

무서운 눈으로 미술 교사가 두 아이를 노려보았다. 시지는 본능적으로 흠칫했지만 소녀는 귀여운 미소를 지었다.

"히로시 선생님! 지나가다 호기심이 생겨 들어왔어요."

"그래?"

히로시의 눈이 풀어졌다가 둥그렇게 커졌다.

"이 그림은……."

"제가 그렸어요. 조선에서 보았던 풍경이 떠올라서."

"그으래?"

미심쩍은 듯 고개를 갸웃거렸다.

"하나코 너는 공부도 잘하고, 발레도 잘하는데…… 그림에도 소질이 있는 줄 몰랐구나."

히로시는 그림을 보며 여전히 고개를 갸웃거렸다. 시지를 향해 눈을 부릅떴다.

"넌, 여기 왜 왔어? 너…… 조센……."

후유미 하나코(冬美花子)가 시지의 팔목을 잡았다.

"우시로 군은 조선에서 살아서 제가 도와달라고 했어요."

"알았다. 그만 가봐라."

"네, 안녕히 계세요."

둘은 꾸벅 인사를 했다. 돌아서는 등에 히로시가 소리쳤다.

"조센징, 너는 미술실에 들어오면 안 된다. 알았지!"

"엄마, 내일 물감을 사 가야 허는디 예."

"물감?"

"미술시간에 써야 허니까 마씀. 스케치북하고, 붓하고…… 크레파스
도 사고."

시지는 밥상에서 물러나며 어머니에게 말했다. 그날 미술실에서 본
물감들은 한순간도 머릿속에서 떠나지 않았다. 파랑, 빨강, 녹색, 검
정, 보라, 노란색은 허공에서 현란하게 춤을 추었다. 눈을 감으면 물감
들은 아름다운 세상을 창조해냈다. 마법사가 되어 세상의 모든 것들에
색을 칠하고 싶었다. 또렷이 남아 있는 서귀포의 파란 바다와 성산 일
출봉을 그리고 싶었다. 은행나무의 잎을 보라색으로 칠하면 어떤 세상
이 될지 궁금증이 들었다. 붓 위에 올라타 바다를 건너는 꿈을 꾸었다.
바다는 꼭 파란색이어야 하는지 의문이 들었다. 만약 노란색으로 칠하
면 바다가 화를 낼 것인지 궁금해졌다. 그 궁금증과 의문을 꼭 풀고 싶
었다. 아버지는 못마땅해했다.

"그림 같은 건 배왕 뭘 한다고."

대접에 물을 따라 아들에게 건네주며 어머니가 조용히 반박했다.

"아이덜이 학교에서 꼭 숫자나 국어나 과학이나…… 그런 것들만 배
우면."

늘 수긍하던 아내의 반박에 아버지는 주춤했다. 시지는 제발 어머니가 이기기를 바랐다. 삼촌이 거들었다.

"형수님 말씀이 맞수다. 이것저것 다 배워야주 마씀 게."

"네가 뭘 안다고 허는 소리고!"

삼촌은 시지가 마신 대접 물을 받아 말끔히 비우고는 일어섰다.

"문방구가 지금 문을 열어시카? 삼촌이랑 가보게."

안경을 콧잔등에 걸친 문방구 주인은 삼촌을 잘 아는 듯했다.

"고무공장 사장 동생이지요? 내 조카 녀석이 그 공장 다닙니다."

"아, 그러시구나."

"그 녀석 좀 잘 부탁합니다. 그런데…… 물감을, 학교에서 그냥 그릴 거면 8색이어도 되고, 잘 그릴려면 12색을 사야지요."

12색 물감의 뚜껑을 여는 순간 시지는 황홀경에 빠져들었다. 가슴이 방망이질쳤다. 어머니에게 거짓말을 한 것은 미안했으나 완전한 거짓말은 아니었다. 2학기가 되면 미술시간이 있기 때문이었다. 책상 앞에 앉아 스케치북을 펼쳐 연필로 밑그림을 슥슥 그려나갔다. 크레파스 뚜껑을 열었다. 12색은 너무 많았다. 마음속에 새겨진 피사체를 그려내기에는 5색만으로도 충분했다.

떨리는 가슴을 억누르며 2층 계단을 밟았다. 남쪽 끝 미술실에는 그림이 가득했고, 북쪽 끝 교실에는 소리와 아름다움이 충만했다. '舞踊室' 팻말 앞에서 멈추었다. 까치발을 들어 창 안을 살폈다. 하얀 발레복을 입은 열댓 명의 소녀들이 연습을 하고 있었다. 시지의 눈길은 한 소녀를 찾았다. 그녀는 금색 봉을 잡고 오른발을 막 올리려던 찰나였다. 가슴이 심하게 두근거렸다. 사람이 아닌 흰 나비였다. 하늘로 올라가려는 천사가 그곳에 있었다.

"어이, 조센징, 거기서 뭐 하나?"

상상은 갑자기 산산조각났다. 계단 입구에서 이케다가 어슬렁 걸어오고 있었다. 그 뒤로 세 명의 아이들이 따라왔다. 그들은 늘 그렇게 붙어다녔다. 시지는 마음을 다잡았다.

"이건 뭐야?"

한 아이가 시지의 손에 들린 종이를 빼앗아 펼쳤다.

"조센징 주제에 그림을 그렸구나……."

다른 아이가 엉겁결에 진실을 말해버렸다.

"잘 그렸네."

이케다가 이죽거렸다.

"어디 봐."

얼굴이 일그러졌다.

"하나코 아냐?"

그림을 찢으려 했다. 시지가 손을 뻗으려는 순간 날카로운 외침이 들렸다.

"그만해!"

하나코는 매서운 눈으로 이케다의 손에서 그림을 빼앗았다. 이케다는 울상으로 변했다.

"아니…… 이 냄새나는 변태가, 니 그림을 갖고 있어서……."

"그게 뭐 어때서?"

"뭐라고?"

하나코는 이케다를 밀쳐내고 시지의 팔을 잡았다.

"내가 그려달라고 한 거야."

"니, 니가 그려달라고 했다고?"

"그래! 너희들 중에 도키시보다 더 잘 그릴 수 있는 사람 있어?"

하나코가 아이들을 차갑게 일별했다. 어떤 아이는 천장을 바라보고, 어떤 아이는 발로 바닥을 콩콩 찼다. 이케다의 얼굴이 빨개졌다. 크레파스로 그릴 수 있는 그림은 산이나 건물, 나무가 전부였다. 사람을 실제와 똑같이 그릴 수는 없었다. 그런데 이 조센징 녀석은 하나코를 분명하게 그려낸 것이었다. '그런 일이 가능할까?' 가슴이 부글부글 끓어올랐다. 하나코는 환한 웃음을 지으며 그림을 보았다.

"아, 정말 예뻐."

이케다는 슬며시 돌아서 터덜터덜 계단을 내려갔다. 아이들이 그 뒤를 따랐다. 한 아이가 주먹을 들어 시지에게 흔들었다. 하지만 두렵지 않았다. 하나코는 팔을 잡고 남쪽 끝으로 갔다.

"나, 난, 미술실에 가면 안 돼."

"괜찮아. 히로시 선생님은 안 계셔. 이 그림을 자세히 보고 싶어."

미술실에서는 여전히 알싸한 냄새가 났다.

"이게 무슨 냄새지?"

"너 몰랐구나. 유화 그림을 그릴 때 오일이라는 것이 있어야 돼. 그 냄새야."

"유화? 오일? 나는 몰랐어."

하나코는 창가의 둥근 나무 의자에 앉았다. 지상으로 내려온 천사였다.

"이리 와. 언제 그렸니?"

"어젯밤에."

"그런데 너, 아직도 눈 아래에 멍이 있구나."

손을 뻗어 멍을 쓰다듬었다. 시지의 가슴은 터질 것 같았다. 아무것도 보이지 않았다.

이케다 역시 아무것도 보이지 않았다. 아이들을 보내고 혼자 미술실로 와 발끝으로 안을 들여다보았다. 하나코의 손이 시지의 볼에 닿는 순간 분노의 숨을 꿀꺽 삼켰다.

교실로 돌아오자마자 이케다의 주먹이 날아왔다.

"너처럼 더러운 조센징이 감히 하나코를 찝적대다니!"

팔을 들어 주먹을 막았다. 맞싸우고 싶은 욕구가 간절했지만 꾹 참았다. 이케다는 발로 배를 가격했다. 으윽, 숨죽인 비명이 새어나왔다. 시지는 입을 꾹 다물었다.

"앞으로 한 번만 더 같이 있으면 그땐 죽여버릴 거야. 알았어?"

닫힌 입은 대답을 거부했다.

"대답하란 말이야! 이 냄새나는 조센징!"

마지막 씨름대회

종이 울리고 선생님이 교실을 나서자 아이들은 환호성을 울리며 도시락을 꺼냈다. 시지는 복도로 나와 운동화로 갈아 신었다. 주어진 시간은 40분이었다. 정오의 햇살은 따가웠다. 교사(校舍) 앞을 지날 때는 조심스레 걷다가 운동장 초입에서부터 냅다 뛰기 시작했다. 교문을 지나칠 때 수위가 고개를 길게 빼고 소리쳤다.

"요녀석, 또 달음박질하는구나."

차들과 자전거, 사람들로 붐비는 거리를 지나 분식집을 지나, 포목점을 지나, 시계방 앞에 도달했을 때 12시 12분이었다. 어제보다 1분이 빨랐다. 더 힘을 내어 뛰었다. 대문에 들어서는 순간 외쳤다.

"엄마, 나 왓수다."

어머니는 외출하고 애월댁이 시지를 맞았다.

"준비해놔시난 얼른 먹으라."

운동화를 벗고 마루에 올라 밥상으로 달려갔다. 물을 벌컥 마시고는 숟가락을 들어 밥을 떴다. 상 위에는 조기구이와 단무지, 김치, 나물 반찬 두 개가 있었다. 김치를 와구와구 먹었다. 시계는 12시 19분을 가리켰다. 마지막 밥을 꿀꺽 삼키고 물을 들이켰다. 운동화를 재빨리 신고 마당 우물에서 입을 헹구고는 집 밖으로 달려나갔다.

"아줌마, 학교 다녀오쿠다 예."

"응. 조심허영 뎅겨오라 이."

시지는 마구 달렸다. 시계방을 돌아 포목점을 지날 때 운동화 한 짝이 벗겨졌다. 오른손에 들고 냅다 뛰었다. 교문으로 들어서자 운동장에서 아이들이 뛰어놀고 있었다.

"휴ㅡ."

긴 한숨을 내쉬고 천천히 걸어 교실로 들어갔다. 6분 후 따르르릉 종이 울리고 오후 수업이 시작되었다. 빗방울이 떨어지는 날에도, 바람이 부는 날에도 달렸다. 운동화 끈을 꽉 조여매도 간혹 풀렸다. 한 손에 들고 그냥 달렸다. 김치 냄새 나는 조센징이라는 비아냥거림은 더이상 나오지 않았다. 시지는 그래서 좋았다.

"다음 주 수요일에 운동회가 열린다."

사카모토 선생님의 말에 아이들은 벌써 흥분하기 시작했다.

"조용! 종목은 백 미터 달리기, 이어달리기, 기마전, 공굴리기, 씨름,

줄다리기다."

"네엣!"

"기마전과 줄다리기, 공굴리기는 학급 대항이므로 전원이 참여하고…… 나머지 종목에 출전하고 싶은 학생은 반장에게 이야기하도록!"

"네에엣!"

아이들은 시끄럽게 떠들면서 반장 주위로 몰려들어 선수 명단을 짰다.

"백 미터는 다이치, 아키라, 하야토가 나가고, 씨름은 당연히 이케다, 가이토…… 음, 나머지 한 명은 누가 좋을까?"

아이들은 두리번거렸다.

"하루토가 낫지 않을까?"

"그래, 그러자. 기마전 대장도 이케다가 하고, 기수는 와타루가 해."

운동장에 만국기가 펄럭였다. 시지는 어머니의 손을 잡고 그 국기들을 응시했다. 교과서에서 배운 성조기, 삼색기, 유니온잭, 플라그 로씨이를 찾아보았다. 모르는 국기들이 더 많았다.

"엄마, 조선의 국기는 어떵 생겨수광?"

새파랗게 질린 어머니가 허리를 숙여 아들의 눈을 가만히 쳐다보았다.

"시지야, 그런 말을 허문 절대 안 된다. 무신 말인 줄 알지 이?"

그 이유는 정확히 말해주지 않았다. 시지는 왜 조선과 일본은 하나가 되었는지를 배웠으나 공감할 수 없었다. 조선인은 늘 일본인에게 고개를 숙여야 하고, 높은 자리에 오를 수 없는지도 납득되지 않았다. 그 이유를 물으면 다들 고개만 저을 뿐이었다. 옥상에 매달린 확성기가 찌찍거렸다.

"에, 곧 운동회를 시작하겠습니다. 학생들은 연병장에 도열하고, 학부모님들은 천막 아래의 관람석으로 가주시기 바랍니다."

운동회 날인데도 선생님들은 모두 군복을 입었다. 교장 선생님은 허리에 긴 칼까지 차고 연단에 올랐다. 사카모토가 맨 앞에서 구령을 붙였다.

"전체 차렷! 경례!"

아이들은 군인처럼 거수경례를 했다. 교장은 연병장에 질서 있게 도열한 학생들을 위엄 있게 둘러보고는 무겁게 입을 열었다.

"쇼와 8년인 올해 대일본제국은 중요한 기로에 서 있음을 제군들도 잘 알 것이다. 저 멀리 만주와 조선을 비롯해 유구와 대만까지 천황 폐하께 충성을 맹세했다. 올해는 사이토 마코토(齋藤實) 총리대신의 영도 아래 아시아를 넘어서는 대일본제국의 원년이 될 것이다. 미래의 주축이 될 제군들의 승전을 기대한다."

열렬한 박수가 사방에서 터져 나왔다. 천막 아래의 한 할아버지는 손수건으로 감격의 눈물을 닦아냈다.

공굴리기는 3등을 했고, 줄다리기는 예선에서 탈락했다. 후지산 별

명이 붙은 이케다가 있음에도 협동심이 부족한 결과였다. 다행히 다이치가 100미터 달리기에서 1등을 하여 사카모토의 체면을 살려주었다. 정오의 태양이 서쪽으로 달음질칠 때 확성기가 울렸다.

"오늘 마지막 순서인 씨름대회가 열립니다. 참가자들은 모래밭으로 모이시오."

시지는 가슴이 설렜다. 100미터 달리기에 나갔다면 다이치보다 더 빨랐을 것이었다. 그러나 꾹 참았다. '내가 출전하겠다'고 나선다 하여도 처음부터 선수 명단에 올려주지 않았을 것이었다. 그러나 더 이상 참으면 조선인의 참모습을 아무것도 보여줄 수 없었다. 천막 아래로 달려가 아버지에게 말했다.

"씨름대회에 나가쿠다."

아버지는 화들짝 놀랐고, 어머니의 얼굴에는 금세 그늘이 졌다. 애월댁은 먼 산을 바라보았다. 찬성하는 사람은 삼촌뿐이었다.

"씨름? 좋지. 경헌디 너 씨름을 헐 줄이나 알아지느냐?"

"그까짓거 뭐가 어려운 일이꽈. 들렁 메다꽂이민 될 거주. 아니꽝?"

"맞다!"

정윤이 조용히 나무랐다.

"넌 좀 빠지라……."

욕망이 간절한 아들에게 조용히 일렀다.

"시지야, 느가 씨름시합이 나가민 일본 아이덜이 뭐렌 헐 거니? 지면, 역시 조센징이렌 놀릴 거곡…… 이겨도 골치 아픈 일이여게……

그냥 졌다고 생각하고, 포기허라. 그것이 젤 좋은 방법이여."

운동장 한켠에서 아이들의 무리에 섞여 앉아 궁금한 표정으로 자신을 빤히 바라보는 하나코가 들어왔다. 시지는 단호히 말했다.

"난, 더 이상은 지는 척, 포기하는 척허멍 살고 싶지는 안하우다게."

정윤은 안타까움이 밀려왔다. 그러나 문제를 만들고 싶지 않았다. 수백 명의 학부모 중에 조선인은 자신의 가족뿐이었다. 눈이 마주치면 자연스레 인사를 건네지만 돌아서면 찌푸린다는 것을 잘 알고 있었다. 더구나 이곳은 귀족학교였다. 누군가를 이긴다면 그 부모가 어떤 수단을 써서라도 딴지를 걸어 아들을 괴롭힐 것이 분명했다.

"시지야! 안 된다."

확성기가 또 울렸다.

"참가자들은 앞으로!"

샅바를 맨 아이들이 씩씩하게 모래밭 주변으로 모여들었다. 심판을 맡은 사카모토가 호루라기를 불었다. 시지는 주먹을 불끈 쥐고 씨름판으로 향했다. 하나코의 얼굴에 미소가 피어올랐다. 아이들은 어리둥절했고, 사카모토는 당혹했고, 이케다는 못마땅해했다. 뜬금없이 호루라기를 한 번 더 불고 사카모토는 큰 소리로 말했다.

"에, 씨름은 개인전이다. 차례차례 상대를 꺾어 마지막 남는 학생이 우승자다. 오사카 다이키 시장님이 푸짐한 상품을 하사할 것이다."

관중석에서 박수가 터져 나왔다.

"자, 가장 먼저 출전할 선수?"

니시무라가 앞으로 나섰다. 이케다의 졸개였다. 비웃음을 짓고는 시지를 지목했다.

"한판 붙어볼까?"

시지는 무표정하게 샅바를 맸다. 가슴이 두근거렸다. 씨름을 해본 적은 한 번도 없었다. 서너 번 구경만 했을 뿐이었다. 그러나 어렵지 않으리라 생각했다. 무릎을 꿇고 두 사람은 상대의 샅바를 움켜잡았다. 호루라기 소리가 울림과 동시에 벌떡 일어섰다. 번개같이 오른쪽 다리를 집어넣어 옆으로 밀쳤다. 눈 깜빡할 사이에 니시무라는 나뒹굴었다. 사카모토는 자신의 눈을 믿을 수 없었지만 어쩔 수 없이 시지의 손을 들어주었다.

한두 번 박수가 울렸다. 그중에 하나코도 있었다. 가즈마는 버티다가 뒤로 밀려 쓰러졌고, 이부키는 무릎을 꿇으며 주저앉았다. 사카모토는 얼굴이 벌개졌고, 아버지는 어쩔 줄 몰라 했고, 어머니는 슬픈 미소를 지었다. 박수는 차츰 늘어났다. 하나코가 가장 열렬히 박수를 쳤다.

"자, 2학년 결승! 이케다 앞으로!"

샅바를 한 번 추켜올리며 이케다는 침을 퉷, 뱉었다. 어이없는 상황이 벌어지고 있었다. 여기서 끝내야 했다.

호루라기가 울리자마자 두 사람은 사자처럼, 호랑이처럼 격렬하게 맞붙었다. 사람들이 탄성을 발했다. 이케다는 시지보다 두 뼘이나 컸다. 그 몸이 산사태처럼 덮쳐왔다. 악으로 버티다가 왼발을 바깥으로 집어넣고 온 힘을 다해 넘겼다. 후지산이 무너지듯 쿵, 소리와 함께 이케다가 쓰러졌다. 정적이 찾아왔다. 박수가 터지자 사카모토는 시지의 손을 들어올렸다.

"우시로 승리!"

시지는 고개를 들어 하늘을 보고 아버지를 보고 하나코를 보았다. 그녀가 손을 흔들었다.

"에, 다음은 우시로와 하시모토의 대결이 있겠습니다."

시지는 어리둥절했다. 하시모토는 3학년 대표였다. 사람들이 술렁였다. 정윤이 모래밭으로 달려갔지만 하시모토는 이미 한가운데 우뚝 서 있었다. 그럼에도 정중하게 말했다.

"선생님, 우리 아이는 2학년인데…… 3학년과 대결하는 것은."

"아버지, 걱정허지 맙서. 진다고 허여도 나가 부끄러울 것이 없수게. 그러나 이길 자신이 잇수다. 여기서 그만두면 조선이 일본한티 지는 거 아니우꽈!"

다행히 그 말을 알아듣는 사람은 없었다. 사카모토가 정윤을 밀어냈다. 시지는 눈을 감으며 하시모토의 샅바를 잡았다. 제주의 푸른 바다가 넘실거렸다. 호루라기 소리와 동시에 힘을 주었다. 그러나 상대는 3학년이었다. 두 번 넘어질 뻔하다가 오른쪽에 힘을 주었다.

"으라랏차!"

끝이었다. 하시모토가 얼굴을 모래밭에 처박고 있었다. 우렁찬 박수가 터졌다. 입가의 모래를 털어내며 시지는 부끄러운 일은 없으리라 생각했다. 사카모토는 연단을 보았다. 귀빈석에 앉아 있는 교장이 멍한 표정을 짓고 있었다.

"다음은 야마시타 앞으로!"

관중석은 이제 조용해졌다. 변시지라는 조선인이 과연 어떤 학년의 대표까지 이길 수 있을지 궁금한 얼굴이었다. 야마시타는 이케다보다 더 컸다. 4학년으로 오사카 소학교 씨름대회에서 준우승을 차지한 경력까지 있었다.

"이봐, 조선 꼬맹이, 제법 잘하는군. 하지만 여기서 끝이야."

시지는 미소를 지었다.

"웃어? 크하핫! 매운 맛을 보여주마."

진다 해도 비웃을 사람은 없을 것이었다. 마지막이라는 각오로 야마시타의 샅바를 잡았다. 체력이 바닥나 다리가 후들거렸다. 거친 숨을 몰아쉬며 야마시타가 뒤로 밀었다. 버텼다. 공격을 하려던 찰나에 야마시타의 다리가 먼저 들어오고 시지는 순식간에 뒤로 넘겨졌다. 극한 아픔이 왼쪽 다리에 찾아왔다. 야마시타가 있는 힘을 다해 무릎으로 시지의 허벅지를 눌렀다. 그리고 옆으로 비틀었다.

"으아악!"

정윤이 뛰어들어 야마시타를 떼어놓았다. 사카모토가 소리쳤다.

"이게 무슨 짓이오? 신성한 경기장에서!"

비명을 내지르는 시지를 업고 정윤은 교문 밖으로 내달렸다. 사람들은 웅성거리고 야마시타는 음흉한 웃음을 지었다. 사카모토가 그 손을 잡아 올렸다.

"씨름대회 우승자는 야마시타!"

마지못해 박수가 나왔지만 곧 사그라들었다.

뒷모습은 강하다

"어제 왔다는 이야기는 들었소."

"……네."

"오사카에서의 고무공장도 잘 된다는 이야기도 들었소."

"……네."

야마구치는 모자를 벗어 마루 위에 놓았다. 감귤나무에 몇 개의 감귤이 노랗게 익어가고 있었다. 변정윤이 아들을 데리고 관부연락선에 탔다는 보고가 그제 들어왔었다. 서귀포에 집 한 채를 남겨놓았기에 이곳으로 올 것이라 예상했다.

"내가 온 것이 반갑지 않소?"

"아닙니다. 그간 잘 지내셨는지요."

"나야 뭐, 그런데 이렇게 갑자기 무슨 일로 왔소?"

"아들이 아파서 치료받으러 왔습니다."

"아들이? 아파? 혹 다른 목적이 있어서 온 것 아니오?"

"다른 목적이라뇨?"

"흠……."

월정댁이 감자가 담긴 그릇과 주전자를 마루에 슬며시 올려놓았다. 야마구치는 떨떠름한 눈빛을 지으며 감자 하나를 들었다.

"일본에서 돈을 번 조선인들 중에 독립자금을 대는 사람이 있다는 정보가 있소. 이곳 제주도에도 몇몇 독립꾼들이 내려왔다가 붙잡혔지."

정윤은 감자 껍질을 벗겨 입에 넣었다.

"나는 모르는 일이오."

태연하게 말했으나 가슴이 뜨끔했다. 동생 하윤이 비밀리에 만나는 몇몇 조선인들 중에 정체가 불분명한 사람들이 있었다. 짐작은 갔지만 아는 체하지 않았다. 돈을 벌어 자신과 가족만 먹고산다면 사람으로서의 도리가 아니었다. 간혹 오사카 세무서에서 나와 장부를 조사했다. 금액이 맞지 않으면 그 돈의 사용처를 집요하게 캐물었기에 장부 정리를 철저히 해야 했다. 하윤은 공장 가동보다 숫자를 맞추는 일에 더 신경을 썼다. 그렇게 모아진 자금이 어디로 가는지 정윤은 묻지 않았다.

"……아들의 다리가 매우 아파서."

"다리가 아프면 병원에 가야지. 오사카에 좋은 병원이 많을 텐데."

"이미 가볼 곳은 다 가보았소. 수술도 하고, 침도 맞고, 접골원에도

가고."

"그런데?"

"다들 어렵다고, 고개를 저었지요."

"그래서?"

"마지막 희망을 안고 제주로 왔습니다. 제주의 영험한 신들이……
보살펴주실 것입니다."

박수무당의 흙벽돌 초가집은 풍광이 일품이었다. 서귀포 앞바다가
훤히 보이는 당동산 언덕에 고즈넉이 자리잡고 있었다. 고향을 떠나
기 전 오며 가며 그와 마주치면 인사를 나누고, 명절이면 음식을 보내
주기는 했어도 이야기를 나눈 적은 한번도 없었다. 영험하다는 소문과
달리 초가집은 쇠락의 상징이었다. 몇 그루 해송이 둘러싸고 있는 것
이 그나마 다행이었다. 가지마다 기메가 달려 있고 형형색색의 천들이
바람에 미친 듯 나부꼈다. 을씨년스럽기 짝이 없었다. 네댓 집이 이웃
해서 살았으나 귀신을 부리는 자와 가까이 살고 싶지 않아 하나둘 떠
나가고 이제 홀로 신을 받들 뿐이었다.

정윤은 정낭을 지나 마당으로 들어섰다. 돌 토방에 흰 고무신 하나
만 덜렁 놓여 있고, 어느 집에나 있는 어망, 항아리, 농사 도구, 살림살
이는 전혀 없었다. 사람이 살지 않는 듯싶었다. 인기척을 내려던 순간
찢어진 창호지 문이 벌컥 열렸다. 머리를 여자처럼 기른 사내가 대뜸
소리쳤다.

"왜 이제사 완? 제주 할망 귀신을 가소롭게 여겸시냐?"

사내의 눈에서 금방이라도 칼이 날아올 듯싶었다.

"……."

"당장 이레 들어와. 이역만리서 하릴 없이 눈물만 흘리곡. 애비가 부끄럽지도 안헌가?"

엉거주춤 방으로 들어갔다. 흙벽이었다. 의아했다. 애월댁도 그렇고, 마부 박 서방도 그렇고, 감귤농장 김 사장도 약속이나 한 듯 이 사람을 손꼽았다. 그토록 영험하다면 어찌 이리 빈한하게 살까? 박수는 흐흐 웃었다.

"앉아. 귀신이 다 가져가부런. 내 것은 하나도 없으니까."

"……네."

"까마귀 새끼 열두 마리를 잡앙 나흘 뒤에 솜반천더레 와."

정윤은 어리둥절했다.

"열두 마리씩이나 마씀?"

"아들놈안티 큰 귀신이 붙엇어. 귀신을 떼내려면 열여섯 날 동안 굿을 헐 거라."

깜짝 놀라 입이 쩍 벌어졌다.

박수무당의 얼굴에서 웃음은 사라지고 눈에 핏발이 섰다.

"초감제를 허여야 허곡, 하늘궁전의 1만 8천 신덜을 굿판더레 모시는 디만 하루가 걸릴 거라. 그걸 마치문 초신맞이를 허고, 관세우도 해야 허고…… 당주삼시왕맞이를 안 헐 수 엇이난. 그렇게 열엿새나 버틸 수 잇이카?"

정윤은 고개를 저었다.

"그걸 하룻만이 끝내려면 새끼 까마귀 열두 마리가 필요허여. 귀신을 제대로 달래지 안허문 펭셍 반병신이라. 어디 그뿐이라? 천한 환젱이 귀신이 펭셍 따라다닐 거주."

정신이 바짝 들어 단호하게 말했다.

"환젱이라니 마씀? 환젱인 절대로 안 될 일이라 마씀!"

아들이 학교에서 돌아와 스케치북에 그림을 그릴 때 가장 즐거워하던 모습이 떠올랐다. 정윤은 수학이나 일본어나 과학 과목을 열심히 하기를 바랐으나 그와 반대였다. 박수의 말이 무엇을 의미하는지 깨달았다. 어떤 일이 있어도 화가를 시킬 수는 없었다.

"귀신덜이 죽자사자 달라붙엇어. 떼어내려면 고통이 막 심할 거라. 까마귀 피를 솜반천이 흥건하게 받곡, 그 핏물이 천지연 폭포로 흘르민, 그 아래 서서 핏물을 솜빡하게 뒤집아써야 허여. 다리에 핏물이 떨어지지 안하면 안 되난. 무신 말인지 알아지크라?"

"……."

"그러니, 어떤 일이 잇어도 견뎌야 허는 거라. 그렇지 안허문 저주가 내릴 거주기."

야마구치는 팔짱을 끼고 굿판을 지켜보았다. 사람들의 바람과 달리 박수무당은 귀신을 쫓아내지 못했다. 아이는 발을 절뚝이며 홀로 걸어갔다. 그 뒷모습이 안쓰러우면서도 근심 하나가 사라지지 않았다. 일본으로 건너가기 전 아이로 인해 무기고가 폭파되었다. 조선 폭도 네 명을 잡아 죽이기는 했어도 자칫 무장 폭동으로 이어질 수 있었다. 보고서를 잘 쓴 덕분에 징계를 받았을 뿐 해임되지 않은 것이 천만다행이었다. 증거가 없는 것이 한이었다. 만약 저 아이가 치료를 핑계로 제주에 머문다면 또 어떤 소동이 일어날지 알 수 없었다.

"저 애비가 다시 오사카로 돌아간다 했지?"

신페이가 고개를 끄덕였다.

"그렇지요. 여긴 이제 아무것도 없으니까요."

"흐…… 다행이군."

갑자기 비가 쏟아졌다. 그 비를 맞아 솜반천이 출렁거렸다. 그 아래의 천지연 폭포가 용틀임을 하며 거세게 떨어졌다. 굿판 구경꾼들은 흩어지고 아버지는 보이지 않는 눈물을 흘리는데 아들은 아랑곳하지 않고 제 갈길로 걸어가고 있었다. 절뚝절뚝…… 그 가냘픈 등 위로도 비가 쏟아졌다. 현희가 붙잡으려 하자 박수가 소리쳤다.

"혼자 가게 놔두라! 저주받은 운명을 혼자 받아들여야 허난!"

정윤에게 무서운 눈으로 일갈했다.

"절대 고향엘랑 돌아오지 말라! 그러면 느네 아덜은 용의 저주를 받은 삶을 살아야 될 거여. 제주의 신덜을 노하게 만든 벌을 받는 거라. 흐흣."

아이는 걷다가 멈칫했다. 무언가 발목을 붙잡는 듯했다. 야마구치의 머리 위로 우산이 펼쳐졌다. 담배를 꺼내 입에 물었다. 흩날리는 연기 속으로 아이가 힘들게 걸어가는 모습이 희미하게 보였다. 제자리에 우뚝 서서 하늘을 올려다보았다. 야마구치는 담배를 던졌다. 우산을 든 신페이가 물었다.

"조선의 굿을 본 소감이 어떠신가요?"

"……굿은, 논할 바가 못 되오. 하지만 저 아이의 앞날은 짐작이 되오."

"무당의 말처럼 저주를 받을까요?"

"운명이란 것을 딱 잘라 말하기는 어렵지……. 그러나 어지러운 삶을 산다 해도…… 남들이 가지지 못한 감수성과 특별한 재능을 가지고 있어 우리 선진 일본인을 뛰어넘는 자가 될 수도 있겠지."

신페이는 의아했다.

"과연 그럴까요?"

제3부

그림을 발견하다

만남과 이별

"당장 내다 버리라!"

분노의 호통이 쩌렁쩌렁 울렸다. 그 소리는 담을 넘어 골목까지 퍼졌다. 입술을 깨물 뿐 시지는 요동도 하지 않았다. 현희는 그런 동생을 감싸 안고, 어머니는 윗목에 앉아 남편의 손길만 지켜보았다.

그 손에서 하얀 종이들이 마당으로 사정없이 흩뿌려졌다. 종이들은 비행기에서 날리는 선전지처럼 펄럭이며 흙바닥으로 떨어졌다. 물감이 날아가고, 캔버스가 날아가 감나무에 부딪쳐 나뒹굴었다. 붓들은 소나기처럼 직선으로 떨어져 마당과 꽃밭에 처박혔다. 눈을 감았다. 까마귀 울음이 들렸다. 몸에서 무언가가 꿈틀거렸다. 손을 들어 가슴을 꾹 눌렀다. 아버지는 아들의 방에 있던 모든 미술용품을 쓰레기처럼 버렸다.

"고작 환쟁이 만들젠 일본까지 와서 고생을 헌 줄 알암시냐? 학교에 가서 공부나 허랬더니…… 뭐? 그림? 어림도 없다."

가슴을 힘껏 눌렀지만 더 요동쳤다. 참을 수 없어 눈을 떴을 때 괴이한 형체가 눈앞에 앉아 있었다. 시지는 흠칫했다. 아버지의 호통 속에서 형체는 서서히 모습을 드러냈다. 눈이 하나이고, 팔은 여러 개이고, 다리는 하나였다. 여덟 살 때 솜반천에서 다리를 붙잡고 늘어지던 그 무언가를 떠올렸다. 10년이 지난 지금 그가 모습을 드러낸 것이었다.

"이 애비는 절대로 너한테 그림 공부를 시키지 않을 거다. 앞으로 집 안에 이딴 물건은 절대 들여놓지 말라."

"……."

아버지는 어머니에게도 야단쳤다.

"아이에게 절대 돈을 주지 말아. 그림 용품을 샀다가는 다 불태워버릴 테니까."

"……네. 그래도…… 시지가 하고 싶은 일은."

"입 다물어! 절대 안 돼."

아버지는 책상 위의 서류를 들었다. 오사카미술학교 입학통지서였다. 통지서를 짝짝 찢어버렸다. 괴물이 흐흐 웃었다. 시지는 그 흉측한 입을 노려보았다. 화를 삭이지 못한 아버지는 마당으로 내려가 캔버스와 이젤을 발로 밟아 부수고는 대문 밖으로 나갔다. 괴물이 하하핫! 너털웃음을 터뜨렸다.

"넌 누구냐?"

괴물은 이제 히죽 웃었다.

"내가 누굴까? 난, 나일 수도 있고, 너일 수도 있고, 아니면 둘 다일 수도 있지. 흐흐."

시지는 말장난을 하고 싶지 않았다. 무겁게 말했다.

"……나는 너를 알고 싶지 않다. 내 눈 앞에서 사라져."

"그렇게는 안 되지. 나는 너를 만나기 위해 네 다리 속에서 10년을 버텨왔어. 이제 겨우 세상에 나왔는데, 사라지라니."

다리가 저려왔다. 어머니가 다리를 잡아 반듯하게 편 다음 주무르기 시작했다. 그 눈에서 눈물이 흘렀다. 현희도 울먹였다. 시지는 울음을 참으려 했지만 걷잡을 수 없었다. 학교에서 냄새나는 조센징이라 놀림 받을 때 한 번도 울지 않았다. 이케다에게 무차별 폭행을 당할 때도 울지 않았다. 그런데 이 난관은 이겨내기 어려울 것이라는 비감이 들었다. 자신으로 인해 사랑하는 어머니가 슬퍼한다는 사실이 더 슬펐다.

"크어엉."

갑작스레 통곡이 쏟아졌다. 어머니가 껴안았다. 다리는 더욱 저려왔다. 까마귀 울음이 들렸다. 유년 시절에 즐겁게 놀던 서귀포의 초가집 행랑채 위를 원을 그리며 돌고 있었다. 괴물이 방 안을 이리저리 거닐었다.

"흐흐, 나는 네 평생의 친구야."

눈물을 닦아냈다. 주먹을 불끈 쥐고 항변했다.

"내 친구는 네가 아냐! 내 친구는 오직 물감과 캔버스야."

괴물이 얼굴을 바짝 들이밀었다.

"정말? 하핫! 네가 사랑하는 그녀는 친구가 아닌가? 오호라, 사랑하니까 친구가 아닐 수도 있겠지. 하지만 곧 너를 떠날 거야. 넌 절름발이 조센징 환쟁이에 불과하니까."

주먹을 들어 휘둘렀다. 깜짝 놀란 어머니와 현희가 시지를 붙잡았다. 거품을 물고 쓰러졌다.

"시지야, 정신 차리라."

"빨리, 병원으로 가게. 시지야! 눈 좀 떠보라."

모델은 꽃병처럼 움직이지 않았다. 머리가 덥수룩한 모델은 낮고 둥그런 연단 위에 다비드처럼 포즈를 취했다. 시지는 4B연필로 데생을 해나갔다. 미나토는 지휘봉을 들고 뒤에서 그림을 가만히 응시했다. 햇빛이 비쳐드는 부분과 그림자가 진 부분이 정확히 묘사되었다. 흡족한 미소를 짓다가 굳은 얼굴로 변했다. 뛰어난 학생이지만 조선인이었다. 입학식 날 누나만 왔을 뿐이었다. 아버지가 번창하는 고무공장의 사장임에도 기부금을 한푼도 내지 않아 교감이 불만을 토로한 그 학생이었다. 조선의 독립단체에 은밀히 돈을 보낸다는 소문이 있었으나 경무청에서 명확한 증거를 잡지 못해 속을 끓인다는 이야기도 있었다. 저항의 표본일 수 있어 '요주의 감시 대상'으로 분류되었다는 소문도 있다.

따르릉.

종이 울림과 동시에 모델이 왼쪽 어깨에 걸친 손을 힘겹게 내렸다. 한 시간 넘게 똑같은 자세를 취해 몸이 굳은 탓이었다. 미나토는 교단 위로 올라갔다.

"오늘 수업은 여기서 마친다……. 주말이라 하여 절대 방심해서는 안 된다."

아득히 멀리에서 사이렌 소리가 울렸다. 미군 전폭기가 일본 어느 하늘을 날고 있을 것이었다. 검은 교복을 입은 학생들은 미나토를 무겁게 응시했다.

"공습에 철저히 대비하도록……. 야간에 사이렌이 울리면 곧바로 불을 끄고, 책상 아래로 숨어야 한다……. 월요일부터는 조형 수업을 시작한다. 미리 준비하도록. 알겠나?"

"네!"

선생님이 나가자 아이들은 화구를 정리하고 가방을 챙겼다. 소학교처럼 왁자지껄하지 않는 것이 마음에 들었다. 대동아전쟁에서 연전연승한다는 보도와 달리 미군 폭격기는 본토에까지 모습을 드러냈다. 아무도 말하지 않았으나 육군대본영이 무언가를 숨기고 있다는 것을 다들 알고 있었다. 학도병 징집이 곧 시작될 것이라는 소문도 돌았다. 교련 교사는 현역 육군 중좌로 교감 다음으로 직책이 높았다.

"우시로 군, 연병장으로 오너라."

교련 수업에 시지는 면제를 받았다. 도쿄 밤하늘에 공습이 쏟아졌던 다음 날 교련 교사는 시지를 호출했다. 절뚝이며 연병장으로 나갔다.

급우들이 교련복을 입고 4열종대로 집합해 있었다. 교련 교사는 근엄하게 물었다.

"대동아전쟁에서 누가 승리하기를 바라나?"

현기증이 일었다. 소학교 1학년 때 사카모토가 떠올랐다. 그의 거센 손이 뺨을 후려쳤던 아픔도 떠올랐다. 시지는 입술을 깨물었다. '연합군입니다'라고 소리치고 싶었다. 그것은 조선의 독립을 의미했지만 퇴학 처분이 내려질 것이었고, 가족은 전 재산을 몰수당한 채 수용소로 끌려갈 수 있었다. 헌병대는 적색분자와 매국분자를 색출하려 날뛰는 중이었다. 교사는 맨 앞 학생의 목총을 들어 시지의 가슴을 쿡, 찍었다.

"대답하라."

"……대일본제국입니다."

교사는 시지를 노려보았다.

"진심인가?"

"네."

"좋다! 너는 교련 수업을 면제받는 대신, 급우들의 총을 전부 깨끗이 닦도록 하라."

"네!"

홀로 연병장에서 서서 급우들의 교련 수업이 끝나기를 기다렸다. 다리가 아파도, 태양이 뜨겁게 내리쬐어도 차렷 자세를 유지해야 했다. 땡땡땡 종이 울리면 아이들은 총을 시지 앞에 쌓아두고 교실로 몰려

들어갔다. 38정의 목총을 다 닦으면서 눈물을 삼켰다. 눈물이 깊어질수록 조선의 독립이 다가오리라 믿었다.

사이렌 소리가 멈추었다. 급우들이 차례차례 실습실을 빠져나갈 때까지 시지는 의자에서 일어서지 않았다.

"토요일인데 왜 집에 안 가?"

이즈키가 화구통을 들고 빤히 바라보았다.

"난, 조금 더…… 마무리를 하고."

대답하며 시계를 보았다. 12시 10분이었다.

"넌 항상 열심이구나. 내가 너만큼의 실력이 있다면 펑펑 놀다가 시험 때만 슥슥 그릴 텐데. 그래도 항상 '수'를 맞으니."

시지는 빙긋 웃었다.

"너도 굉장히 잘 그려."

"그런데…… 진즉에 묻고 싶었는데…… 왜 그렇게 열심히 그림을 그리지?"

"그거야 당연히 미술학교 학생이니까."

"아니. 그것 말고 다른 이유가 있을 텐데?"

시지는 그림으로 눈을 돌렸다. 연필로 칠해진 검고 어설픈 다비드가 있었다. 선생님들이 '수'를 주는 것에 공감할 수 없었다. 아직 배움에 굶주린 학생일 뿐이었다. 더구나 예술에 '수'라는 것은 존재할 수 없었다. 나직이 중얼거렸다.

내 그림 때문에 고초를 겪으신 아버지를 생각하면 미안한 마음이 들었다. 그러나 난 그림을 포기할 수 없었다. 나에 대한 희망을 내 그림에서 찾으시기를 바랄 수밖에 없었다. 그래서 나는 온 열정을 쏟아부었다.

이즈키가 고개를 갸웃했다.

"방금 무어라고 했니?"

"아, 아냐. 그냥……."

다리가 저려왔다. 발의 고통은 특별한 상황과 관계없었다. 아침에 일어나면, 화장실에서 소변을 볼 때, 길을 걸을 때, 밥을 먹을 때 갑작스레 찾아왔다. 시간도 무시했다. 어떤 때는 새벽에 어떤 때는 태양이 한가운데 있을 때 그리고 지금! 시지는 벌떡 일어섰다. 박수무당의 경고를 무시한 벌은 어쩌면 평생 따라다닐 것이었다. 그러나 후회하지 않았다. 깊은 밤, 통증으로 잠에서 깨어날 때 '그때 까마귀들을 죽게 내버려두었으면 어땠을까' 궁금증이 들었다. 그러나 자신으로 인해 어린 까마귀들을 저승으로 보낼 수는 없었다.

"그만 집에 가야겠어."

멍한 표정을 짓는 이즈키를 남겨두고 화구통을 챙겨 밖으로 나왔다. 반듯하게 걸으려 의식할수록 절뚝거림이 심해졌다. 다리가 아프다는 사실을 잊어야 아픔이 사라졌다. 그것은 철저한 모순이었다. 하늘을 올려다보았다.

'왜, 왜…… 대체 왜 나에게 이런 다리를 주셨습니까!'

운동장 끝의 철봉으로 갔다. 힘차게 턱걸이를 시작했다.

하나, 둘, 셋…… 열다섯.

아픔이 사라졌다. 스무 개를 채웠다. 하루도 거르지 않고 턱걸이를 한 덕분에 학년에서 턱걸이를 제일 잘하는 학생으로 꼽혔다. 매일 교문을 들어서면 철봉으로 향하는 그에게 어느 날 사회과 선생님이 물었다.

"미술과 학생이 왜 이리 턱걸이를 열심히 하나?"

"그림을 잘 그리기 위해서입니다."

"이해하기 어렵군."

그러나 미나토 선생님은 그 말을 이해했다. '팔의 힘은 그림의 힘'이 된다는 것을 조선인 변시지는 터득하고 있었다. 그가 터득한 것은 그것뿐만이 아니었다. 색의 창출에 놀라운 재능을 지니고 있었다. 규격화된 다섯 가지 색을 혼합해 100개가 넘는 색을 만들어낼 수 있는 학생도 조선인 변시지가 유일했다. 그는 크롬옐로(Chrome Yellow)와 스칼렛레이크(Scarlet Lake)를 섞으면 어떤 색이 되는지 머릿속에서 알고 있었다. 프렌치울트라마린(French Ultramarine)은 낭만적인 파란색이고, 코발트블루(Cobalt Blue)는 저녁 무렵의 바다색이라는 것도 알고 있었다. 미나토는 그 지식이 천재성에 바탕을 둔 끊임없는 노력임을 알고 있었다. 그 천재성과 노력이 세상에 드러날 날이 미나토는 두려웠다. 그러나 그는 식민지 조선인이었고, 불구자였다. 그것이 미나토를 안심하게 만들어주었다.

숨을 가다듬고 규타로마치(久太郎町)를 지나 1차선 도로로 접어들었다. 오르막길 양옆으로 문방구와 작은 분식가게, 미용실, 여자 옷가게가 있고 그 끝에 니시여자고등학교(西區女子高等學校) 정문이 수줍은 듯 서 있었다. 나무 아래에서 시계를 보았다. 12시 35분이었다. 교문이 열리고 여학생들이 쏟아져 나왔다. 검정 치마에 흰 블라우스를 입은 여학생들은 헤어짐이 아쉬운 듯 쉬지 않고 이야기를 나누며 교문 밖으로 나왔다.

수많은 여학생들의 무리에서 빛 하나가 반짝였다. 시지는 미소를 지었고, 그 여학생은 환한 웃음으로 화답했다. 그 옆의 아이들이 입을 실룩였다.

"도키시!"

"안녕, 하나코."

"나보다 일찍 끝났네."

"토요일 수업은 항상 30분 일찍 끝나. 오늘은 어땠어?"

하나코는 고개를 살짝 꺾어 도키시를 보았다. 그 모습이 너무 사랑스러워 기절할 것 같았다.

"음…… 내가 생각해보았는데…… 전차 타고 스미요시(住吉)에 가지 않을래?"

"스미요시? 그곳에 무엇이 있는데?"

"옛날 집들도 많고…… 야마토강(大和川)이 흘러. 강변에 앉아 도시락 먹으면서 이야길 나누면 좋을 거야."

하나코는 분식가게에서 김밥 두 줄과 미쓰야 사이다 한 병을 샀다. 니시혼마치(西本町)에서 출발한 전차는 천천히 남쪽으로 향했다.

"학교에서 누구랑 제일 친해?"

"음······ 나는 외톨이야."

"그렇지 않아. 아이들은 순수해. 전쟁 시기라 다들 신경이 날카로워져서 그래. 친구를 많이 사귀면 좋을 거야."

"너 하나만으로도 충분해."

하나코의 얼굴이 붉어졌다.

"나도 그래. 밤에 일기 쓸 때 '오늘은 도키시가 얼마나 보고 싶었나' 점수를 매기지."

"어떻게 점수를 매기는데?"

"간절히 보고 싶으면 80점, 조금 보고 싶으면 60점."

"그럼 오늘은 몇 점이야?"

"오늘은······ 90점."

"에휴······ 100점은 어렵겠구나."

"사랑에 100점은 없다고 생각해. 난 조금 모자란 90점이 좋아."

"나도 그래."

안내방송이 나왔다.

— 잠시 후 아사카(浅香)에 도착합니다.

"내려서 한참 걸어야 하는데."

"난 너와 함께라면 하루 종일도 걸을 수 있어."

"호호, 아부가 많이 늘으셨네요. 잘생긴 도키시 군!"

시지의 얼굴이 빨갛게 달아올랐다. 오가는 사람들이 두 사람에게 질투 섞인 시선을 보냈다. 다리를 약간 절었을 뿐 시지는 미남이었고 하나코의 미모는 단연 돋보였다.

"저기…… 언덕에 앉자."

양지바른 언덕에 앉아 김밥을 나눠 먹었다.

"강물이 무척 파랗지?"

"응. 내 고향 서귀포의 천지연 폭포보다 덜 파랗기는 해도."

"여기는 공장이 많이 들어서서 그래."

하나코의 얼굴이 어두워졌다.

"전쟁무기를 만드느라……. 학교에서 하루에 한 번 이상 전쟁에 대해 배워. 왜 어른들은 전쟁을 하려 할까?"

대답하기 어려운 질문이었다.

하나코는 갑자기 단화와 양말을 벗었다.

"물에 들어갈래."

흰 양말을 단화 속에 밀어넣고 치마를 살짝 들어올렸다. 무어라 말할 틈도 없이 물에 하얀 발을 담갔다.

"아이, 차가워. 도키시 너도 들어올래?"

"아니, 난 할 일이 있어."

화구통을 열어 둘둘 말린 두꺼운 종이를 펼쳤다. 목탄을 꺼내 그림을 그리기 시작했다. 하나코가 물속을 거니는 모습은 르누아르의 그림처럼 아름다웠다. 햇빛이 따뜻하게 내리쬐었다.

"이제 그만 돌아갈까 봐."

시지는 그림을 내밀었다.

"어마? 정말 예쁘다. 도키시는 그림에 천재인가 봐."

"아니야. 난 그저……."

"내가 그림 속의 주인공이 되다니 꿈만 같아."

"선물로 줄게."

"고마워. 영원히 간직할게."

하나코는 그림을 가방에 넣고 양말을 신었다.

"참! 아버지는 어떠셔? 아직도 그림에 반대하셔?"

반짝이던 태양에 갑자기 구름이 꼈다. 시지의 얼굴에 그림자가 졌다. 하나코가 손을 잡았다. 차가움과 따스함이 동시에 전해졌다.

"걱정하지 마! 난 도키시를 믿어. 분명 최고가 될 거야. 그러면 아버지도 자랑스러워하실 거야."

돌아오는 길은 갈 때보다 시간이 더 빠르게 흘러갔다. 늦은 오후의 햇살이 거리를 비추었다. 니시혼마치 전차정류소에서 두 사람은 미적거렸다. 하나코가 싱긋 웃었다.

"헤어지기 서운하지? 그림을 받은 보답으로 도키시 집까지 내가 데려다줄게."

"아냐, 내가 하나코를 데려다줘야 신사라 할 수 있지."

"음. 도키시는⋯⋯."

그다음 말이 무엇인지 알고 있었다. '네 다리가 불편하니까'라는 말을 차마 할 수 없을 것이었다. 시지는 방긋 웃었다.

"그러면 우리 집 골목. 시계방까지만."

천천히, 아주 천천히 걸었음에도 금세 시계방에 도착했다. 아쉬움이 가득했지만 이제는 각자의 집으로 가야 했다. 시지가 '다음 주 토요일에 또⋯⋯'까지 말했을 때 등 뒤에서 다급한 목소리가 터졌다.

"시지야. 빨리, 빨리. 아버지⋯⋯ 아버지가⋯⋯."

아버지는 겨우 숨을 내쉬었다. 옆에 어머니와 삼촌, 몇 명의 사람들이 앉아 있었다. 시지의 눈에는 오직 아버지만이 들어왔다. 무너지듯 주저앉았다. 아버지의 얼굴은 이미 검게 변했고 호흡은 거칠었다. 마음속에 거대한 후회가 밀려들었다. 아버지가 이승과 저승의 갈림길에 있음을 번연히 알면서도 하나코를 만난 것은 변명의 여지가 없는 불효였다.

"아방!"

"시지⋯⋯ 와시냐?"

힘겹게 손을 들자 현희가 울먹이며 황금색 천으로 싸인 물건을 건넸다.

"풀어⋯⋯ 보거라."

시지는 물건을 밀쳐냈다.

"아버지……."

"내…… 마지막…… 유언이여."

울먹이며 천을 풀었다. 멀리서 사이렌 소리가 울렸다. 슈웅- 비행기 편대가 하늘을 날아갔다. 손잡이에 용머리가 새겨진 지팡이가 모습을 드러냈다. 가슴이 마구 뛰었다. 다리가 저려왔다.

"손잡이를…… 댕겨보거라."

망설이다 아버지의 애절한 눈과 마주쳤다. 떨리는 손으로 천천히 손잡이를 당겼다. 은빛으로 빛나는 검이 지팡이 안에서 나왔다. 눈이 부셨다.

"솜반천…… 굿 기억허여겸시냐?…… 그 박수가 쓰던 칼이여…… 아버지가 겨우 받아…… 왔어."

쿨럭쿨럭. 밭은기침이 격정적으로 쏟아졌다.

"……아방! 그만!"

정윤은 손을 들었다. 시지는 그 야윈 손을 잡았다. 어머니가 흐느끼며 두 사람의 손을 꼭 잡았다.

"느가…… 저주의 삶을…… 선택하지 않길 바라신디…… 그때 박수는 저주를 끊어내지 못허엿주만, 이 칼 지팡이로 느가 선택한 실타래처럼 엉킨 운명을…… 끊을 수 있다 허엿주…… 그 저주, 느 손으로…… 끊거라……."

시지는 오열했다. 사람들 모두 울음을 토해냈다.

"아들아…… 고향으로 돌아가지 말라……. 전쟁이 끝나면, 일본이

패망하면…… 미국이나 구라파로 가서 그림을 배우거라……. 넌 세계에 이름을 날리는…….”

“아방!”

“내 아덜아. 울지 말라…… 너는 비록 다리는 절지만, 인간으로서, 화가로서는…… 반드시 올바로 설 거여…… 너를 ……믿는다.”

수평선은 마음 안에도, 마음 밖에도 있다

"헤이, 컴 히어."

빨간 MP 글자가 선명하게 새겨진 흰 헬멧을 쓴 미군 헌병이 손가락을 들어 한 청년을 지목했다. 청년은 아주 짧은 순간 불쾌한 표정을 짓고는 머뭇머뭇 헌병에게 다가갔다. 시지는 절뚝이며 그 곁을 스쳐 지나갔다. 헌병은 위압적인 몸짓으로 청년의 신분증을 면밀히 살폈다. 일본 곳곳에서 점령군에 의한 불심검문은 밤낮을 가리지 않았다.

도시 두 개가 완전히 폐허가 되고 도쿄와 요코하마, 나고야, 교토 등의 대도시에 미군 폭격기에서 폭탄이 무차별 투하되어 수많은 사상자가 난 끝에 전쟁은 끝났다. 대학생은 말할 것도 없었고 고등학생까지 학도병으로 끌려가 전선에서 목숨을 잃었다. 조선 학생들조차 전쟁 말기에 강제 징병되었으나 시지는 그 손아귀에서 벗어났다. 절룩이는 다리 덕분이었다. 소학교 친구 여럿과 미술학교 급우 예닐곱 명이 전사했다는 소식을 전쟁이 끝나고서야 들었다.

업보라 생각했다. 일본의 지배 아래 있던 여러 나라가 제자리로 돌아갔다. 어떤 사람은 해방이라 하고, 어떤 사람은 독립이라 했지만 시지는 광복이 맞다고 생각했다. 폭격으로 무너진 철물점 안을 기웃거렸다.

"뭘 찾소?"

구석에 세워진 손수레를 가리켰다.

"저것을 빌리고 싶은데요."

머리에 수건을 동여맨 노인은 눈알을 이리저리 굴렸다.

"하루 쓰는데 5엔은 줘야 혀."

넉넉잡고 1주일이면 충분할 것이었다. 40엔을 건네주었다.

"다음 주 이맘 때 갖다 드릴게요."

뜻밖에 5엔을 더 얻은 노인은 히죽 웃었다.

"천천히 쓰구랴."

며칠 얻은 자취방으로 돌아와 그림들을 수레에 차곡차곡 실었다. 넓은 광목천으로 덮은 뒤 다시 집을 나섰다. 기름칠을 한 지 오래된 수레는 짐이 실리자 매끄럽게 굴러가지 못했다. 찬장에서 참기름병을 들고 나와 바퀴에 뿌렸다. 옆집 아주머니가 깜짝 놀라 소리쳤다.

"아이고, 저 아까운 것을."

시지는 씩 웃고 참기름병을 건넸다.

"나한테 주는 거야?"

"네. 저에게 맛있는 것 많이 해주셨잖아요."

"고마워요, 학생"

수레를 끌고 천천히 거리로 나섰다. 사람들은 우울하면서도 활기찼다. 패전은 저들의 입장에서 슬픈 일이었으나 지금까지와는 완전히 다른 신세계가 열려가고 있었다. 억압의 시대가 사라지고 자유의 물결이 도도하게 흘러 들어오고 있었다. 저항 세력이 없지는 않았으나 시지는 그 물결이 옳다고 생각했다. 2차선 도로와 4차선 도로 여러 개를 지나자 성동(城東) 소방서 철탑이 나타났다.

"이 근처일 텐데."

거미줄처럼 퍼져나간 골목에는 비슷비슷한 집들이 연이어 붙어 있었다. 쪽지를 꺼내 번지수를 맞춰보았다. 무술도장이 36-4번지였고, 그 옆의 좁은 2층집이 36-5였다. 36-6은 그 뒤의 은행나무가 심어진 넓은 1층집이었다. 문패에 새겨진 글자는 그토록 원했던 寺內萬次郞 (데라우치 만지로)이 분명했다. 수레를 멈추고 이마에 흐르는 땀을 닦아냈다. 어렵사리 알아낸 주소의 집이 바로 이곳이었다. 다리가 저려왔다. 몇 번 주물러 통증을 없애고 주먹으로 힘껏 문을 두들겼다. 새로운 삶이 이곳에서 시작될 것이라는 희망이 솟아올랐다.

"데라우치 선생님, 계십니까?"

미닫이문 여는 소리가 들리고, 마루를 걷는 쿵쿵 소리가 들리고, 신발 끄는 소리가 들린 뒤 대문이 열렸다. 시지보다 두세 살 많아 보이는 청년이었다. 수레를 끌고 마당으로 들어섰다. 청년은 '어- 어-' 하다가 얼결에 밀려 들어갔다. '누구시오?'라고 물어볼 틈도 없었다. 창문으로 그 모습을 지켜보던 다른 청년이 마루로 나왔다.

"무슨 일이야? 당신은 뭐요?"

시지는 광목을 벗겨내고 안채를 향해 큰 소리로 외쳤다.

"선생님! 그림 가져왔습니다."

그 소리에 여러 명의 청년들이 밖으로 몰려나왔다. 마당으로 내려서 수레에 가득 실린 캔버스를 보고 어떤 청년은 놀라고, 어떤 청년은 비웃음을 짓고, 어떤 청년은 아예 방으로 들어갔다. 당돌한 시지를 살피던 요시모토가 문을 열어준 청년에게 물었다.

"무슨 일이야?"

"이 사람이 다짜고짜 들어와선 선생님께 그림을 보여주겠다고……."

요시모토는 큼, 헛기침을 했다. 그가 연장자임을 시지는 즉각 깨달았다.

"누군지 모르겠으나…… 내가 알 필요도 없고."

얼굴에 경멸이 그대로 드러났다. '너 같은 사람은 이틀이 멀다 하고 찾아온다'는 눈길로 방문객을 훑어보았다.

"지금 선생님께선 출타 중이오."

"그럼, 여기서 기다리지요."

"그러거나 말거나…… 그런데, 잠시 그림 좀 보겠소."

요미모토는 건방지고 위압적이었으나 그림에 대한 호기심은 강렬했다. 그림조차 안 보고 쫓아냈다면 하수였겠지만 그림을 평가한 후 쫓아내면 핑계를 댈 수 있다는 고도의 수작이었다. 시지가 미처 대답도 하기 전에 캔버스를 하나씩 꺼내 빠르게 살폈다.

"……음, 구도가 이상하군, 색감도 전체적으로 너무 튀고 어두워."

시지는 화가 치밀었다. 동시에 의문이 들었다. '구도(構圖)가 이상하다'는 말은 무슨 뜻인가? 구도에 정석이 있단 말인가? 이 작자는 '그림이라는 것은 2+3=5라는 공식에서 벗어나면 안 되는 것'이라 배웠단 말인가? 색감(色感)은 또 무엇인가? 나뭇잎은 반드시 녹색으로 칠하고, 아스팔트는 꼭 검정색으로 칠해야 색감에 맞다는 말인가?

"지금, 내 그림을 평가하겠다는……."

요시모토의 얼굴에 더욱 비웃음이 피어올랐다.

"흠, 뭐…… 아무리 봐도 선생님께서 봐주실 그림은 아닌 것 같소."

"뭐요?"

"얘들아, 뭐 하냐. 손님 가신단다."

기다렸다는 듯 청년들이 방문객을 밀어냈다. 절름발이가 억센 청년 서너 명을 이겨낼 수 없었다. 수레를 끌어낸 청년들은 덜컹, 문을 잠갔다. 분노와 서러움이 한꺼번에 밀려왔다. 사람들에게 밀려 막차에 오르지 못하고 어둠 속에 홀로 남겨진 씁쓸함이었다. 문을 쾅쾅 두드렸다.

"선생님을 만나게 해주세요, 분명히 약속하셨습니다."

대문 안에서 귀찮은 듯 외침이 들려왔다.

"너 같은 놈이 만날 선생님이 아니야. 돌아가. 꺼져버려!"

문을 계속 두드렸지만 한번 닫힌 문은 요지부동이었다. 골목을 지나던 사람들이 시지를 의아하게 바라보았다. 꼬마들이 달려가다가 우뚝 서서 그림을 들춰보며 키드득거렸다. 수레 옆에 쭈그리고 앉았다. 서서히 어둠이 내렸고 곧 밤이 되었다. 배는 고프지 않았다. 가슴이 아플 뿐이었다. 수레를 덮었던 광목을 뒤집어쓰고 눈을 감았다.

까악까악. 까마귀의 피를 토하는 울음이 들리고 무거운 발걸음이 다가왔다. 시지 앞에서 멈춘 발걸음은 그윽하게 물었다.

"여보게, 청년. 그림 좀 볼 수 있나?"

시지는 광목을 들추었다. 데라우치 선생님이 돌아왔다고 생각했다. 그러나 어둠 속에서 '으하핫!' 징그러운 웃음을 터뜨린 건 괴물이었다.

"네 그림을 보자 하니까 마음이 동했나? 흐흐!"

"넌 왜 여기에?"

"내 말을 벌써 잊었나 보군. 난 너의 친구야. 하지만 네 그림 따위에는 관심이 없지. 나뿐만 아니라 그 누구도 네 그림에는 관심이 없어."

"저리 가! 꺼져. 내 그림은……."

"데라우치 선생이 네 그림을 보아줄까? 넌 여기서 몇 날 며칠 밤을 새우다가 거지가 될 것이야."

"듣기 싫어! 꺼져! 꺼지라고."

괴물이 성큼 다가와 시지의 어깨를 붙잡고 흔들어댔다.

"이봐, 정신 차려."

한 청년이 시지를 흔들어 깨웠다. 화들짝 눈을 떴다. 아침 햇살에 눈이 부셨다. 청년의 손에 빗자루가 들려 있었다. 골목을 청소하려 나온 듯싶었다.

"당신, 어젯밤 여기서 잔 거요?"

벌떡 일어나 수레를 끌고 집 안으로 들어갔다.

"선생님, 데라우치 선생님!"

청년이 쫓아 들어와 화를 냈다.

"이봐, 당장 나가!"

"난 선생님을 뵈러 왔소."

청년들이 우르르 몰려나왔다. 요시모토가 기가 막힌 표정을 지었다.

"별 미친놈 다 보겠네. 당장 쫓아내."

억센 손에 밀려 대문 밖으로 나동그라졌다. 배가 고팠다. 괴물이 나타난 것은 허기 때문일 것이었다. 수레를 끌고 대로변 작은 식당에 들어가 아침을 먹고 다시 36-6번지로 갔다. 수레 옆에 쭈그리고 앉자 학교에 가는 아이들이 힐긋거렸다. 어떤 아이는 캔버스를 꺼내 이리저리 보고는 하핫, 웃음을 터뜨렸다. 그 아이는 학교가 끝나 돌아오는 길에도 캔버스를 마음대로 꺼내서 보았다. 3일째 되던 날 아이는 물었다.

"아저씨, 이 그림 파는 거예요?"

"……."

"아니에요? 그러면 아저씨 거지예요?"

"……."

다리가 저려왔다. 비틀비틀 일어서 골목 입구의 가게로 갔다. 유리

창에 비친 모습은 영락없는 거지였다. 하지만 마음 쓰지 않았다. 빵과 우유를 사서 수레 옆에 쓰러지듯 앉아 와구와구 삼켰다. 아이는 그 모습을 멀거니 지켜보았다.

"아저씨 다리……."

바지를 걷어 올리자 고름이 흘러나왔다. 두 손으로 꽉 짜내고는 광목으로 슥슥 닦았다. 대문을 두드렸다. 물 한 바가지가 쏟아졌다. 아이가 깜짝 놀라 뒷걸음으로 달음박질쳤다. 우뚝 멈춰 불쌍한 눈으로 응시했다.

"흐흣, 누가 너 같은 절름발이 조센징을 제자로 받아들이겠나?"

아이는 괴물이 되었다. 시지는 지지 않았다.

"헛소리! 내 그림은 오사카에서 최고야!"

"겨우 오사카? 그뿐이지! 그게 다야! 그 이상은 없어. 으하하하하!"

"너를 반드시 이기고 말겠어."

주먹을 쥐고 흔들다가 푹 쓰러져 잠이 들었다. '수레를 반납해야 하는데…….' 잠꼬대가 나왔다. 동네 마음씨 좋은 할아버지가 가마니를 씌워주었다. 따뜻하고 포근했다. 이대로 깊은 잠에 들어 다시는 깨지 않기를 바랐다.

"북서 지역의 화가들은 아직도 심미주의에 빠져 있는 듯합니다."

구보타 다이스케(久保田大輔)는 앞서 걸으며 조심스레 의견을 말했다.

"꼭 나쁘다고 할 수는 없지. 이번에 둘러본 도시의 화가들은 전쟁 전의 사상이 강하게 자리 잡혀서……. 그런데 저게 뭔가?"

대문 앞에 산처럼 봉긋 솟은 가마니가 있고 그 옆에 수레가 세워져 있었다. 구보타가 주춤 그 앞으로 갔다. 가마니 밑으로 발 하나가 삐져 나와 있었다.

"거지가 노변사(路變死)를 했나?"

"그런 것 같지는 않습니다."

"다행이군. 경찰에게 연락해서 데려가라고 해."

데라우치 만지로는 초인종을 눌렀다. 작동되지 않았다. 문을 두드렸다.

"누구요?"

구보타가 큰 소리로 대답했다.

"우리가 돌아왔어."

황급한 발소리에 이어 삐그그— 대문이 열렸다. 청년은 허리를 숙여 정중히 인사했다.

"선생님, 잘 다녀오셨습니까?"

"응. 그런데 초인종이 고장났나?"

"아닙니다. 저 녀석이 하도 눌러대서 잠시 껐습니다."

데라우치는 그제야 가마니 아래의 발을 보았다. 꿈틀거렸다.

"거지가 횡포를 부렸나?"

"아닙니다. 그림을 가져와서 선생님에게 보여주겠다고 뗑깡을 놓아 서."

구보타가 흐흣 웃었다.

"요시모토 형님이 어쭙잖은 화가 지망생 하나를 쫓아냈군요."

무심히 캔버스의 드러난 면을 보았다. 순간 등골이 서늘해졌다. 스윽 꺼내서 전체를 보았다.

"선생님, 이 그림! 이 그림!"

청년들은 데라우치를 가운데 두고 양 옆에 나란히 앉았다. 북쪽에 두 명, 남쪽에 네 명이었다. 요시모토는 얼굴을 찌푸리고 구보타는 기대감에 찬 얼굴이고 청년들은 어쩔 줄 몰라했다.

시지는 뜨거운 물에 몸을 담갔다. 사흘인가? 일주일인가? 날짜가 가늠되지 않았다. 그동안의 피로가 한꺼번에 풀렸다. 목욕실 밖으로 나오자 가정부가 꿀물을 건넸다.

"우선 이거 마시고 기운 좀 차리세요."

"고맙습니다."

깊은 침묵이 사람들을 내리눌렀다. 시지는 조심스레 북쪽 끝에 앉았다. 벽에 서너 점의 그림이 세워져 있었다. 데라우치가 호기심 가득한 눈동자로 물었다.

"자네는 누구인가?"

"우시로 도키시, 한국 이름은 변시지라 합니다."

"전에 나와 만난 적이 있었는가?"

"오사카미술학교에 선생님이 한 번 오신 적이 있었는데……."

데라우치는 잠깐 생각에 잠겼다.

"어쩌면……."

"그때 제 그림을 보시고…… 훗날 가져와보라고……."

"그랬었나?"

데라우치는 고개를 두어 번 끄덕이다가 다시 한 번 그림을 찬찬히 살폈다. 그 눈동자에 일말의 의심이 담겨 있었다. 방 안에 있는 모든 사람이 똑같았다.

"자네가 그린 그림들인가?"

"네, 그렇습니다."

가마니 아래에서 막 나왔을 때는 분명 거지였는데 목욕을 마친 그는 이목구비가 수려한 청년으로 탈바꿈해 있었다. 데라우치는 제자들을 둘러보았다.

"이 그림들이 어떤가?"

기다리고 있었던 요시모토가 가장 먼저 대답했다.

"전체적으로 조잡하고, 색과 구도도 이상합니다."

다른 제자가 맞장구쳤다.

"맞습니다!"

그 옆의 제자도 덧붙였다.

"정통적으로 배운 게 아니라 어깨 너머로 배운 듯한!"

시지는 '조잡, 색, 구도, 정통적'의 의미를 생각해보았다. 답을 찾기 어려운 단어들이었다. 데라우치의 입에서 호통이 떨어졌다.

"그러고도 너희들이 화가의 길을 걷는다 할 수 있느냐!"

모두 움찔했다. 요시모토는 붉으락푸르락이었다. 여태 조용히 있던 구보타가 침착하게 입을 열었다.

"요시모토 형님의 말이 일견 맞습니다. 하지만 지금까지 일본에서 볼 수 없었던 그림이기 때문에 그런 느낌을 받았을지도 모릅니다."

말을 끊었다가 한 부분을 가리켰다.

"이 나무들은 원근감이 무시되었는데…… 교과서만으로 배운 사람들은 받아들이기 어렵지요."

"흠…… 그래서?"

구보타는 결론을 맺었다.

"신선하고 또 강렬합니다."

데라우치는 희미한 미소를 지었다. 수평선이 선명한 그림을 가리켰다.

"우시로 군, 저 그림의 수평선이 마음 안에 있나, 마음 밖에 있나?"

"마음이 넓은 사람은 마음 안에 있을 것이고, 마음이 좁은 사람은 마음 밖에 있을 것입니다."

"……"

불안한 침묵이 이어졌다. 만지로는 눈을 감고 생각에 잠겼다가 이윽고 천천히 입을 뗐다.

"변시지 군, 내일부터 바로 내 작업실로."

그대의 뜨거운 입술

하윤은 돈뭉치를 탁자에 올려놓았다.

"도쿄 어느 곳에든지 좋은 아틀리에 하나 얻으라."

"고맙수다, 작은아버지."

"나한테 고마워헐 건 엇져. 형님이 남긴 회사를 나가 대신 경영허는 것뿐이난 이."

어머니가 걱정스레 물었다.

"살림살이도 장만허곡, 옷도 여러 벌 사야 할 건디?"

"그건 괜찮수다, 조그마헌 화실광 그림 도구만 있으면 만족허난 마씸."

하윤은 큰조카를 대견해했다.

"돈은 신경 쓰지 안허여도 된다. 일본은 패전했주만 그것이 오히려 경제 발전을 이끌 거난. 고무공장을 처분헌 돈으로 한국 교포덜을 상대로 허는 은행을 세울 계획이여. 오사카 교포덜이 적극 호응해주언 자본금이 예상을 초월허여시난 이."

"고마운 일이우다 예."

"형님이 돌아가시기 전에 미국이나 구라파로 가서 그림을 배우렌 해신디."

"그래, 화실은 어디에 얻을 생각이고?"

서쪽에 데이케이헤이세이(帝京平成)대학이 있고 동쪽에 릿쿄(立敎)대학이 있는 이케부쿠로는 예술의 마을이었다. 아래쪽의 미나미이케부쿠로(南池袋) 공원은 산책과 사색의 장소로 안성맞춤이었고, 2층짜리 좁은 집들이 줄지어 있는 거리는 아담하고 평온했다. 벚나무가 양 옆으로 가지런히 정렬되어 있어 봄이면 온통 화사한 낙원이었고 가을에는 정취가 넘쳤으며 겨울이 되면 한 폭의 설경을 만들어냈다.

시지는 절룩이며 수레를 끌었다. 구보타는 뒤에서 힘을 다해 밀었다. 자잘한 살림살이와 옷가지, 가방, 화방 도구가 가득 실려 있었다.

"이 수레는 어디서 구했나?"

"철물점에서 천 엔 주고 샀지."

"내가 요청하면 빌려주게."

"어느 때든 좋네."

우체국을 끼고 작은 거리로 들어서 판자로 지은 남향 2층집 앞에서 멈추었다.

"여기야."

시지는 수레를 멈추고 이마의 땀을 닦았다. 구보타가 2층 창을 올려다보며 부러운 듯 말했다.

"근사한데. 나도 이곳으로 이사 올까."

"귀하신 유명 화가께서 가난한 지망생들이 사는 곳에? 제발 참게나."

"하하, 말만으로도 고맙네."

두 사람은 살림살이를 하나씩 들고 계단을 올랐다.

"2층이면 불편하지 않을까?"

"괜찮아. 계단이 열두 개니까 그 정도는 걸어주어야 운동이 되지. 또 햇빛이 잘 들어야 하기에 일부러 2층으로 구했네."

문을 열자 넓은 창이 가장 먼저 눈에 들어왔다. 하오의 햇살이 비쳐 다다미방 전체가 환했다.

"겉보기와 달리 무척 아늑하군. 생각보다 넓어."

"이곳에선 작업을 하고, 이쪽에 침대와 옷장, 책장을 놓을 생각이지."

"책장을 세 개쯤 사서 침대를 가리면 좋겠군."

계단 아래가 시끌시끌해지더니 쿵쿵 발소리가 들렸다. 청년 서너 명이 쑥, 안으로 들어왔다. 긴 머리가 헝클어진 화가들은 물감이 더덕더덕 붙은 작업복 차림이었다. 한 명은 상의 호주머니에 2호 붓을 꽂은 채였고, 또 한 명은 술병을 상자째 들고 입에는 파이프담배를 물고 있었다.

"오호, 드디어 주인공이 오셨군."

"웰컴, 파르테논!"

"나는 문선이라고 하네. 입주를 축하하네. 내가 조각한 파이프네. 필요하면 가져도 좋아."

청년 화가들은 와자하게 떠들면서 시지의 손을 잡고 흔들어댔다.

"이제 파르테논 거리가 빛이 나겠구나."

"과장이 지나치면 욕이 되는 것일세."

"그런데 이 손님은 누구인가?"

"그 유명한 구보타를 모르나?"

시선이 일제히 구보타에게 향했다.

"이번 광풍회전(光風會展)에 입선한 그 구보타?"

이제 시지를 버려두고 화가들은 구보타를 에워쌌다.

"만나서 영광입니다."

"몰라봐서 죄송합니다."

"아, 아니, 그, 그게, 그러니까."

"가만, 이럴 게 아니라 축하주를 마셔야지."

술을 가져왔다는 사실을 그제야 떠올리고 방바닥에 둥그렇게 앉았다.

"우선, 파르테논에 입주한 변시지의 장래를 위하여 한잔!"

"위하여!"

"그다음에…… 광풍회전 작가인 구보타의 영광을 위하여 한잔!"

"위하여!"

"에, 그다음에는…… 우리 무명 화가들의 찬란한 미래를 위하여 한 잔!"

"위하여!"

연거푸 석 잔을 마신 화가들은 혹 안주를 씹고, 혹 담배를 피워 물고, 혹 노래를 흥얼거렸다.

"무명 화가가 유명 화가로 변신하려면 마티스 정도는 되어야지."

"그래, 요즘 대세는 누가 뭐래도 마티스 아니겠어?"

"무슨 소리! 피카소가 최고지!"

"나는 달리를 뛰어넘는 초현실주의 화가가 되고 싶어."

빈 술병은 벌써 여덟 개가 되었다. 한 명이 옆으로 기울어졌다. 이봐, 일어나. 넌 화가 되기는 틀렸다, 내일부터는 하루에 한 점씩 그릴 거야, 일어나라구, 나를 내버려둬, 내가 노래 부를게, 나는 자유인이야, 피카소가 별거냐. 입에서 쏟아져 나오는 말들은 중구난방이었다. 시지는 갑자기 일어나 상의를 모두 벗었다. 화구통을 열어 붓에 물감을 적셔 몸에 칠했다.

"지금 이 순간엔 우리가 세계 최고의 화가야! 이 몸이 세계 최고의 작품이고!"

느닷없는 행동에 화가들은 서로의 옷을 벗겼다. 너 이 쌔끼, 벗어, 이따위를 왜 걸치고 있는 게야, 니 몸이 자연의 선물인데, 킬킬, 내 몸은 스케치북이다. 서로의 몸을 캔버스 삼아 얼굴과 몸에 마구 그림을 그렸다.

"그림을 그렸으면 사람들에게 보여주어야지."

"맞아, 밖으로 나가자구."

작업복을 대충 걸친 채 우르르 밖으로 몰려나갔다. 진한 어둠이 깔려 있었다. 누군가는 소리를 지르고, 누군가는 키드득 웃고, 누군가는 노래를 불렀다. 시지는 즐거웠다. 청춘의 절정기였다. 하지만 사람들은 질색이었다. 꺄악! 비명을 내지르며 여자들이 종종걸음으로 도망쳤다. 풍기문란으로 잡혀가지 않는 것이 다행이었다.

"나를 따라와. 아주 멋진 구경을 시켜줄게."

"어딘데?"

"무엇이 있는데?"

"잠자코 따라오기만 해."

시지는 앞장서서 택시를 잡았다. 다리의 통증은 사라졌다. 다섯 명은 몸을 구겨넣어 겨우 택시 문을 닫았다. 운전기사는 마지못해 행선지를 물었다.

"데이코쿠극장(帝國劇場)으로!"

화가들은 떠들어댔다.

"오우! 그곳엔 왜?"

"지금 연극을 보자는 겐가?"

"미쳤구나. 단단히."

르네상스 시대를 떠올리게 하는 제국극장은 겉모습부터 근엄했다. 기둥 하나가 장정의 몸뚱이보다 컸다. 비틀거리며 내린 화가들은 불평과 만족을 토로했다.

"제국극장에 올 돈이 있으면 술을 마시겠다."

"가만있어봐, 시지가 예쁜 배우를 소개시켜줄 거야."

경비원이 두 팔을 벌려 제지했다.

"오늘은 공연이 없어요. 입장할 수 없습니다."

시지는 침착하게 생각했다. 막무가내는 통하지 않을 것이었다. 보채는 화가들을 멀찍이 밀어내고 경비원에게 정중히 귓속말을 했다. 다섯 명은 극장 안으로 들어갔다. 객석은 조용했다. 몇 명의 사람들만이 내일부터 시작될 공연을 준비하고 있었다. 갑자기 들어온 괴이한 사내들로 인해 연습장은 어수선해졌다. 하지만 아랑곳하지 않고 통로를 지나 앞으로 나아갔다. 무대 바로 앞 바닥에 쭈그리고 앉았다. 휘파람을 불고, 의미 없이 박수를 쳤다.

화려한 조명이 빛나는 무대에 열댓 명의 발레리나가 춤을 추고 있었다. 음악은 조용했다가 격정적이었다가 흐느끼며 가라앉았다. 커튼이 열리고 한 명의 발레리나가 춤을 추며 등장했다. 내일 공연의 프리마 돈나였다. 그녀가 한가운데에서 우아하게 회전했을 때 시지가 자랑스레 말했다.

"어때, 나의 뮤즈가?"

아무도 대답하지 않았다. 아름다움에 취해 입이 쩌억 벌어졌고 동공은 가장 크게 확대되었다. 하나코는 회전을 하고 정면을 바라보았다. 눈을 의심했다. 기이한 얼굴을 한 시지가 눈앞에 있는 것이었다. 춤을 추며 언뜻언뜻 살피면서 얼굴에 물감칠을 했음을 알았다. 귀여운 일탈이었다. 두 사람의 눈이 스치듯 마주쳤다. 행복이 샘솟았다. 연습 공연이 끝나자 사람들은 박수로 화답했다. 시지는 화가들에게 일렀다.

"이제 너희들은 돌아들 가."

"쳇, 여자 앞에서 우정을 버리는군."

"따라온 우리가 바보야."

화가들은 삿대질을 하며 불평을 쏟아내며 어슬렁어슬렁 공연장을 빠져나갔다. 시지는 무대 뒤로 갔다. '제1대기실' 팻말 아래에 '용무자 외 출입금지' 종이가 바람결에 흔들거렸다. 노크도 하지 않고 문을 밀었다.

"하나코!"

그러나 아무도 없었다. 의자는 비어 있었다.

"오랜만이다, 조센징."

굵은 남자 목소리가 뒤통수를 때렸다. 뒤를 돌아보자 이케다가 서 있었다. 시지는 얼어붙었다. 그는 여전히 두 뼘이 더 컸다. 구석의 작은 문이 열리고 하나코가 나왔다.

"도키시……."

다리가 저려왔다. 하나코는 서글픈 웃음을 지었다. 이내 무표정으로 돌아갔다. 이케다는 뚜벅뚜벅 다가왔다. 시지는 현기증이 일어 벽을 짚었다.

"술을 마시고…… 얼굴에 칠을 했군. 화가들은 그렇게 조잡한 행위를 해야 하나?"

"이케다, 이제 그만 돌아가세요. 덕분에 연습이 잘 끝났어요. 오늘 배우들과 저녁 모임이 있어서 식사는 내일 해요."

하나코는 침착하면서도 다정하게 말했다. 이케다는 우뚝 멈춰서 시지를 노려보았다.

"그러지. 아 참! 아버지께 자주 연락드려. 무척 보고 싶어 하시니까."

"……."

"그나저나 너는 여전하구나, 절름발이 조센징."

문을 꽝 닫고 나갔다. 찬바람이 휭— 불어왔다. 시지는 상황 파악이 되지 않았다. 상황은 파악되었다 해도 받아들일 수 없었다.

"왜? 하나코, 왜?"

하나코의 어깨가 떨렸다. 그 어깨를 감싸 안았다. 작고 가녀린 어깨의 떨림은 잠시 후 멈추었다. 침착하게 분장을 지워내기 시작했다.

"화실을 구했어?"

"응."

"아까 온 친구들은."

"함께 미술 공부하는 화가들이야."

"동료가 생겨 기쁘겠네."

시지는 이러한 대화를 하기 위해 온 것이 아니었다. 궁금한 것은 이케다의 '아버지께 자주 연락드려'라는 말이었다. 그러나 차마 물을 수 없었다.

"화실이 보고 싶어."

"저녁 모임이 있다고 하지 않았나?"

"거짓말이야. 함께 있고 싶어서."

분장을 지운 하나코가 시지의 얼굴을 보고 웃음을 터트렸다.

"호홋, 얼굴이 스케치북이 되었네. 정말 멋져."

택시 속에서 하나코는 시지의 손을 잡았다. 따뜻했지만, 시지는 차가움이 있다고 생각했다. 이케다의 말을 떨쳐내려 할수록 새록새록 솟아났다. 넘지 못할 벽이 두 사람 사이에 우뚝 서 있었다. 시지는 고개를 흔들어 그 벽을 머릿속에서 무너뜨렸다. 화실은 난장판이었다.

"지저분해서 미안해. 아직 정리를 못 했어."

"아담하고 아늑해. 햇살이 들어오면 더 좋은 작업 공간이 되겠네."

"그래서 이곳을 얻었어. 화가에게 햇살은 중요하거든. 여기에 캔버스를 놓고 그림을 그리면 저쪽 창문에서 빛이 들어와 분위기가 좋을 거야."

술병과 잔을 부리나케 치웠다. 상자 두 개를 가운데 놓았다.

"여기 앉아."

"고마워."

시지는 그 앞에 앉았다. 두 사람은 서로를 그윽히 바라보았다. 서로의 깊은 눈에 풍덩 빠질 것 같았다.

"도키시……."

"……."

"혹시 나 그려줄 수 있어?"

망설이지 않고 일어섰다. 떨리는 손으로 화구를 꺼내 펼쳤다. 이젤을 세우고 30호 캔버스를 올렸다. 팔레트를 열고, 물감을 가지런히 놓고, 오일통에 석유를 붓고…… 문득 등 뒤로 서늘함이 느껴졌다. 천천히 뒤를 돌아보았다. 하나코의 발아래에 블라우스가 놓여 있었다. 그녀는 시지를 뚫어질 듯 보며 치마를 벗었다. 스르르 아래로 떨어지면서 이제 남은 옷은 두 개였다. 그것은 범접해서는 안 될 경계선이었다.

"하나코……."

희고 가냘픈 손으로 브래지어를 벗고 팬티도 벗었다. 시지는 눈을 감았다. 극한의 아름다움에 눈이 멀 것 같았다. 다시 떴다. 새하얀 천사가 60촉 전구 아래 서 있었다. 두 번 다시 볼 수 없는 신의 선물이었다.

"하나코……."

"도키시…… 내 몸을 그려줘. 지금 이 순간의 나를 너의 손길로 남겨놓고 싶어. 당신의 눈에 비친 내 몸을 보고 싶어."

시지는 물감을 밀어놓고 목탄을 집어들었다. 미친 듯 그려나갔다. 서귀포 바다가 떠올랐다. 푸른 풀밭이 가슴속에 펼쳐졌다. 어린 까마귀의 울부짖음, 용이 새겨진 칼, 박수무당의 북소리, 파도의 포효.

하나코가 다가왔다. 손을 들어 시지의 어깨를 짚었다. 빨간 입술이 불빛 아래 매혹적으로 빛났다.

세상에 이름을 알리다

"가장 정확히 맞추는 사람이 이기는 거야."

구보타는 바닥에 떨어진 연필을 주우며 작은 소리로 빠르게 말했다. 시지는 웃음을 억누르며 고개를 끄덕였다. 연습지 밑부분을 찢어내 돌돌 말았다. 데라우치는 뒷짐을 지고 제자들 사이를 거닐었다. 시지가 돌돌 만 종이공을 남자 모델을 향해 던졌다. 종이공은 낭소 옆으로 빗나갔다. 큭큭, 숨죽인 웃음이 연습실에 퍼졌다. 모델이 다리 자세를 바꾸었다. 그럼에도 성기는 그대로 드러났다. 구보타가 재빨리 종이공을 던졌다. 정확히 낭소에 맞았다. 모델이 울상을 지었다.

어흠.

데라우치의 기침이 울리자 일순 정적이 감돌면서 슥슥 연필 소리가 연습실을 가득 채웠다. 제자들은 이미 어른인데도 틈만 나면 장난을

첬다. 데라우치는 한 명 한 명의 밑그림을 들여다보았다. 가능성은 모두에게 있었지만 진정한 가능성은 두세 명에 불과했다.

"오늘은 여기까지 하거라."

모델은 후다닥 옷을 걸쳐 입었고, 문하생들은 허리를 폈다.

"도키시 군, 내 방으로 오게."

시지는 움찔했고 구보타와 요시모토의 눈은 희미하게 흔들렸다.

"마시게나."

상아색 찻잔을 들어 조심스레 한 모금 마셨다.

"여기 온 지 얼마나 됐지?"

"2년 가까이 되어갑니다."

"세월이 유수와 같군. 어떤가? 이제 그림이 조금 보이나?"

찻잔을 내려놓았다. 녹차는 깊은 맛이 없었다.

"……아직…… 멀었습니다."

"스스로를 일부러 낮출 필요는 없네. 이번 광풍회전에 작품을 내보게."

"아, 아직 준비가……."

"자네라면 충분하네. 기대가 크네."

가슴이 떨려왔다. 열심히 그림만 그렸을 뿐 어떤 대회에라도 출품해보겠다는 마음은 없었다. 스승은 '기대'라고 말했다. 만약 다른 사람이 그 말을 했다면 흘려보냈을 것이었다. 그러나 데라우치 선생님의 말은 '도전의 자격이 충분하다'는 의미였다. 기쁜 웃음을 지었다.

"감사합니다, 선생님. 제 열정을 다하겠습니다."

"보름 남았으니까 연습실에 나오지 말고 아틀리에에서 그림을 그리도록 하게."

"네."

"아니, 그림만 그리도록 하게."

어스름해질 무렵 시지는 밖으로 나왔다. 구보타가 따라왔다.

"아까, 선생님과 무슨 이야기를 나누었나?"

"……그냥, 일상적인 이야기."

이 친구에게 사실을 말해야 할지, 거짓을 말해야 할지 갈등이 일었다.

"일상적인?…… 그런데 33회 광풍회전이 보름 앞으로 다가온 것 아나?"

"알지. 화가라면 누구나 아는 것 아닌가."

"그렇지……. 우리가, 아니, 내가 출품하는 것은 너무 어설픈 도전이겠지?"

구보타는 한숨을 내쉬었다. 시지는 발걸음을 멈추었다.

"도전을 하고 싶다면, 하면 되겠지. '어설픈'이라는 단어는 어울리지 않네. 자네는 이미 입선을 한 번 했으니까 이번에 우수상이나 그 이상을 받으면 실력을 인정받은 것이고, 그 이하라면 부족한 부분을 알게 되는 것이니까."

"그렇지……. 하지만 나는 아직 자격이 부족해. 실력이 좋았다면 선생님이 진즉에 말씀하셨을 거야. 잘 가게. 내일 보세."

구보타는 반대편 골목으로 천천히 걸어갔다. 그 쓸쓸한 어깨 위로 어둠이 진하게 내려앉았다. 사실을 말하지 못한 괴로움이 시지를 내리눌렀다. '하지만 어쩔 수 없어. 내가 걸어야 할 길이 있고 그가 걸어야 할 길이 있으니까.' 화방에 들러 100호 캔버스 네 개를 샀다. 충분하리라는 자신이 들었다.

따르르릉.

자명종이 울리자 눈을 부스스 떴다. 새벽 4시였다. 차가운 물을 벌컥벌컥 마시고 미명의 골목을 거닐었다. 개가 컹, 짖을 뿐 사람들의 흔적은 어디에도 없었다. 머리가 상쾌해지고 몸도 가뿐해졌다. 심호흡을 한 번 하고 캔버스 앞에 섰다. 연필을 들어 밑그림을 그려나갔다. 방금 전 마주친 새벽 골목이 드러났다. 정오의 햇살이 창을 비출 때 붓을 놓았다. 운치 있고 아름다우면서도 낭만적이었다. 그러나 무언가 부족했다. 다시 붓을 들었다. 땅거미가 질 때 붓을 놓았다. 하늘의 색이 마음에 걸렸다. 다시 칠했다. 조금 좋아졌다. 일곱 번 만에 하늘은 새벽하늘이 되었다.

붓을 놓는 순간 시지는 지쳐서 옆으로 쓰러져 잠이 들었다. 불현듯 눈을 떴을 때 사방은 완전한 어둠이었다. 아무런 소리도 들려오지 않았다. 침묵이 온몸을 감싸 안았다. 어제 스승의 가르침대로 그린 첫 번째 그림이 이젤 위에 덩그러니 놓여 묵묵히 내려다보고 있었다. 자신의 기법이 아닌 스승의 기법이었다. 새 캔버스를 세우고 자신만의 느

낌으로 다시 그려나갔다. 색감과 터치의 기법이 완전히 달랐다.

시끄러운 아침이 찾아오고, 뜨거운 태양이 지나가고, 골목에 귀가의 발걸음들이 종종거릴 때 '같으면서도 다른' 그림이 모두 넉 점 완성되었다.

"흠……."

데라우치는 두 점의 그림 앞에서 고개를 저었다. 시지가 간절한 눈빛으로 바라보자 마지못해 손을 들어 왼쪽의 그림을 가리켰다. 스승의 기법으로 그린 그림이었다. 그 지목이 "그나마 저 그림이 낫다"는 뜻인지, "저렇게 그려서는 안 된다"는 뜻인지 알 수 없었다. 그럼에도 두 그림 모두 함량 미달인 것은 분명했다. 데라우치가 가리킨 손은 점점 우측에 산더미처럼 쌓인 작품 더미를 향했다.

"도키시 군, 저것은 무엇인가."

"……제 나름대로 그려 본 것입니다."

데라우치는 벌떡 일어나 그림 더미 앞으로 성큼성큼 다가가서 찬찬히 살펴보았다.

"도키시 군, 자네는 언젠가 나의 가르침대로 길을 갈 것인지 자기만의 길을 갈 것인지 선택의 갈림길에 서게 될 것이네. 어느 쪽을 선택해도 나는 상관없네, 다만…… 자네가 선택한 길을 포기하고 되돌아와서는 절대 안 되네. 그것은 자신과의 싸움에서의 패배를 의미하기 때문이지."

"……네."

그림 넉 점을 벽에 세웠다. 술병을 입에 들이부었다. 자책과 분노, 괴로움이 한꺼번에 올라왔다. 칼을 들어 찢어버리고 싶었다. 하늘의 색이 못마땅했다. 새벽도 아니고, 밤도 아니었다. 처음의 색이 옳았다. 그러나 덧칠을 하면서 하늘은 제 색을 잃어버렸다. 과욕이 화근이었다. 선생님은 그것을 꿰뚫어 본 것이었다. 시지는 스스로에게 일렀다.

"미련한 놈……. 하지만 괜찮아. 과정일 뿐이니까."

새 캔버스를 이젤 위에 올렸다.

스승의 마지막 말이 머릿속을 맴돌았다.

"무엇을 그리든 똑같이 두 점씩 그리게. 도키시의 그림과 데라우치의 그림. 힘들겠지만 그 고통이 있어야 하네."

깊은 밤, 붓을 잡았다. 2층 아틀리에에서 바라본 도쿄의 밤 풍경을 담았다. 검은 바탕 위에 흰 점들이 무수히 그려지면서 도시의 거대함과 획일성, 그 속에서 살아가는 사람들의 일상이 표출되었다. 군중 속의 고독이 쓸쓸하면서도 서글프게 드러났다. 설레는 마음으로 데라우치 앞에 세웠다.

"아하!"

그리고 침묵이 찾아왔다. 잠시 후

"다시 그려보게."

단 한마디였다.

분노가 치밀었다.

"아악!"

괴성을 내지르며 벽에 머리를 찧었다. 캔버스를 바닥에 내동댕이쳤다. 붓을 한 움큼 쥐어 사방에 흩뿌렸다. 붓 끝에 아직 남아 있는 물감들이 벽에 현란한 물방울을 만들어냈다.

"도대체 왜 안 되는 거야! 왜, 왜!"

아침이 찾아왔을 때 그림은 완성되었다. 이제까지와는 완전히 다른 그림이었다. 고향 제주 바다가 펼쳐져 있었다. 맑고 순수했다.

데라우치는 그의 작업실에서 제자의 퀭한 눈을 응시했다. 그러나 '좋아'라는 말을 할 수는 없었다. 시지는 허겁지겁 밖으로 나와 캔버스를 좍좍 찢어 쓰레기통에 버렸다. 아버지의 말이 떠올랐다.

"절대 환쟁이는 안 된다."

그 위로 까마귀가 까악까악 울면서 서쪽 하늘로 날아갔다. 다리가 저려왔다. 정신없이 걷다가 멈추었다. '酒' 글자가 선명하게 새겨진 간판이 어른거렸다. 불쑥 안으로 들어갔다.

"술을 주쇼. 아무거나."

탁자에 술이 놓이자마자 병째 들어 입안으로 들이부었다. 분노와 좌절의 가슴이 가라앉고 다리의 통증도 희미해졌다.

"한 병 더 주시오."

마지막이라고 생각하고 새 캔버스를 이젤 위에 올렸다. 흰 캔버스가 파란색으로 빨간색으로 변하면서 춤을 추었다. 박수무당의 춤, 하나코의 춤이 차례로 지나갔다. 춤에 맞춰 노랫소리가 들리고 북소리, 징소리, 꽹과리, 흐느낌, 아우성, 환호성이 울렸다. 눈을 감고 귀를 막았다. 그러나 소리는 더욱 깊이 파고들었다.

"이봐, 절름발이 뭐 하는가?"

눈을 떴다. 괴물이 이를 드러내며 괴기하게 웃었다.

"후후…… 오랜만이야……."

"여긴 어떻게 들어왔어? 나가, 당장!"

괴물은 아랑곳하지 않고 점점 다가왔다. 시지는 주먹을 뻗었다. 허공 속으로 주먹이 쑥 들어갔다. 흐흣, 징그러운 웃음을 날리고 괴물은 목을 조르기 시작했다. 아무리 팔을 내두르고 저항해도 그를 이길 수 없었다.

"……여전히 하찮은 그림이나 그리고 있군. 내가 미(美)에 대해 가르쳐줄까?"

"너 따위에게 배우고 싶지 않아!"

온 힘을 다해 괴물을 밀어냈다. 서서히 뒷걸음질쳤다.

"그림은 내가 그려! 너 따위의 도움은 필요 없어!"

괴물은 온데간데없이 사라져버렸다. 땀이 비 오듯 쏟아졌다. 차가운 물을 뒤집어썼다. 머리가 맑아졌다. 문득 조현병(調絃病)에 걸린 것은 아닌지 의문이 들었다. '아닐 거야. 정신적 고뇌가 너무 심할 뿐이야.' 알몸으로 캔버스 앞에 앉았다. 외등 아래의 정원은 고즈넉했다. 자작

나무, 소나무, 플라타너스, 모과나무, 단풍나무가 외등 빛을 받으며 쓸쓸히 서 있었다. 붓을 들어 무심히 수직선 하나를 그었다. 나무가 되었다. 스스로 잎을 모두 떨궈내고 겨울을 이겨내는 강인한 〈겨울나무〉가 되었다.

하늘이 흐렸다. 금방이라도 비가 쏟아질 것 같았다. 파르테논 거리는 고요했다.

쿵쿵쿵.

급하게 계단을 오르는 소리가 들리고 문이 벌컥 열렸다. 흐린 오후의 침입자는 대뜸 소리 질렀다.

"도키시, 축하해! 광풍회에 입선했어!"

의자에 앉아 『일본 현대작가 작품집』을 넘기던 시지는 벌떡 일어섰다. 데라우치 스승이 〈겨울나무〉를 보고 눈을 반짝일 때 이제야 겨우 출품의 첫 번째 관문을 넘었다고 생각했다. 입선은 꿈도 꾸지 않았다. 그런데 첫 출품에 입선이라니!

"정말이야? 내가 광풍회에서 입선했어?"

구보타는 씩 웃으며 손을 내밀었다. 뜨겁게 그 손을 잡아 흔들었다.

"나 몰래 출품한 것이 괘씸하기는 해도…… 정말 축하해. 나는 네가."

시지는 재킷을 걸쳐 입었다.

"왜?"

"구보타, 기쁜 소식을 알려줘서 정말 고마워. 그런데…… 잠시 갔다 올 곳이 있어."

"지금? 어디를?"

서둘러 계단을 뛰어 내려갔다. 등 뒤에서 구보타가 야속한 목소리로 소리쳤다.

"이봐, 오늘 같은 날 축하주를 마시지 않고 대체 어디로 내빼는 거야?"

첫 번째 택시에 올랐다.

"제국극장으로 갑시다."

경비원은 여전히 같은 말을 했다.

"오늘은 공연이 없습니다. 내일부터 시작합니다."

정중히 인사를 하고 계단을 올라 커다란 문을 밀쳤다. 드넓은 홀을 지나 복도 끝의 분장실로 갔다. 노크도 없이 문을 열었다. 흰 발레복을 입은 무용수와 분장사가 화들짝 놀랐다.

"누구세요?"

더 놀란 사람은 시지였다.

"하나…… 코…….."

두 여자는 불쾌한 표정을 감추지 않았다. 낯선 남자가 불쑥 들어왔다는 것보다 그 남자가 절름발이라는 사실이 더 기분 나쁘다는 눈길이었다.

"하나코는 이곳에 없습니다."

"그럼 어디에?"

"오사카로 갔습니다."

"왜요?"

분장사는 샐쭉한 얼굴로 분을 들어 발레리나의 얼굴을 토닥였다.

"직접 물어보세요."

하늘은 짙은 회색으로 변했다. 빗방울이 하나둘 떨어졌다. 계단을 내려서며 시지는 생각했다. '왜 아무런 언질도 없이 갑자기 고향으로 내려갔을까?' 우뚝 멈추었다. 오사카는 하나코의 고향이면서 이케다의 고향이기도 했다. "아버지께 자주 연락드려"가 떠올랐다.

'아니야. 아닐 거야. 그날 나와 함께 뜨거운 사랑을 나누지 않았나?'

그날 밤 하나코는 스스로 옷을 벗었고 뜨거운 입술로 다가왔다. 하지만…… 그녀가 "사랑한다"고 말한 기억은 떠오르지 않았다. 택시에 올랐다.

"세타가야(世田谷) 기누타 공원으로 가세요."

공원 옆 골목에 그녀의 하숙집이 있었다. 문은 자물쇠로 굳게 닫혀 있었다.

"일주일 조금 넘었어요. 키 큰 총각하고 둘이 가방을 들고 갔는데…… 어딜 가냐고 물으니까 고향엘 간다고 했어요."

하숙집 여자는 물 묻은 손을 앞치마에 닦았다. 그 눈에 측은함이 담겨 있었다. '그대가 한 발 늦었구려.' 눈으로 나무랐다. 골목을 나와 거리를 마구 쏘다녔다. 둘이 자주 갔던 카페에 그녀의 모습은 보이지 않았다. 도란도란 이야기를 나누었던 공원에는 노인 서너 명과 아이들이 뛰어놀 뿐이었다.

'정녕 내가 한 발 늦었을까? 출품작에 몰입하는 사이 하나코가 내 곁을 떠난 것일까?' 하늘을 올려다보았다. 쿠릉, 천둥이 울렸다.

"석간신문에 난 기사를 내가 읽어볼게."

무네모리가 옆구리에 낀 신문을 펼쳤다. 잉크 냄새가 풍겼다.

"자, 잘 들어……. 이번 우시로 도키시의 일전(日本美術大展) 입선작 〈여인〉은 또 한 명의 젊은 천재 화가의 탄생을 알리고 있다. 이제 일본 화단에 혜성처럼 등장한 구보타 다이스케와 우시로 도키시, 이 두 천재들이 있기에 미래가 밝다."

읽기를 마치자 사람들이 박수를 쳤다. 둥그런 탁자에 여섯 명의 화가들이 둘러앉았다.

"축하연이 너무 조촐해서 어쩌나."

구보타는 과장스레 손을 내저었다.

"아냐. 이 자리도 내겐 너무 과분해."

"광풍회전 입선, 일전 입선, 남은 것은 최우수상인가? 유명 화가가 되는 날이 멀지 않았군."

"하핫, 한참 더 기다려야지."

"그런데 도키시는 왜 참석하지 않았지?"

"연락을 했는데…… 열흘 넘게 두문불출이야."

"왜?"

"우리가 그 속마음까지는 알 수 없지."

구보타 역시 왜 도키시가 칩거하고 있는지 알 수 없었다.

요시모토는 데라우치의 문하생이 된 이래 가장 불쾌한 날이었다. 그럼에도 연장자로서 참석하지 않을 수 없었다. 쓴웃음을 지으며 술잔을 기울였다.

"이봐, 구보타. 신문에 난 기사에 빠지지 말게. 아무것도 모르는 평론가들이 제멋대로 휘갈겨놓은 것이니까."

구보타가 달래듯 말했다.

"그것은 그렇지만, 좋은 소식인 것은, 제가 입선을 했다는 자랑이 아니라…… 데라우치 선생님의 제자로서……."

요시모토가 화를 벌컥 냈다.

"넌, 조센징이 일본 화단의 미래라는 게 좋은 소식이냐! 절름발이 조센징이 설치는 꼴을 보고만 있을 거야?"

넋두리이자 충고였다. 구보타는 섬뜩했다. 시지가 등장하기 전 가장 촉망받는 인재는 자신이었다. 광풍회전 입선도 자신이 빨랐다. 그런데 이제 스포트라이트는 옮겨갔다. 그러나 시샘을 드러낼 수는 없었다. 넓은 마음의 소유자라는 것을 사람들에게 보여주어야 했다.

"이건 그 차원이 아니라…… 선생님의 제자가 수상을 했으면 기뻐할 일이죠."

"머저리 같은 놈. 넌 무엇이 중요한지 모르고 있어. 우리 모두 정신을 바짝 차려야 해. 우리는 대일본제국의 후손이야. 조선이 우리의 식민지였다는 사실을 잊었나? 그 식민지 백성에게 우리가 질 수는 없어!"

요시모트는 둘러앉은 후배들을 매섭게 노려보았다. 손끝으로 구보타를 지목했다.

"우선 네가 먼저 본때를 보여줘. 여기서 지면, 넌 끝장이라구."

구보타의 눈꺼풀이 부르르 떨렸다.

진실은 우연히 들려온다

취기가 머리를 어지럽혔다. 일전(日展) 입선 통보서는 먼지를 뒤집어쓴 채 창가에 놓여 있었다. 아무런 의미가 없었다. 술병을 들어 입에 기울였다. 진한 알코올의 향취가 풍겨왔다. 왼손으로는 술을 마시면서 붓을 든 오른손은 멈추지 않았다. 한숨과 함께 붓을 내려놓고 편지를 읽었다.

그리운 도키시.

나는 지금 오사카에 있어. 고향집은 여전히 나를 반겨주는데 마음은 그러지 못해. 하지만 이번엔 꼭 아빠에게 도키시 이야기를 할 거야. 아빠도 나를 이해하고 받아들여주실 거야. 조금만 기다려줘. 건강 조심하고. 사랑해.

하나코의 말이 실천될 수 있을지 의심스러웠다. 사랑과 결혼은 별개였다. 하나코의 아버지는 역사학과 교수였다. 대동아전쟁의 당위성에 대한 논문으로 육군대본영의 표창까지 받은 경력이 있었다. 그가 조선인을, 한국인을 받아들일 수 있을까?

"우시로 화백, 뭐 하나?"

옆집 화가가 얼굴을 비죽이 들이밀었다.

"이제 화백이라 불러야겠지. 흐흐."

시지는 웃음조차 나오지 않았다. 벽에 완성된 그림 하나가 세워져 있었다.

"어디선가 본 여자인데……."

부정하지 않았다. 하나코가 그림의 모델이기 때문이었다.

"작품명이 뭐야?"

"……〈베레모를 쓴 여인〉……."

"제목은 단순한데 사람을 잡아끄는 묘한 매력이 있어. 지금 그리는 작품은?"

"뭐, 단순한 게 좋겠지. 〈가을풍경〉이라고 할까."

구보타는 머리를 그러쥐었다. 벌써 다섯 번이나 개작을 했건만 그림은 엉망이 되어갔다. 산이 바다로 바뀌었고, 정물화가 되었고, 정물화는 추상화로 변해가는 중이었다. 괴발개발의 그림이었다. 붓을 놓았다. 경쟁자는 지금 무엇을 하고 있을까. 술병을 기울여 한 모금 꿀꺽 삼키고 점퍼를 입었다. 시지의 아틀리에는 조용했다. 발소리를 죽여 계단을 올라 슬며시 문을 밀었다.

삐그그 소리도 들리지 않고 오일 냄새가 코를 찔렀다. 희미한 취침 등을 켜놓고 시지는 침대에 파묻혀 있었다. 새근새근 소리가 들렸다. 침대 아래에 술병 네댓 개가 쓰러져 있었다. 벽에 세워진 여러 점의 캔버스를 차례로 넘겼다. 숨이 막혔다.

'아…… 어떻게 이런 그림을!'

불에 태워버리고 싶은 충동이 일었다. 그러나 부질없을 것이었다. 그림은 캔버스에 있지만 진짜 그림은 시지의 마음속에 있을 것이었다. 얼마든지 같은 그림을 그려낼 것이었다. 한숨을 내쉬고 조용히 물러나왔다. 골목에 서서 골똘히 생각에 잠겼다. 이대로 돌아가 이젤 앞에 앉는 것은 패배자의 행동이었다. 타인의 그림에 자극을 받아 새 그림을 그리고 싶지 않았다. 스스로가 창조해내야 했다. 하지만 자신이 없었다.

연습실 바닥에 주저앉아 천장을 보고, 술 한 잔을 마시고 붓을 들었다. 다시 놓았다. 요시모토의 호통이 떠올랐다.

"여기서 지면, 넌 끝장이라구."

안 돼, 조선인에게 질 수 없어! 변시지에게 질 수 없어, 나는 두 다리가 멀쩡한데 한 다리로 절뚝이는 놈에게 질 수 없어, 수단을 가리지 않고 조선인을 이겨야 해.

발끝으로 걸어 복도 끝으로 갔다. 자물쇠가 채워져 있는 데라우치의 그림 보관소였다. 제자들이 '지금 선생님이 작업하는 그림을 보고 싶습니다' 간청하면 언제나 거부했다.

"내 그림이 여러분에게 영향을 주어서는 안 돼. 화가는 스스로의 세계를 창조해야 돼."

그러나 열쇠가 어디 있는지 모르는 제자는 없었다. 단지 몰래 열지 않을 뿐이었다. 문 위의 실내등 뒤에서 열쇠를 꺼냈다. 사방은 고요했다. 바람소리조차 들리지 않았다. 떨리는 손으로 자물쇠를 열고 안으로 들어가 캔버스를 마구 뒤졌다. 한 작품에서 멈추었다.

"이번 34회 광풍회전에 출품된 작품들은 양도 풍성하지만 전체적으로 수준이 높아졌습니다."

가즈마 심사위원장의 말에 다섯 명의 심사위원 모두 흡족한 표정을 지었다. 하지만 모두가 진정으로 기쁘지는 않았다. 예선을 통과해 본선에 진출한 작품은 열두 점이었고, 그중 최종적으로 두 점이 남았다. 한 작품을 선정해야 하는 결선을 앞두고 가즈마는 난생처음 고민에 빠졌다. 〈베레모를 쓴 여인〉, 〈만돌린을 가진 여자〉의 작가가 동일인이었기 때문이었다.

"이 작품에 필적할 만한 작품이 정녕 없단 말이오?"

두 작품을 가운데 두고 심사위원들은 두 패로 나뉘었다. 화단의 한 축을 이끌어온 하야테가 초조한 기색을 감추지 못했다.

"다른 작가의 작품이 곧 온다고 했습니다. 기다려주시죠."

다른 위원이 어처구니없다는 듯 반박했다.

"예선, 본선을 이미 다 치르고 두 작품만 남았는데 새 작품이라니? 그런 규정이 어딨습니까?"

그 옆의 위원이 상기된 얼굴로 거들었다.

"그리고, 도대체 이 그림이 최고상을 받으면 안 되는 이유가 뭡니까?"

하야테가 변명을 늘어놓았다.

"모두 맞는 말씀인데 한 작가의 두 작품만 결선에 올려 심사하는 건 문제가 있잖소."

반박하던 위원들은 기가 막혀 입을 쩍 벌렸다. 데라우치는 굳은 얼굴로 아무 말도 하지 않았다. 다급히 문이 열리고 직원이 그림 하나를 들고 왔다. 하야테의 얼굴에 화색이 돌았다. 그와 반비례로 데라우치는 아연실색했다.

"구보타의 〈남자〉라는 작품입니다. 어떻습니까? 탁월한 구도와 색감을 가졌어요!"

가즈마가 어리둥절해했다.

"이건 예심에서 작가 스스로 기권한 작품으로 알고 있는데."

"그럴 리가 있습니까? 뭔가 착오가 있었겠죠. 신예 화가 구보타의 작품입니다."

데라우치는 눈을 감았다. 두 달 전에 자신이 그린 그림의 모방작이었다. 위원들은 뭔가 마음이 불편했지만 하야테가 그렇게까지 나오는 이유를 짐작했다. 서로의 눈치를 보며 그림을 살피기 시작했다. 누군가 마지못해 말했다.

"기풍이 색다릅니다."

문이 벌컥 열렸다. 구보타가 숨을 헐떡이며 뛰어 들어왔다.

"이게 무슨 짓입니까?"

모두 깜짝 놀라 일제히 구보타를 보았다. 데라우치는 부끄러움이 밀려들었다.

"자네가 여기에 왜……."

구보타는 다짜고짜 그림을 들고 나가려 했다. 하야테가 만류했다.

"구보타, 잘 생각해보게."

"뭘 말입니까?"

"조선인이 최고상을 받게 할 순 없지 않나?"

위원들의 얼굴이 일그러졌다. 하야테를 반박한 위원도 설핏 수긍의 표정을 지었다. 그러나 구보타는 자신의 잘못을 통철하고 있었다.

"그게 무슨 말씀입니까? 작품이 중요하지 국적이 중요합니까?"

누가 말릴 틈도 없이 구보타는 호주머니에서 칼을 꺼내 좍좍 찢었다. 모두 경악했다. 데라우치는 더 이상 참을 수 없었다. 모방작도 하나의 작품이었다. 모든 그림은 자연과 현상의 모방작일 뿐이었다.

"구보타! 이게 무슨 짓인가?"

제자는 씩씩거리며 고개를 떨구었다.

"작품을 찢다니. 이 그림은 너의 분신이야. 그 사실을 잊었나!"

"……죄송합니다. 저는 스승님의 제자가 될 자격이 아직 부족합니다."

그 눈에 눈물이 맺혔다. 찢어진 그림을 들고 밖으로 나가자 가즈마가 하야테를 노려보았다.

"정녕 부끄러운 일이오. 하야테 위원은 여기 있을 자격이 없소. 나가주시오."

화환 여러 개가 건물 입구를 수놓았다. '제34회 광풍회 수상작가 작품전' 리본이 바람에 흔들거렸다. 강당은 사람들로 북적였다. 패전 3년이 지나면서 일본 사회는 활기를 띠었고, 경제는 나날이 발전했으며 예술 분야도 괄목할 성장을 이루어가고 있었다. 34회 광풍회전은 그 성장을 이끄는 견인차였다. 화가들, 교수들, 기자들, 시인과 소설가들, 기업인들, 고위관리들이 강당을 가득 메웠다.

"에, 다음은 오늘의 정점인 광풍회전 광풍상 시상식이 있겠습니다."

가즈마가 연단에 올랐다.

"34회 광풍회전에는 100여 점이 넘는 작품이 응모했고, 치열한 경쟁을 뚫고, 또 엄정한 심사를 거쳐 광풍상을 선정했습니다. 그 주인공은…… 우시로 도키시!"

우레와 같은 박수가 터졌다. 시지는 절뚝이며 연단에 올랐다. 벅찬 감격이 밀려왔다. 작년에는 입선에 불과했으나 1년 만에 최고상을 따냈다. 50줄에 들어선 화가가 되어야 받던 상인데 조선인 23세 약관의 나이에 받은 광풍회 역사상 최연소 수상자가 된 것이다. 시상식장 맨 앞에 어머니와 누나, 작은아버지, 친척들이 앉아 있었다. 어머니는 고

운 한복을 입었다. 사람들은 처음엔 머뭇거렸으나 곧 칭송을 아끼지
않았다.

"한국의 한복은 깊은 아름다움이 있습니다."

"훌륭한 화가를 키워낸 어머니의 강인함에 존경을 표합니다."

그것이 입에 발린 칭찬일 수 있을지라도 분명한 사실이었다. 시지는
아버지의 마지막 말이 떠올랐다. 서귀포의 푸른 바다도 떠올랐다. 상
장을 들고 구보타와 눈이 마주쳤다. 그는 며칠 동안 술에 절어 있었다.
다행히 시상식장에는 왔으나 침통한 얼굴이었다. 시상식이 끝나자 사
람들은 작품을 둘러보았다. 한가운데 시지의 네 작품이 걸려 있었다.
〈베레모의 여인〉, 〈만돌린을 가진 여자〉, 〈조춘(早春)〉, 〈가을 풍경〉 앞
에 사람들이 몰려들어 저마다의 소감을 말했다.

이케부쿠로 해선정 주점은 시끌벅적했다. 어머니의 배려로 하룻밤
통째 빌려 축하연이 열렸다. 수십 명이 몰려 빈 의자가 없었다.

"축하하오, 우시로 화백. 술 한잔 받으시오."

"월간 현대미술 기자입니다. 다음 주에 저와 인터뷰를 하시죠."

"나중에 유명 화가가 되었다고, 아니 벌써 유명 화가가 되었지. 나를
모른 체하지 말게나."

사람들은 한마디를 건넬 때마다 술 한잔을 권했다. 시지는 그 술을
사양하지 않았다. 구보타 역시 술을 사양하지 않았다. 마시면 마실수
록 정신이 말똥말똥했다. 요시모토가 이죽거렸다.

"조센징, 좋아 죽네! 너는 대체 뭐 하는 놈이냐?"

"……."

"우리야 그림 실력이 달려서 어쩔 수 없다지만 구보타 너는 우시로 보다 못한 게 뭐야? 내가 그렇게 일렀건만."

구보타는 술잔을 꽉 움켜잡았다. '내가 그보다 못한 것은 딱 하나이다. 그는 '눈'이 있고, 나는 '눈'이 없다. 그는 사물의 본질을 파악하는 특별한 눈을 가졌다. 그것은 노력으로 가질 수 있는 것이 아니다. 하지만 나는 노력이라도 해본 것일까? 너무 힘을 주어 잔이 깨질 듯했다.

"뭘 어쩌란 것입니까? 그는 그이고, 나는 나일 뿐입니다."

"머저리 같은 놈!"

그 말이 끝나기도 전에 주먹이 날아갔다. 요시모토는 느닷없는 가격에 뒤로 나자빠졌다.

"니가 날 쳐? 이 새끼, 선배에게……."

지지 않고 구보타에게 주먹을 날렸다. 테이블이 엎어지고 술잔이 바닥으로 떨어져 요란스레 깨졌다. 제자들이 뜯어말렸다. 구보타는 주먹을 쥐고 씩씩거리다 옆 테이블의 술병을 들어 벌컥 마셨다. 모멸감과 부끄러움이 밀려들었다. 시지는 망설여졌다. 싸움판에 갈 수도, 모른 체할 수도 없었다. 파르테논의 화가 한 명이 끌어 앉혔다.

"신경 쓰지 마. 애들은 다 저런 거야."

비틀거리며 밖으로 나온 구보타는 주점 입구의 느티나무 아래에 구토를 했다. 마음속의 부끄러움과 모멸감까지 모두 토해내고 싶었다.

"구보타!"

돌아서자 갑자기 거센 손이 뺨을 내리쳤다.

"그렇게 심지가 약한가!"

"……."

"내 그림을 훔쳐 표절한 배포는 있으면서 자신의 작품을 창출할 배포는 없나?"

"죄, 죄송합니다……."

"……내가 왜 우시로를 제자로 받아준 줄 아는가?"

구보타는 술에 취했으나 정신은 멀쩡했다. 비아냥이 묻어나는 대답이 저절로 튀어나왔다.

"뭐! 천재라서 아닙니까?"

"맞아. 우시로는 천재지. 마치 그림을 그리려고 태어난 사람 같아."

그럴 줄 알았다는 듯 피식 웃었다

"아, …… 그렇게 말하실 줄 알았습니다."

"하지만 우시로는 일본인이 아냐. 진정한 일본화는 일본인의 정서에서 나오는 거야."

정신이 번쩍 들었다. 취기가 한꺼번에 사라졌다.

"우시로는 자네가 넘어야 할 산이야. 자네를 위해 우시로를 제자로 삼은 걸세."

"……."

"눈에 보이는 것만 믿으려 하지 말게."

구보타는 울음을 터뜨리며 무릎을 꿇었다.

"……죄송합니다."

"아무리 우시로가 뛰어나도 그는 변시지라는 한국 사람이고 우리와는 피가 다르고 민족이 다르지 않나? 우시로가 자네의 자극제가 되어 구보타 자네가 나를 이어 일본화를 더 발전시킬 수 있도록 하였으면 하네. 내 뜻을 알겠는가?

시지는 벽 뒤로 뒷걸음질쳤다. 구보타를 위로하는 것이 의리라는 생각이 들어 그를 찾으려 밖으로 나온 것이 불찰이었다.

나는 한국인이다

"소식 들어서 알고 있겠지?"

"무얼?"

옆집 화가는 어이없는 눈길로 혀를 끌끌 찼다.

"한국에 전쟁이 터졌어."

"……."

"북조선 인민군이 휴전선을 넘었다 하더군. 그놈들 미리 준비를 단단히 했나 봐. 벌써 서울이 함락되었다던데."

머리가 어지러웠다. 가슴이 먹먹해졌다. 자신이 고국을 위해 지금 할 수 있는 일이 아무것도 없다는 현실이 답답하고, 서글펐다.

"너무 걱정은 하지 마. 민주국가들이 힘을 보태주겠지."

전쟁이 일어난 현실이 안타깝고, 다른 민주국가들이 힘을 보태주어야만 전쟁이 끝날 수 있다는 현실은 더욱 안타까웠다.

고개를 떨구고 붓을 꽉 움켜잡았다.

가늠할 수 없는 절망 속에서 아름다움이 피어났다. 한 달 넘게 화실
에 틀어박혀 그림에 묻혀 살았다. 매일 아침 눈을 뜨자마자 이젤에 새
캔버스를 올리고 그림을 그렸다. 저녁이면 거리로 나가 술집을 순례하
며 술을 마셨다. 파르테논 거리의 젊은 화가들은 시지와 마주치면 베
레모를 벗고 정중히 인사했다. 불쾌함이 솟아났다.

"왜 나에게 인사를 하는 것이지?"

"광풍회전 최우수 작가에 대한 예우입니다."

그런 인사는 반갑지 않았다. 술을 상자째 사서 화실 구석에 앉아 몇
날 며칠 마셨다. 입에 발린 칭찬과 의례적인 인사를 받지 않아서 좋았
다. 세수도 하지 않고, 거지처럼 옷을 입어도 간섭하는 사람이 없어서
좋았다. 술병이 늘어날수록 작품도 늘어났다.

"저 모르시겠어요?"

"누구신지?"

오후 늦게 찾아온 신사는 천연덕스레 자신을 소개했다.

"시세이도 화랑에서 일합니다. 신인 발굴을 맡고 있지요."

"아…… 그런데 무슨 일로?"

"저희 화랑은 일본 최초의 화랑으로 대가 위주로 전시를 하고 있습
니다만, 수상 경력상 저희 화랑에서 전시를 여실 자격이 됩니다."

가슴이 떨렸다. 오며 가며 시세이도 화랑을 보았고, 유명 작가의 개인전이 열리면 빼놓지 않고 관람했다. '나도 언젠가는……' 꿈을 꾸었으나 이렇게 빨리 올 줄은 몰랐다. 사내는 대답도 듣지 않고 마음대로 캔버스를 넘겼다.

"그림이 많으시네……. 이 중에서 열일곱 점만 첫 전시를 하도록 하지요."

"팔려고 그린 그림이 아닙니다."

"그렇지요. 하지만 이렇게 쌓아두기만 하면 창고가 천 평이 넘어도 부족합니다. 지금 사람들은 신예 화가의 작품을 간절히 기다리고 있습니다."

"저는 아직 준비가 덜 되었어요."

"흐흐……. 전시 결정은 저희가 합니다. 우리가 한다면, 그 화가는 그럴 위치를 확보했다는 뜻이지요. 그림을 팔면 돈이 생기는데 그 돈으로 멋진 화실도 새로 장만하고."

시지는 눈을 반짝 빛냈다. 멋진 화실은 필요 없었다. 그러나 돈은 필요했다. TV 뉴스에서 방영되던 고국의 참상이 떠올랐다. 전쟁으로 폐허가 된 고국에 돈을 보내면 재건에 조금이나마 도움이 될 것이었다.

"열일곱 점은 의미가 없고, 스무 점으로 하지요. 대신 그림을 전부 팔아주셔야 합니다."

"걱정 마시오. 앞으로도 잘 부탁합니다."

8일 동안 열린 첫 개인전에는 수백 명이 방문했다. 예고 없이 빗방울이 떨어지던 날 시지는 창가에 앉아 거리를 무심히 바라보았다. 퇴근을 앞둔 시간이라 방문객은 많지 않았다. 어스름한 거리에 검은 세단 한 대가 천천히 멈추었다. 중년 신사가 차에서 내렸다. 그림을 둘러보고 시지에게 다가왔다.

"아름다운 그림입니다."

귀를 의심했다. 10여 년 만에 듣는 한국말이었다. 국교가 회복되지 않아 일본 땅에 입국하는 한국인은 거의 없었다. 정부 관리, 몇 명의 기업인이 일본을 방문했으나 전시장을 찾는 일은 없었다. 시지는 '아름다운'이라는 단어에 정신이 번쩍 들었다. 나는 지금까지 진정한 아름다움을 그림에 담았던가?

"원래 예정에 없었는데 한국인이라는 말을 듣고 관람을 왔습니다."

"……고, 고맙습니다."

신사는 명함을 내밀었다.

"한국에 오시면 한번 왕림해 주시오."

韓國 ソウル 仁賢高等學校 理事長 朴仁成

명함을 공손히 받았다. 그러나 한국에 갈 일은 있을 것이겠지만 이 신사를 만날 일은 없으리라 생각했다. 화가 몇 명이 왁자하게 떠들며 들어왔다.

"우리가 왔네. 첫 개인전에 축하주가 빠져서는 안 되지."

벌써 여섯 번째 듣는 말이었으나 싫지 않았다.

"잠깐 기다리게. 이제 문을 닫고 밤새 마셔보세."

비틀거리며 화실로 돌아왔을 때 문틈에 편지 하나가 꽂혀 있었다. 오사카라는 글자를 보자마자 정신없이 뜯었다.

보고 싶은 도키시에게.

잘 지내고 있나요? 저는 아직 오사카에 있어요. 미안해요, 도키시. 약속을 못 지킬 것 같아요……. 정말 미안해요. 나를 잊어주세요.

그대로 꼬꾸라졌다. 하얀색 신부복을 입은 여자가 걸어왔다.

"하나코!"

손을 내밀었다. 하나코가 그 손을 잡았다. 거칠었다. 손의 주인은 이케다로 변했다.

"하핫, 바보 같은 놈, 그깟 화가가 되었다고 기고만장이냐!"

참을 수 없었다. '그깟 화가'라는 단어보다 하나코 옆에 있다는 것이 더 분노스럽게 했다. 용머리 지팡이에서 검을 꺼내 휘둘렀다. 있는 힘을 다해 휘둘렀으나 허공만 가를 뿐이었다. 흐흐, 비웃음을 날리며 이케다는 사라지고 구보타가 빈정거렸다.

"상 하나 탔다고 대단한 줄 알지? 다른 사람들이 알아봐준다고 대화가라도 된 것 같나? 넌 그냥 흉내만 잘 내는 광대일 뿐이야!"

검은 허공에서 멈추었다. 손이 부들부들 떨렸다. 구보타가 데라우치로 변했다.

"넌 조선 사람이냐? 일본 사람이냐? 네 정체성은 도대체 뭐냐? 으하하하!"

똑똑.
"들어와."
조심스레 문이 열렸다. 후배가 얼굴을 들이밀었다.
"선배님."
시지는 붓질을 멈추지 않았다. 붓이 멈추면 색도 멈추었고 그림은 일관성을 상실했다. 후배는 지독한 술 냄새와 담배 냄새에 얼굴을 일그러뜨렸다. 방 안에 있는 세 명의 여자를 보고 기겁했다. 젊은 세 여자가 벌거벗고 창 앞에 서 있었다.
"넌…… 왜 왔니?"
후배는 자신이 온 목적을 까마득히 잊고 여자들을 보고, 홀린 듯 캔버스를 보았다. 세 여인의 나신이 담겨 있었다.
"아! 선배님, 이 작품의 제목이?"
"뭐…… 〈3인의 나부〉라고 할까. 그런데 왜 왔어?"
"아참, 데라우치 선생님이 선배님을 데려오라 해서."
"가지 못한다고 전해줘."
후배는 금세 울상으로 변했다.
"그러면 제가 혼납니다. 빨리 저와 함께 가세요."
술병을 들어 벌컥벌컥 마셨다. 작업실에 도달했을 때 취기가 올라왔다. 항상 취해 있었지만 방금 전 마신 술이 치명타였다. 데라우치는 바위처럼 앉아 있었다. 요시모토가 그 옆에 뱀처럼 도사리고 앉아 쏘아보았다. 시지는 반듯하게 앉으려 했건만 몸이 자꾸 오른쪽으로 기울어졌다.

"개인전을 잘 마쳤다는 소식은 들었네."

"……"

"그림도 전부 비싼 값에 팔렸다고 하던데 왜 거지꼴인가?"

그 질문에 답할 의무는 없었다. 돈은 전부 고국으로 보내졌다.

"그리고, 작업실엔 왜 그렇게 뜸한가?"

"……죄송합니다."

"왜 그렇게 살아가나? 광풍회원이면 품위도 유지하고 타의 모범이 되어야 하거늘."

격한 감정이 올라왔다. 굳이 자제할 필요가 없었다.

"저 같은 한국인이, 아니, 조센징이 어찌 타의 모범이 될 수 있답니까?"

데라우치는 당혹했다.

"무, 무슨 뜻인가?"

"스승님, 전 일본인입니까, 한국인입니까?"

"……"

시지는 틈을 주지 않고 물었다.

"제가 그린 그림은 일본화입니까, 한국화입니까?"

"……."

스승의 말이 머릿속에서 맴돌았다.

— 아무리 도키시 군이 뛰어나도 그는 변시지라는 조선 사람이고 우리와는 피가 다르고 민족이 다르지 않나? 우시로가 자네의 자극제가 되어 구보타 자네가 나를 이어 일본화를 더 발전시킬 수 있도록 하였으면 하네. 내 뜻을 알겠는가?

"제가 그린 그림은 일본화입니까, 한국화입니까? 선생님! 말씀해주십시오."

"이 녀석, 어디서 행패야!"

요시모토가 주먹을 뻗어 시지를 마구 때렸다. 크억, 비명을 내지르며 쓰러졌다.

"스승님, 괜찮으십니까? 조센징이 어디서 술주정이야!"

입가에 흐르는 피를 닦아내는 시지의 눈가에 이슬이 맺혔다.

제4부

가장 한국적인 것

조국이 반겨주는 방법

한 시간밖에 걸리지 않았다.

'이토록 짧은 거리인데…… 나는 왜 돌아올 생각조차 하지 않았던 것일까?'

하늘을 둥둥 떠다니는 뭉게구름을 보며 한편으로는 가슴을 찌르는 자책감이, 한편으로는 어린아이의 설렘이 들었다. 서울행 노스웨스트 항공기는 하강하기 시작했다. 32세의 나이에 고국에서 새로운 삶을 시작하는 것이 늦지는 않았다고 위로했다.

"정말 그럴까?"

옆 좌석의 남자가 불쑥 물었다. 깜짝 놀라 그를 바라보았다. 눈 하나가 징그러운 웃음을 지었다.

"너, 넌."

괴물은 몸을 기울여 귀에 속삭였다.

"이제야 제 이름을 찾았군. 변시지. 광복된 지 12년 만에…… 너무 늦은 것 아닌가?"

"꺼져, 네까짓 게 무얼 안다구."

"흐흣, 고국이라고 널 반겨줄 거라 생각해? 네 그림이 과연 환영받을 수 있을까? 아니, 우시로 도키시, 아니, 변시지가 환영을 받을까?"

"이 자식, 당장 꺼져. 앞으로 나는 오로지 내 이름 하나로만 살 것이다!"

시지의 호통에 옆 승객이 겁먹은 표정으로 대꾸했다.

"왜 이러는 거요?"

괴물은 온데간데없고 평범한 사내가 질겁을 했다.

"……죄, 죄송합니다."

"별 미친 사람 다 보겠네."

김포공항은 한가했고, 건물도 작았다. 국제공항이라는 이름에 전혀 어울리지 않는 외형이었다. 전쟁이 끝난 지 3년밖에 지나지 않았기에 그럴 수 있으리라 생각하면서도 일본에 비해 고국의 모든 것이 너무 뒤처져 있다는 현실에 가슴이 아팠다.

"이름이?"

"변 시 지 입 니 다."

입국검사원은 이맛살을 찌푸렸다. 일본인에 대한 반감이 그대로 드러났다. 지루한 입국 심사가 끝나고 게이트를 나오자마자 한 남자가 막아섰다. 그 뒤에 두 명의 건장한 남자가 서 있었다.

"변시지 선생님인가요?"

"……네."

"지금 선생님을 기다리는 기자들이 공항에 쫙 깔렸어요."

시지는 당황했다. 서른 살이 안 되어 보이는 검정 양복의 사내는 눈이 날카로웠고, 위압적이었다. 가죽 점퍼를 입은 두 명의 남자는 주변을 끊임없이 살폈다. '왜?'라는 단어는 생각났지만 그 이후의 한국어는 떠오르지 않았다. 사내들은 시지를 에워쌌다.

"기자들에게 붙잡히면 괜히 시끄러워집니다. 환영보다는 비난이 더 많을 것입니다. 저희가 조용히 모실 테니 이쪽으로 오시죠."

"……무, 무슨 일…… 입니까?"

양쪽에서 팔을 붙잡고 사내들은 빠르게 걸어 '관계자 외 출입금지' 문을 열었다. '왜?'라는 말만 머릿속에서 빙빙 맴돌았다. 한 시간 후 지프차는 낯선 거리의 낯선 주택 앞에 멈추었다. 그곳만 낯선 것이 아니었다. 모든 것이 낯설었다. 읽을 수 없는 한글 간판이 태반이었다. 감나무와 은행나무가 그늘을 만들어주는 평범한 주택에 작은 초소가 있었다. 군인이 바리케이드를 올리며 거수경례를 했다.

"고, 공항에서…… 내 사촌형이……."

떠듬거리는 항변은 아랑곳하지 않고 사내들은 시지를 끌어내렸다. 한 사내가 트렁크에서 시지의 가방 세 개를 꺼냈다.

"……여긴…… 서울대학교가 아닌 것 같은데……아, 아닌데 ……."

"들어가시오. 금방 끝납니다."

창문도 없는 좁은 방에 책상 하나, 의자 두 개, 철제 캐비닛 하나가 전부였다. 이런 구도는 난생처음이었다.

"앉으시오."

사내는 시지를 똑바로 노려보았다.

"나는…… 보통은 내 소개를 하지 않는데, 변 선생님과는 어쩌면 오래 인연을 맺어야 할 것 같아서."

시지는 침을 꿀꺽 삼켰다.

"물, 차가운, 물을 한 잔만 주시겠소?"

군용 마크가 찍힌 철제 컵 하나가 책상에 올려졌다. 물은 미지근했고, 비린내가 풍겼다.

"나는 특무부대 정형철 중사요."

알 수 없는 단어들이었다.

"……왜…… 이곳으로……날……?"

"일본에서 성공하신 분이 굳이 한국에 온 이유가 뭐요?"

성공? 무엇을 의미하는지 의아했다. 화가에게 성공이란 과연 무엇인지 의문이 들었다. 오히려 시지가 묻고 싶었다.

"……성공이 대체 무어요? 그리고…… 그걸 왜, 왜 알고 싶은 거요?"

"여기보다 거기가 여러모로 예술하기엔 좋은 환경이었을 텐데."

"……다, 당신이…… 예술에…… 대해 뭘…… 내 환경을…… 안다고?"

형철은 넥타이를 느슨하게 풀었다. 눈짓을 하자 문 앞의 사내가 다가와 시지의 뒷목을 강하게 내리쳤다. 컥, 몸이 앞으로 꼬꾸라졌다.

"단도직입적으로 묻죠. 누구 지령으로 움직였소?"

"……지, 지…… 령이라니? 무, 무슨 소리요?"

"안 되겠군,"

시지를 일으켜 밖으로 끌고 나갔다. 지하의 방은 1층보다 더 암울했다. 5평이 되지 않은 작은 방에 채찍, 야구방망이, 커다란 양은 주전자, 낡은 수건, 집게, 수갑, 밧줄이 주렁주렁 걸려 있었다. 가슴이 먹먹해졌다. 눈앞에 60와트 전구를 바짝 들이밀었다. 눈알이 타오를 것 같았다. 머릿속이 새하얘졌다. 데라우치 선생의 편지가 떠올랐다. 이케부쿠로의 화실을 정리할 때 우체통에 꽂힌 편지를 뒤늦게 발견했다.

> *변시지 군.*
>
> *고국을 사랑하는 그대의 마음을 내 모를 리 없네만, 예술의 세계에서 국경이란 존재하지 않네. 오히려 예술가는 그 국경을 뛰어넘어야 하네. 자네의 고국인 한국은 예술의 측면에서 아직 뜻을 펼치기 어렵네. 일본에 계속 남아서 자네가 지닌 천재성을 마음껏 펼치기를 간절히 원하네. 꼭 나의 문하생이 아니어도 좋네. 다시 한 번 깊이 생각하기를 바라네.*

그 편지를 찢어서 버렸다. 데라우치 선생의 말처럼 자신에게 천재성이 있다면 그 어디에서 그림을 그려도 능력을 발휘할 수 있으리라 생각했었다. 그러나 시지는 천재성이라는 단어에 현혹되지 않았다. 한국인으로서 한국다운 그림을 그리고 싶었다. 일본에 눌러앉으면 데라우치 선생의 후광으로 승승장구할 수도 있겠지만 시지는 그 편안함을 받아들일 수 없었다. 깊은 고독과 갈증 속에서 새로운 예술을 시도해야 했다. 그러나 "한국은 예술의 측면에서 아직 뜻을 펼치기 어렵네"라는 말은 정확히 들어맞았다. 순간 깊은 후회가 들었다. 형철은 손가락으로 시지의 이마를 콕, 찍었다.

"당신 같은 종자들 내가 모를 줄 알아? 예술이네 뭐네 한답시고 시뻘건 빨갱이 사상에 물들어 불온한 사상이나 퍼뜨리고 말이야. 빨리 불어. 여기 누가 보냈어?"

"……누가 보내다니…… 난, 내가 오고 싶어서 왔소……."

"거짓말은 그만하고, 누가 보냈냐구!"

"나, 난…… 남이…… 시킨다고…… 움직이는 그런 사람 아니야……."

주먹이 날아와 배를 강타했다. 참을 수 없는 고통이었다. 덜커덕, 벽에서 무언가를 내리는 소리가 소름 끼치게 들렸다. 눈을 감았다.

"내가…… 초면에 이런 실례까지는 하지 않으려 했는데…… 눈 뜨시오."

녹슨 쇠 집게를 눈앞에 들이밀었다.

"당신의 손톱을 뽑아줄까?"

"대, 대체, 왜?"

"변하윤이 작은아버지 아닌가?"

"그, 그렇소."

"오사카에서 교포를 상대로 은행을 하더군. 그곳은 조총련 추종자들이 득시글거리는 곳이지. 한국은 빨갱이 놈들 때문에 전쟁이 터졌고, 수백만의 사람이 죽었소. 변하윤의 은행 자금이 조총련으로 들어가고 있다는 정보를 가지고 있소."

"나, 난 모르오. 그리고 작은아버지는 조총련이 아니오. 공산주의자도 아니고, 평범한 사업가요."

"정말 그럴까?"

"조사해보면…… 다 알 것이오."

형철은 집게를 내던졌다.

"우리의 감시망을 벗어날 수 있을 것이라 생각하지 마시오."

대문에서 멀찍이 떨어진 곳에 택시를 대놓고 기다리던 현민은 이제나 저제나 초조함이 들었다. 땅거미가 질 때가 되어서야 무거운 철문이 열리고 시지가 비틀거리며 나왔다. 군복을 입은 사내가 가방 세 개를 땅바닥에 집어던졌다. 현민은 뛰어가 사촌동생을 안았다.

"괜찮아?"

절뚝거리며 배를 부여안고 돌턱에 주저앉았다.

"빨리, 이곳을 벗어나자."

멀뚱히 바라보던 택시 기사가 가방을 트렁크에 실었다. 현민은 동생을 뒷좌석에 겨우 태웠다.

"에이, 징글징글한 놈들. 털어봤자 먼지도 안 날 사람이라고 그렇게 말했건만……."

시지는 고통의 한숨을 내쉬었다.

"그런데 왜…… 나를?"

"그냥, 액땜했다 치고 잊어버려. 이 나라는 아직 상처가 깊어."

동숭동 서울대학교병원은 식민 시대의 모습을 그대로 간직하고 있었다. 그 옆 세 번째 건물이 예술관이었다. 시지는 떨리는 손으로 교실 문을 열었다. 강의실에 학생들이 빼곡히 앉아 있었다. 그들의 눈동자는 기대에 차 있었다.

강의실을 둘러본 순간 시지는 잘못되었다, 고 생각했다. 학생들이 너무 많았고, 그들의 뒤에 총장과 학장, 교수 몇 명이 서 있었다. 왜 이 자리에 있는지 의아했다. 어제 복도를 지나칠 때 우연히 들었던 학생들의 대화가 뇌리를 스쳤다.

"이번에 부임한 변시지 교수는 이제 겨우 서른세 살이라더라. 나는 기대가 많이 돼. 젊은 유학파가 더 많이 왔으면 좋겠어."

"광풍회 최연소 최고상이래."

"일본에서도 천재 소리 들었다나 봐."

그러나 지팡이를 짚고 교단에 올랐을 때 벌써 몇 명은 실망의 표정을 지었다. 시지는 심호흡을 한 번 하고 분필을 들어 칠판에 썼다.

美

"아…… 름…… 다움이……뭐, 뭐라고 생각…… 하나요?"

어떤 학생은 그 말을 겨우 알아들었고, 어떤 학생은 '대체 무슨 말이야?' 의아한 표정을 지었고, 어떤 학생은 비웃음을 그대로 드러냈다. 유랑극단의 희극인들이 일본의 식민지 시절을 비꼴 때 쓰는 '에, 나는 일본이노 순사므니다. 조센징이노 내 말이노 잘 들으므니다'와 똑같았다. 시지는 붉어진 얼굴로 칠판에 연이어 썼다.

線 + 色彩 + 形態 = 美

"이, 이것은……."

학생 한 명이 히힛, 웃었다. 손을 들어 계속 해보라는 듯 까불렀다.

"어디 얼마나 잘하나 보자. 네 놈이 무슨 강의를 한다고. 으하하하!"

괴물은 너털웃음을 터뜨렸다. 시지는 땀을 닦아내고 어젯밤에 연습했던 내용을 떠올리려 안간힘을 썼다. 등에 식은땀이 폭포처럼 흘렀다.

"미…… 미는…… 선과…… 새, 색채…… 그리고…… 형태의……."

학생들은 술렁였다. 33세의 혈기 넘치는 유학파, 학연과 지연을 뛰어넘은 교수, 일찍이 일본에서 한국인의 재능을 보여주었던 천재는 온데간데없었다. 총장은 이맛살을 심하게 찌푸렸고, 학장은 손을 비비꼬았다. 교수들은 '그러면 그렇지' 고개를 끄덕였다. 괴물은 더욱 크게 웃었다.

"으하하하! 으하하하!"

괴물의 웃음이 커질수록 시지는 더 더듬었다.

"아름…… 다움은…… 두…… 가지로 나…… 타낼…… 아니, 나……
누어…… 볼 수 있는데……."

도중에 일본어가 튀어나오려는 것을 가까스로 참았다. 덩달아 한국
말도 생각나지 않았다.

"오늘은……."

말을 끝맺지 못하고 지팡이를 들었다. 교단을 내려와 두 걸음을 뗀
다음에 다시 교단으로 올라가 지우개를 들어 칠판에 쓴 글자를 지웠
다. 절뚝이며 문을 빠져나갈 때 총장이 학장을 나무랐다.

"지금 뭡니까? 한국말도 못하는 사람을 교수로 데려온 겁니까?"

"그, 그게…… 죄송합니다, 총장님."

동숭동은 젊음의 거리였다. 아름드리나무들이 우거진 교정과 거리
곳곳에 학생들이 삼삼오오 모여 술을 마시고 다방에도 청년들이 넘쳐
났다. 작은 술집에 혼자 앉아 시지는 술잔을 비웠다. 소주는 무척이나
썼다. 그 쓴맛이 더 좋았다.

"여…… 기…… 술!"

앞치마를 두른 주모가 혀를 끌끌 찼다. 시지의 탁자에 늘어선 빈병
은 열댓 개가 넘었다. 주모는 처음 보는 낯선 남자가 술값이나 있을까
의심이 들었다. 의자에 세워놓은 지팡이가 툭, 떨어졌다.

"그만 자시유. 이미 많이 드셨응께."

"더…… 내…… 놔. 술…… 더…….."

"내가 함께 마셔줄까?"

한 남자가 슬며시 의자에 앉았다. 시지의 술잔을 자기 앞으로 가져다 놓았다. 그 눈은 하나였고 입에는 황소의 뿔 같은 이빨이 돋아났다.

"인상적인 첫 수업이었어!"

"……너…… 이 새끼, 니가…… 그랬지?"

"내가 뭐랬어. 어디서도 환영받지 못할 거랬잖아."

"너 죽여버리겠어!"

지팡이를 짚으려다 앞으로 꼬꾸라졌다. 다리가 저려왔다. 주모가 시지를 부축했다.

"아이고, 다리에 피가 흐르네."

다리를 힘껏 부여잡았다. 피는 바지를 적시고 밖으로 붉은색을 내비쳤다.

"아이고매, 피가 아이라 고름이네. 이게 먼 일이여."

더 세게 다리를 부여잡았다. 낯선 사람에게 아픔을 드러내고 싶지 않았다. 괴물이 다리 위에 올라가 마구 짓밟았다.

"어때? 시원하지?"

"저리 비켜!"

지팡이를 들어 마구 휘둘렀다. 주모가 머리를 감싸며 기겁했다.

"이게 먼 행패여! 젊은 놈이 술 먹고 사람을 때리다니."

休講

학생 두 명이 교실에 들어왔다가 불평을 쏟아냈다.

"오늘도 휴강이야?"

"너무하는군. 한 학기에 수업을 겨우 한 번 하고 내리 휴강이라니!"

밖으로 나간 그들은 급우들과 즉석 성토대회를 열었다.

"변시지 교수는 자신의 이력을 내세워 교수 자리를 얻은 사람에 불과해."

"매일 저녁이면 술에 취해 작부와 싸우지를 않나."

"하지만…… 실력이 출중하고 인간미가 있는 건 사실이야."

학생들은 그 사람에게 일제히 눈총을 주었다.

"희정아, 네가 어떻게 그런 말을 할 수 있니?"

여학생의 얼굴이 빨개졌다.

"아니…… 나는 그냥 사실만 말했을 뿐이야."

남학생이 분노에 겨워 비꼬았다.

"사실? 그래, 너 말 잘했다. 그 변시지는 지금도 술에 절어 있을걸. 그게 부정할 수 없는 사실이야."

우이동 계곡에서 시지는 가을 정취를 스케치북에 담느라 여념이 없었다. 흰 종이에 연필로 정밀하게 스케치를 했다. 한참 들여다보고, 술 한 모금을 마시고 일어섰다. 버스를 타고 서울 북쪽의 반을 돌아 불광동에서 내려 북한산 계곡으로 들어갔다. 그림을 그릴 곳은 무수히 많았다. 한강이 내려다보이는 망원정, 허허벌판 위에 솟아난 압구정, 소나무가 우거진 여의도, 오패산, 봉화산, 천장산, 남산⋯⋯. 매일매일이 놀랍고 감격스러운 그림 여행이었다. 밤이 되면 취해 쓰러질 때까지 술을 마셨다. 그것이 기뻤다.

멀리 서오릉에 나가 조선 왕비들의 능을 스케치한 날도 술에 취했다. 27년 만에 돌아온 고국은 아름다우면서도 서글펐다. 전쟁의 상처는 곳곳에 남아 있었다. 사람들은 여전히 굶주렸고, 일본에 비해 모든 것이 부족했다. 그것이 슬펐다. 이 땅에서 그림을 그린다는 것이 과연 어떤 의미가 있는지 번민이 들었다. 화가들의 삶은 최하위였다. 스케치북조차 살 돈이 없어 담뱃갑에 그리는 화가도 있었다. 그것이 슬펐다. 단 한 명의 친구도 없이 홀로 소주를 예닐곱 병 마시고 엉금엉금 기다시피 하숙집으로 돌아왔다.

가로등 아래 무엇인가 산더미처럼 쌓여 있었다. 가까이 다가가서야 자신의 가방과 옷가지, 그림 도구임을 알았다. 대문을 꽝꽝 두드렸다. 불은 켜 있었으나 아무도 나오지 않았다. 하숙집 주인도 얼굴을 내비치지 않았다.

"형, 문 열어!"

대문을 발로 꽝꽝 찼다. 동생을 안으로 들이기 위해서가 아니라 소음을 막기 위해 현민은 문을 열었다.

"형, 왜 문을 안 열어주는 거야? 그리고 내 살림살이는 왜 밖에 나와 있어?"

"이 집에서 나가라. 나는 더 이상 너를 보살펴줄 수 없다."

"……"

"방금 전에 아랫녘 술집 주인이 찾아와서 니 외상값 받아갔다. 어떻게 2년치 하숙비를 술값으로 다 날리냐!"

매정하게 대문이 닫혔다.

"형!"

구토가 올라와 전봇대를 짚었다. 떨리는 손으로 지갑을 열었다. 오늘밤을 지새울 곳을 찾아야 했다. 다행히 500환이 있었다. 명함 한 장도 딸려 나왔다.

仁賢高等學校 理事長 朴仁成

퀴퀴한 냄새가 코를 찌르는 허름한 여인숙에서 새우처럼 등을 웅크리고 이불을 뒤집어썼다. 이제 갈 곳이 없었다. 자신을 어렵사리 초빙한 서울대 학장은 "학생들의 반대가 심해 더 이상 교수직을 맡길 수 없습니다"라고 통보했다. 자리에 목을 매고 싶지 않아, 또 그에게 피해를 주고 싶지 않아 선뜻 물러나왔다.

돈은 인생의 목표나 목적 그 어디에도 없었다. 그러나 술을 마시려면, 마음 놓고 그림을 그리려면 돈이 있어야 했다. 지독한 가난 속에 살다가 권총으로 자살한 고흐가 되고 싶지는 않았다. 골목에서 술 취한 사내들이 떠들어댔다.

"인생 별거 있냐?"

"엉겁결에 왔다가 바람처럼 가는 거지."

"니 인생이나 내 인생이나 이제 끝나간다."

시지는 옆으로 돌아누우며 중얼거렸다.

"아직 내 그림은 시작도 하지 않았어."

진정한 '한국'은 어디에?

"어서 오시오. 기다리고 있었습니다."

박인성은 매우 기뻤다. 수년 전 일본에 들렀을 때 한국인 화가의 전시회라는 이야기를 듣고 무작정 방문한 전시장에서 마주친 그림들은 가슴을 벅차게 했다. 서울대에서 초빙을 해 갔기에 설마 이곳에 오리라고는 생각하지 않았는데 그 화가가 찾아온 것이었다.

"이 그림이 그때 구입한 명작입니다."

박 이사장은 집무실 벽에 걸린 그림을 가리키며 흐뭇한 미소를 지었다. 교감과 서무과장, 원로 교사들도 기쁜 표정이었다. 시지는 쑥스러웠다.

"며, 명작까지는 아닙니다."

이사장은 손을 내저었다.

"내 판단은 틀린 적이 없습니다. 이번 달부터 우리 학교 미술교사로 출근해주시오."

시지의 대답도 듣지 않고 모인 사람들은 환영의 박수를 쳤다.

"가, 감사합니다."

이사장은 애정을 가득 담아 말했다.

"변 화백, 학교는 최소한으로 나와도 됩니다. 그림 그리는 일이라면 뭐든지 도우리다. 우리는 부끄럽게도 식민 국가였고, 거기에서 벗어나자마자 전쟁이 터졌고, 지금도 나라가 둘로 갈라져 있소. 이런 판국에 문화네, 예술이네 하는 것은 사치라고 말들 하지만…… 국가의 진정한 힘은 문화에서 나온다고 믿어요. 변 화백이 그 일을 해주리라 나는 믿소."

문화가 무엇인지, 국가의 진정한 힘이 무엇인지 판단 내릴 수 없었다. 그러나 그림의 욕구는 거셌다. 한국적인 정취를 찾고 싶었다. 서울 같은 대도시가 아닌 시골 마을, 들판, 강, 바다, 깊은 산으로 한국의 진정한 모습을 찾아다녔다. 검은 헝겊 가방에 화구를 몽땅 쓸어넣고 지팡이 하나에 의지한 채 서울에서 전곡으로, 전곡에서 파주 적성으로, 다시 서울로 돌아와 수업을 하고 또 가방을 꾸렸다. 철원을 지나 오대산으로, 버스를 여러 번 갈아타고 고성의 바다로. 7번 국도를 따라 양양, 강릉, 삼척을 거쳐 포항으로. 다시 서울로 올라와 수업을 하고 또 떠났다. 이번에는 바다 여행이었다. 춘장대의 바다, 땅끝마을의 바다, 홍도의 바다.

"거기, 잠깐 이리 오시오."

"……."

"가방 좀 열어보시오."

"왜?"

"왜?…… 경찰이 가방을 열라면 열지. 무슨 말이 많아."

우락부락한 경찰은 막무가내로 가방을 뒤졌다.

"이것들은 뭐요? 혹시…… 신분증 좀 봅시다."

시지는 교사증을 건넸다. 경찰이 고개를 갸웃했다.

"선생이오? 미술 선생이오?"

"그렇소만."

"선생이 왜 이 꼴로 다니시오? 그리고 이런 것 가지고 다니면 간첩으로 오해받기 딱 좋지. 군부대 몰래 그리는 간첩인 줄 알았네."

경찰은 민망한 표정으로 교사증을 돌려주었다.

"가보쇼. 그리고, 옷 좀 잘 입고 다니시오."

가방을 둘러메고 기차역으로 향했다. 선생이라면 옷을 잘 입고 다녀야 하는 것인지 이해되지 않았다. 하지만 기분이 나쁘지도 않았다. 본업에 충실하고 있다는 증거였다.

목포발 용산행은 10시 15분 통일호가 막차였다. 기적을 울리고 10분 후에 잠이 들었다. 천안을 지날 때 설핏 눈을 떴다. 배가 고파왔다. 기차는 한산했다. 바바리코트를 입은 한 여자가 통로를 걸어왔다. 그녀는 갑자기 시지 앞에 멈추었다.

"선생님, 이거 드세요."

얼결에 그것을 받았다. 호두과자가 담긴 작은 상자였다. 여자는 방긋 웃으며 앞에 앉았다. 문득 하나코가 떠올랐다. 그녀는 지금 어디에 있을까? 무엇을 할까? 일본을 떠나올 때 그녀를 만나지 못한 것이 씻을 수 없는 상처였다.

"어디 다녀오세요?"

"홍도……"

"스케치 많이 하셨어요?"

"누, 누구시오?"

"저, 선생님 수업 들었어요. 서울대에서."

"나, 난…… 한 번밖에 수업을 하지 않았는데."

"호홋, 두 번 하셨지요. 첫날 인사말까지 포함하면."

시지의 얼굴이 빨개졌다.

"두 번째 수업은 '자기만의 세계를 구축해야 한다.' 한국말이 반, 일본말이 반. 다른 학생들은 못 알아들었지만 저는 다 알아들었어요."

"……"

"어렸을 때 국제학교를 다녔는데 일본어를 했거든요."

"서양화를 전공했소?"

"아니요, 동양화."

"그런데 어떻게 내 수업을?"

"선생님의 명성을 듣고 꼭 들으리라 마음먹었지요. 그런데 갑자기

학교를 떠나셔서 굉장히 서운했어요."

"……."

"홍도는 어땠어요?"

"좋았어요."

"이제 어디로 그림 여행을 가실 계획인가요?"

"아직……."

"스케치는 마음에 흡족하신가요?"

그 질문은 시지의 번민을 꿰뚫는 질문이었다. 스케치 여행이 끝나고 본격적으로 그리는 그림에는 부족함이 도사리고 있었다. 북한산 풍경화는 제3자가 보았다면 '멋지다'고 할 것이 분명했다. 속초의 바다 풍경화 역시 '아름답다'고 칭찬할 것이었다. 그러나 산과 바다는 일본에도 많았다. 지금까지 그린 한국의 풍경화는 한국이되, 완전한 한국이 아니었다.

"다음에 그림 여행을 가실 때 저에게 연락하세요. 제가 가이드 겸 통역사를 해드릴게요."

수업이 끝나고 교무실에 앉아 골똘히 생각에 잠겨 있을 때 역사 선생님이 물었다.

"무얼 그리 생각하십니까?"

"아…… 한국적인 풍광은 과연 무엇일까?를 생각하고 있었습니다."

"어려운 질문이군요. 눈에 보이는 모든 것이 한국적인 것 아닐까요? 이 땅은 대한민국이니까."

"그렇기는 해도…… 무언가 부족해요."

"북촌이나 황학동을 가보셨나요?"

일요일 아침 일찍 희정에게 전화를 걸었다.

"어마, 선생님. 그렇지 않아도 기다리고 있었어요. 제가 안내해드릴
게요."

희정을 따라 황학동 고물상 골목을 두리번거리고, 청계천을 구석구
석 뒤지고, 남대문 시장을 누비고, 고풍스런 한옥이 즐비한 옛 북촌마
을도 반나절이나 거닐었다. 무언가 아쉬웠다. 잡힐 듯하면서 잡히지
않았다. 희정은 그것이 자기의 잘못인 듯 무척 미안해했다.

"한 달이나 탐사를 다녔는데 선생님이 정확히 무엇을 찾는지 잘 모
르겠어요."

"나도…… 잘 몰라요. 그래서 더 답답해요."

안국동 사거리를 지나 동쪽으로 걷다가 오래된 벽과 마주쳤다.

"여기가 어디요?"

"창덕궁이에요. 조선의 궁궐이지요."

담 안의 풍광은 담 밖의 풍광과 완전히 달랐다. 가슴이 뛰고 머릿속
에서 번개가 쳤다. '가까운 곳을 두고 먼 곳을 헤매었구나'. 스케치북을
펼치는 손이 기쁨으로 부들부들 떨렸다. 희정은 옆에 앉아 말없이 지
켜보았다. 인정전(仁政殿)의 묘사가 끝나자 그제야 입을 열었다.

"정말…… 놀라워요. 사진이라 해도 믿을 것 같아요. 그런데……."

"'완성된 그림이냐?'는 질문이겠지요. 그렇지 않아요. 단지 밑그림일

뿐이지."

매일 희정과 함께할 수는 없었다. 경복궁의 스케치를 마치고 고개를 들었을 때 사방은 어두웠고 사람은 한 명도 없었다. 환희에 차서 힘찬 발걸음으로 눈에 띄는 첫 번째 식당으로 들어갔다.

"여기…… 국밥 하나 말아줘요."

그러한 말을 스스럼없이 하는 자신이 대견했다. 소주 한잔을 기울일 때 두 남자가 들어와 옆 식탁에 앉았다. 흑백 TV에서 뉴스가 방영되었다.

— 어제 북괴가 승객 31명과 승무원 3명을 태운 우리 국적기 창랑호를 납치했습니다. 창랑호는 오전 11시 30분에 부산 수영 비행장을 출발해 서울 여의도 비행장으로 향하던 중 평택 상공에서 북괴 공작원으로 의심되는 괴한들에게 납치되었습니다. 승객 중에는 스티븐 군사고문단 중령과 유봉순 자유당 국회의원이 탑승하고 있는 것이 확인되었습니다.

시지는 숟가락을 멈추었다. 뉴스 전체를 이해할 수 없었다. 북괴, 납치, 괴한 등의 단어는 이해되었으나 공작원, 군사고문단, 자유당은 생소했다. 나쁜 뉴스임은 분명했다. 손님들은 근심과 공포로 떠들어댔다.

"이게 뭔 청천벽력 같은 소리여."

"또 전쟁 나는 거 아녀?"

"설마 별일이야 있겠어? 지들도 그렇게 피를 많이 봤는디……."

— 현재 당국에서는 국내에 남파된 간첩들을 색출하는 데 모든 노력을 기울이고 있으며 국민들에게 절대 동요하지 말고 생업에 최선을 다하며 주변에 의심스러운 행동을 하는 자들을 신고해달라고 요청했습니다.

'간첩, 의심스런 행동, 신고'도 낯선 단어였다. 시지 옆의 남자들은 아무런 말 없이 TV를 보고, 시지를 보고, 창밖을 보았다. 무심히 그 눈길을 따랐다. 창밖에 지프차 한 대가 세워져 있었다. 문득 가슴이 아파왔다. 한국에 도착한 첫날, 저 차와 똑같은 지프차에 실려갔었다. 다리가 저려왔다. 밥이 반이나 남았건만 벌떡 일어났다. 3분 후 두 사내는 지프차에 앉은 사내에게 무언가를 보고했다.

창경원은 그림을 그리기 가장 좋은 곳이었다. 데이트를 하기에도 좋은 곳이었다. 접이식 의자를 펼치고 앉아 그림을 그리면 모든 것을 잊었다. 그 옆에 희정이 있다는 사실조차 잊었다. 도시락을 열어 "김밥 드세요" 권하면 12시라는 뜻이었다. 참기름이 넉넉하게 발라져 고소한 김밥을 먹으며 시지는 물었다.

"졸업을 하면 그림을 그릴 계획이오?"

"그래야지요. 전공이 그림이니까."

"난 반대요."

"왜요?"

"그림은 나 혼자로도 충분하오."

"······무슨 말씀인지 잘 모르겠어요. 선생님의 삶이 있고, 제 삶이 있잖아요."

"나는 내 삶이 희정 씨의 삶이라 생각하오."

"······."

"나와 결혼해주시오."

"······갑자기 무슨."

시지는 희정의 눈을 뚫어지게 보았다. 그 속에 하나코가 있었다. 그러나 떨쳐내버렸다.

"그림은 고통의 연속이오. 창작의 고통은 생각보다 깊고 치열하다는 것을 그대도 잘 알 거요. 그러니 그림은 포기하시오."

"······."

"나의 아내로서, 아이들의 어머니로서 살아주기 바라오."

창경원 안에 가야금이 울리고, 단소의 선율도 흘렀다. 울긋불긋한 한복을 입은 국악인들이 버드나무 아래에서 연주를 할 때 시지와 희정은 행복한 얼굴로 서로의 손에 반지를 끼워주었다. 어머니는 담담하게 지켜보았다. 결혼식장은 제주에서 올라온 시지의 일가친척들과 선생님들, 희정의 친척들과 친구들로 북적였다. 창경원에 놀러 온 방문객들도 구경 대열에 동참해 뜻밖에 성대한 결혼식이 되었다.

"와와ー!"

"물러나라!"

갑작스레 멀리서 함성이 들렸고, 더 커졌다. 요란한 호루라기 소리가 뒤를 이었다. 자동차들이 일제히 경적을 울려댔고 함성은 가까워졌다. 사람들은 당황했다. 어리둥절해서 긴가민가할 때 담장 밖에서 외침이 들렸다.

"혁명이 일어났다!"

동시에 총소리가 귀를 때렸다. 시지는 희정을 껴안았다. 한국은 늘 일촉즉발의 위기였다. 북괴가 끊임없이 위협을 가해왔고 그것을 핑계로 대통령은 독재를 했다. 희정은, 국민들이 더 이상 참을 수 없을 것이라고 말했었다. 그 분노가 오늘 폭발한 것이었다.

"독재자 이승만은 물러나라!"

"부정선거 몰아내고 민주국가 이룩하자!"

외침과 함성, 뜀박질, 호루라기 소리가 한데 어우러져 거대한 파도를 만들어냈다. 사람들은 밖으로 몰려나갔고 결혼식장은 갑자기 황량해졌다. 희정의 얼굴이 새하얗게 변했다.

"혁명이 일어나리라고 예감은 했었는데…… 오늘일 줄은 몰랐네요."

한국은 새로운 시대를 맞이했다. 학생혁명에 이어 군사혁명까지 일어나 전혀 다른 사회가 되었다. 시지는 그것이 발전을 위한 진통이라 생각했다. 훗날 어떤 결과를 맺을지 섣불리 속단할 수는 없었으나 혼란이 가라앉은 것은 그나마 다행이었다.

이리저리 살피다가 애련지(愛蓮池) 앞에 자리를 잡았다. 연못을 앞에

둔 애련정(愛蓮亭)을 그리면 멋진 작품이 나올 것이었다. 이젤을 세우고 캔버스를 올렸다. 연필로 스케치를 마치고 붓을 쥐었을 때 한 귀부인이 다가와 넌지시 들여다보았다.

"품격이 있네요."

"……."

"그런데 이게 한국 그림인가요?"

움찔 놀라 귀부인을 보았다. 괴물이 흐흐 웃었다.

"너는 여전히 정신을 차리지 못했구나."

"뭐라고? 이 괴물 녀석. 당장 꺼져."

괴물은 붓을 빼앗아 스케치 여기저기를 쿡쿡 찔렀다.

"한국에 온 지 10년이 다 되지? 결혼도 했지? 이제 한국말도 잘하지? 그런데 그림은 일본풍에서 벗어나지 못했군."

심장이 얼어붙는 듯했다. 마음 깊은 곳에서 항변과 수긍이 교차했다. 하지만 괴물에게 무릎을 꿇을 수 없었다.

"네까짓 게 뭘 안다고. 이건 한국 그림이야. 조선왕조의 궁궐이라고."

"흐흐, 겉만 그렇지. 너는 네가 한국 사람이라 생각하지만 한국을 그릴 줄 몰라. 넌 일본 그림밖에 못 그려. 그러니까 넌 끝장 난 거지. 으하하하."

붓으로 괴물을 마구 찔렀다. 팔레트로 머리를 사정없이 내리쳤다. 이젤을 접어 마구 후려쳤다. 괴물은 슬쩍슬쩍 피하며 흐흣, 웃었다.

"이보시오, 당신 미쳤소? 신성한 궁궐에서 뭐하는 짓이오!"

퍼뜩 정신이 들었다. 경비원이 화를 냈다.

"당장 나가시오. 지금이 어느 땐데…… 궁궐에서 행패를 부리는 거야. 국토건설단에 끌려가고 싶어? 엉?"

"죄, 죄송합니다."

돌 위에 쓰러지듯 주저앉았다. 몇몇 사람들이 끌끌 혀를 찼다. 부끄러움이 밀려들어 모자를 푹 눌러썼다. 하지만 떠날 수는 없었다. 괴물을 이겨야 했다. 힘겹게 일어나 경비원에게 꾸벅 인사를 했다.

"죄송합니다. 전 화가……."

"화가면, 그렇게 미친 짓을 해도 된단 말이오?"

"죄송합니다. 조용히 있다가 가겠습니다."

어스름 땅거미가 지고, 가로등에 불이 켜지고, 폐문 안내 방송이 나올 때 화구를 챙겼다. 다음 날 시지는 창덕궁에 들어섰다. 다음 날도 창덕궁에 들어섰다. 그 다음 날도……그 다음 날도. 장마가 지나가고 노란 낙엽이 떨어지던 날 경비원이 말했다.

"어제보다 10분 늦었구랴."

"네, 아침에 좀 미적거리다가."

시지는 떡 하나를 내밀었다. 경비원은 히죽 웃었다.

"고마워유. 그런데…… 내가 쭉 그림을 지켜봤는데, 그림에도 제목이 있다카던데 그 그림 제목이 뭐요?"

"창덕궁이라 할까 합니다."

떡을 꿀꺽 삼키며 맞장구쳤다.

"그래요, 단순한 것이 가장 좋지."

일본에서 찾아온 손님

흰 벽에 걸린 그림은 열두 점의 유화였다. 그림은 가지각색이었다. 보이는 것을 그대로 모사한 작품이 있는가 하면 비틀어 표현한 작품도 있었다. 색도 다양했다. 무채색만 사용한 그림도 눈에 띄었다.

"이 작품 어떻습니까? 제일 괜찮아 보이는데."

콧수염을 기른 심사위원이 선수를 쳤다. 시지는 어처구니없었다. 일주일 전 국전 심사위원으로 참여해달라는 전화를 받았을 때 시지는 두말하지 않고 거절했다. 그 시간에 그림을 그리는 것이 자신의 할 일이었다. 다른 사람의 작품을 평하고 싶지도 않았다. 그러나 희정은 찬성했다.

"그림만 그리지 말고 한국의 화단 현실을 체험해보세요."

"화가는 작품으로만 말할 뿐이지…… 굳이 화단과 관계를 맺을 필요는 없잖소."

"그렇기는 해요. 하지만 실력 있는 후배를 뽑아 뒷받침해줄 수 있잖아요."

"실력이 있으면 결국 이름을 드러내겠지."

"출중한 실력이 있어도 이런저런 벽에 막혀 포기하는 젊은 화가도 많아요. 가난한 화가에게 자긍심과 미래를 선물해주는 것만으로도 당신 역할은 충분해요."

시지는 '벽'이 무엇인지 궁금했다. 그 벽은 곧바로 나타났다. 콧수염의 행동이 바로 벽이었다. 시지는 기가 찼다. 더 기가 막힌 것은 머리가 희끗희끗한 원로 심사위원들이 그 말에 반박하지 않는다는 것이었다. 시지는 차갑게 말했다.

"저…… 그림이 어디가 좋습니까?"

"……뭐, 뭐요?"

분위기가 싸늘해졌다. 파란 베레모가 담배를 피워 물며 큼, 헛기침을 했다. 시지는 머뭇거리지 않았다.

"저 그림을 왜 추천하는지 설명 좀 해주시죠."

"그, 그거야, 그림의 색감과 선이……."

"말도 안 되는 설명은 그만두시고 똑바로 말씀해주시죠. 후배 아닙니까? 저런 엉터리 그림을 학교 후배라고 밀어주다니."

콧수염이 벌떡 일어섰다. 얼굴이 붉으락푸르락해졌다. 갈색 조끼도 담배를 피워 물었다. 시지는 지지 않았다.

"국전은 후배나 제자를 뽑는 자리가 아닙니다. 좋은 그림을 고르고 그 그림을 그린 화가를 칭찬해주는 자립니다."

"어디서 굴러먹던 놈이 누굴 가르쳐?"

"가르치는 게 아니라 원칙을 이야기하고, 국전의 본래 의미를 말씀 드리는 겁니다."

파란 베레모가 담배를 비벼 껐다. 참을 수 없다는 듯 소리쳤다.

"새파랗게 어린 놈이! 지금까지 국전의 전통을 망쳐놓을 심산이라면 당장 나가."

"지금까지 이런 식으로 국전을 진행하셨습니까? 내 제자, 내 후배를 뽑는 자리로요?"

"당신 뭐야? 여기가 어디라고 말을 함부로 해?"

"이 자리가 그렇게 더러운 자리였습니까?"

심사위원들 모두 불쾌하게 시지를 응시했다. 처음 묵묵히 동조했던 사람도 '더러운 자리'라는 말에는 동의하지 못했다. 시지는 벌떡 일어 섰다.

"이렇게 더럽고 역겨운 자리라면 내가 더 이상 있을 필요가 없겠군요."

지팡이를 들고 절뚝이며 밖으로 나왔다. 속은 후련했으나 가난하지 만 실력 있는 화가를 발굴하지 못했다는 아픔이 밀려왔다. 그러나 자 신이 있을 자리는 결코 아니었다. 심사위원들은 서로의 눈을 피했다. 파란 베레모가 흥분해서 물었다.

"저 새끼 뭐야?"

"일본에서 왔다더군요. 광풍횐가 뭔가에서 상 받은 놈인데 젊은 놈이 아주 안하무인입니다."

"광풍회 수상도 자기가 지어낸 말이라는 이야기가 있어요."

"그렇지요? 어쩐지 요즘 비원파니 뭐니 해서 고궁에만 틀어박혀 이상한 그림만 그리고 다닌다더니……."

"위원장! 앞으로 저 인간은 여기 부르지 마시오."

심사위원 모두 일치단결해서 비난을 쏟아냈다. 끝자리에서 침묵을 지키던 한 위원이 엉거주춤 일어나 가방을 챙겼다. 콧수염이 의아해서 물었다.

"박수영 화백은 왜 일어나십니까?"

"나 역시 변 화백과 같은 생각입니다. 이런 편파적인 심사에 참여할 수 없소이다."

"이봐요. 앉으시오. 국전 심사위원이면 굉장히 큰 명예직이오."

수영은 문 손잡이를 잡았다.

"부탁이니, 내 이름을 명단에 올리지 마시오."

갈색 조끼가 어리둥절해서 물었다.

"저 친구는 또 누굽니까? 처음 보는 얼굴인데."

"박수영 화백 모르십니까? 풍속화를 그려서 유명해졌는데……. 아까 그 개망나니 변시지가 추천한 자예요."

"학력도 없는 자를 추천하다니, 성스러운 국전을 개판으로 만들어놨어!"

키 작은 코스모스와 들국화들이 미모를 경쟁하는 언덕길은 혈기 넘치는 학생들로 붐볐다. 시지는 '서라벌藝術大學' 석조 교문 아래서 잠시 숨을 골랐다. 학생들도 덩달아 멈추었다.

"교수님, 그 지팡이에 새겨진 용은 무슨 의미입니까?"

다시 앞서 걸으며 지팡이를 들어보였다.

"나에게 잊을 수 없는 사연이지."

"들려주실 수 있나요?"

"그러기에는 내가 아직 젊어. 70이 넘으면 들려주지."

"그때까지 제가 살아 있어야겠네요."

학생들의 청아한 웃음이 교정에 울려 퍼졌다. 교문 앞 술집은 아직 한가했다. 한 무리의 학생들만 구석에 있을 뿐이었다. 드럼통 탁자에 홀로 앉았다. 마음이 아늑해졌다. 낡은 문이 옆으로 밀리면서 키 작은 신사가 들어왔다. 구석에 앉아 있던 학생들이 일어나 인사를 했다.

"서 교수님, 오셨습니까."

그 뒤를 몇 명의 학생들이 따라 들어왔다. 서 교수는 시지를 보자마자 반색했다.

"어허, 변 화백 또 여기 와 있구만."

"형님은 수업을 술집에서 하십니까?"

"피차일반일세. 그런데 오늘도 혼자인가? 조금만 기다려. 우 교수님도 오기로 했으니."

문이 또 한 번 옆으로 밀리면서 민머리 교수가 들어왔다. 학생들은 또 일어나 인사를 했다. 서 교수가 껄껄 웃었다.

"형님은 양반 못 되시겠소. 하하하."

민머리 교수는 혀를 끌끌 찼다.

"이 친구 또 혼자 술 먹고 있네. 자네는 함께 술 마셔주는 환쟁이도 없나?"

서 교수가 대신 대답했다.

"물어 뭐 합니까. 배포가 맞는 그림쟁이가 없으니 우리처럼 별볼일 없는 글쟁이들 만나는 것 아닙니까."

"그러니까 그 꼬장꼬장한 성격 좀 고쳐. 한국에선 그런 성격으론 못 버텨."

"이런 질문은 미안한데…… 그림을 한 점이라도 팔았나?"

"못 팔았습니다."

"그럴 줄 알았지. 화랑 사장들 찾아가서 술도 사고, 원로 화가들에게 인사도 하고 그래야 하는데, 도통 그럴 줄 모르니. 쯧쯧."

"자네 아내 보기도 미안하지 않나?"

시지는 부끄러움이 밀려와 냅다 소리쳤다.

"주모, 여기 술 더 내와요."

민머리 교수가 서 교수의 옆구리를 쿡 찔렀다. 비판을 그만두라는 신호였다.

"그리고 서 교수 요강도 가져오고, 지난번처럼 바닥에 오줌 싸지 않게."

학생들이 하하 민망한 웃음을 터뜨렸다. 시지는 자신의 고독과 소외

감은 개의치 않았다. 그림이 팔리지 않는 것도 신경쓰지 않았다. 그림 자체에 대한 욕구불만만 있을 뿐이었다. 한국적 풍광인 궁궐 그림은 온 정성을 쏟았으나 늘 아쉬움이 남았다. 두 발짝 떨어져 〈비원(秘苑)〉을 바라보았다. 가을의 부용정(芙蓉亭)이 그대로 담겨 있었다. 가슴에 의구심이 밀려들었다. 술병을 입으로 가져갔다.

"이젠 꽤 비슷하게 그리는구면!"

괴물이 어깨너머에서 속삭였다. 대꾸하지 않았다. 당황한 것은 괴물이었다. 괜스레 이리저리 거닐다 비꼬았다.

"평생 고궁에 처박혀 그림만 그릴 거야? 맨날 비원만 베끼고 있으면 저기 있는 '찍사'랑 뭐가 달라. 뭐 좀 새로운 것 없어?"

단풍나무 아래에 완장을 찬 사진사 한 명이 커다란 사진기를 들고 사람들의 행복한 순간을 담고 있었다. 그와 자신은 같은 것일까, 다른 것일까? 냅다 소리쳤다.

"시끄러워!"

"변시지 예술의 한계로군. 똑같은 걸 주구장창 그려내다니!"

"당장 꺼져."

지팡이로 후려쳤다. 관람객들이 놀라서 도망쳤다. 그 위로 괴물의 웃음이 메아리쳤다. 으하하하하하! 으하하하!

"돈은 벌겠지만 예술가로서는 넌, 낙제야."

"집이 아담하네요. 이 집을 찾느라 두 달 동안 애를 먹었습니다."

유키무라는 빨간 넥타이를 느슨하게 풀었다. 시지는 무심히 바라보았다. 희정이 커피 두 잔을 탁자에 올려놓고 멀찍이 떨어져 앉았다.

"도쿄 후지 화랑…… 아시죠? 그곳 상무입니다."

"내가 아는 곳은 시세이도 화랑이오."

"하핫, 그곳도 유명한데, 한때 그랬었죠. 이제는 후지 화랑이 대세입니다."

"무슨 일로 오셨소?"

"일본에서 선생님 그림을 찾는 애호가들이 많습니다."

"애호가? 내가 일본을 떠나온 지 십수 년이 지났고, 사람들은 나를 잊었을 텐데."

"잊지 않았습니다. 선생님 그림은 암암리에 고가에 거래되고 있지요. 그래서 제가 중대한 임무를 안고 현해탄을 건넜지요."

"현 해 탄."

오랜만에 듣는 단어였다. 문득 푸른 물결이 가슴속에서 일렁였다. 여섯 살, 아버지의 손을 잡고 관부연락선에서 바라본 짙은 바다가 밀려왔다. 유키무라는 커피 한 모금을 홀짝 마시고는 허락도 없이 벽에 세워진 캔버스를 차례차례 넘겼다. 시지가 역정을 냈다.

"뭐 하는 거요?"

샐쭉 웃으며 자리에 앉아 갑자기 진지하게 제안했다.

"여기 그림들 다 제게 주십시오. 모두 사겠습니다."

"……."

서 교수의 말이 떠올랐다. '자네 아내 보기도 미안하지 않나.' 괴물의 말도 떠올랐다. '돈은 벌겠지만 예술가로서는 낙제야.' 희정의 눈동자가 떨렸다. 시지는 창밖으로 고개를 돌렸다. 서 교수의 말이 옳은지, 괴물의 말이 옳은지 혼란스러웠다.

"한국 돈으로 호당 2만 원이면 되겠습니까?"

희정의 눈동자가 커졌다. 유키무라는 멈추지 않았다.

"한국의 대가들이 호당 5천 원씩 받는 걸로 알고 있습니다만 좋습니다! 호당 4만 원씩 드리지요. 파격적인 제안입니다. 대신 이 부분은 색을 더 진하게……."

"안 팔아!"

"네?"

"귓구녕이 막혔어? 안 판다고."

희정이 일어섰다가 주저앉았다.

"혹시 가격이 안 맞아 그러십니까? 이 가격이면 일본 화가들 사이에서도 특급 대우입니다."

"당신이 뭔데 내 그림 가격을 정해? 당장 나가."

유키무라는 당황했다. 일본을 떠나기 전 몇몇 사람들에게서 '쉽지 않을 것'이라는 언질을 받았고 한국의 화가들이 손을 내저을 때 각오를 단단히 했건만 '안 판다'는 거절은 예상치 못했었다. 돈을 더 달라면 흥정이 가능하지만 안 판다는 말이 나오면 흥정 자체가 성립되지 않았다. 구원의 눈길을 희정에게 보냈다. 그녀는 거의 울상이었다.

"저희는 업계에서 최고 대우로……."

"나가."

구두도 제대로 신지 못하고 유키무라는 쫓겨났다. 희정은 한숨을 내쉬었다.

"돈이 문제가 아니라 그림을 저렇게 쌓아두기만 하면, 그게 그림인가요? 사람들이 보아야 하고……."

"내가 보고 있잖소."

기가 막혔다. 더 이상 말다툼하고 싶지 않으나 현실을 일깨워주어야 했다.

"월급만으로는 빠듯하다는 것을 모르지요? 아이들 교육은 어떻게 해요? 당신은 편하게 그림만 그리지만 살아가는 문제는……."

"내 마음이라고 편하겠소? 그러나 남의 그림에 가격을 지 마음대로 정하는 것은 용납 못 해."

유키무라는 끈질겼다. 임무를 맡고 현해탄을 건넌 이상 빈손으로 돌아갈 수 없었다. 세 번째 문을 두드렸을 때 시지는 그의 눈 아래에 돋아난 뾰루지를 보았다. 매끈했던 피부도 부스스해졌다. 밥이나 제대로 먹었을까 싶었다. 측은함이 들었다. 수십 년 전 수레를 끌고 데라우치 선생의 대문 앞에서 쫓겨났던 아픈 기억이 떠올랐다. 그러나 스스로가 만족하지 못하는 그림을 일본에 팔고 싶은 마음은 없었다.

"선생님, 커피나 한잔 주십시오."

"아내가 외출해서…… 커피를 줄 수 없어."

"알겠습니다. 그럼 그냥 돌아가지요. 맨손으로 돌아가면 회사에서 쫓겨날 텐데……."

유키무라는 입을 쩝쩝 다셨다.

"참, 깜빡 잊을 뻔했군. 오사카에서 어떤 여자분이 편지 하나를 주었는데."

"……."

"이름이 뭐였더라……."

"하나코?"

"아하, 그렇네요."

몸이 휘청였다.

"들어오게."

"히힛, 감사합니다."

흥분한 유키무라는 캔버스를 정신없이 넘겼다.

"내일 아침에 인부들을 데리고 와서 포장하겠습니다. 대금도 내일 전부 드리겠습니다."

"……."

"사모님은 어디 가셨습니까?"

"외출했다고 했잖소. 그……."

"아. 그래서 커피가 없군요…… 그리고."

안주머니에서 흰 봉투를 꺼냈다.

"그 여자분이 꼭 전해달라고 신신당부하더군요."

시지의 손이 부들부들 떨렸다.

花子…… 大阪

"하나코!"

봉투 안에 편지는 없었다. 절망이 밀려들었다. 빛바랜 목탄 그림 한 장이 들어 있을 뿐이었다. 천사를 닮은 소녀가 시냇물에 발을 담그고 있었다. 다시는 돌아오지 못할 아름다운 시절이 파노라마로 스쳐 지나 갔다. 가슴에 칼이 꽂히는 듯싶었다.

깊은 밤 작업실을 이리저리 거닐었다. 사랑의 운명이 뒤엉킨 굴레는 여전히 굴러가고 있었다. 달빛이 텅 빈 작업실을 비추었다. 일주일 전 그림들은 모두 바다를 건너갔다. 새 캔버스를 이젤 위에 올렸다. 그녀 는 생존해 있었고, 자신을 잊지 않고 있었다. 붓을 들어 검은 물감통에 담갔다. 그녀를 잊어야 했다. 아니, 잊지 않아야 했다.

"어마! 당신 다리에서 피가 나요."

아내가 비명을 내질렀다. 다리에서 피고름이 흘러내렸다. 시지는 잠 자코 탈지면을 뭉쳐 꾹 누르고는 붕대로 대충 감았다. 아내가 다리를 붙잡았다.

"당장 일어나요. 병원에 가요."

"괜찮아."

"지금 가야 해요."

"그림을 그려야 해."

아내는 절규했다.

"그, 그림이 중요한 게 아니잖아요. 이 피!"

시지는 신경질적으로 붕대를 다리에 마구 휘감았다. 피는 더 이상 흐르지 않았다. 눈을 부릅뜨고 아내를 노려보았다.

"앞으로 이 상처에 대해 절대 말하지 마. 다른 사람에게도 절대! 만일 말하면, 그땐 이혼이야."

"왜? 왜요? 몸이 아프면 치료를 받아야지. 이혼이라뇨?"

"난 내 상처를 사람들에게 보여주고 싶지 않아."

"말도 안 되는 소리."

"그래! 말도 안 돼. 하지만 그것이 내 자존심이야."

"도대체 자존심이 왜 중요한데요?"

"나, 난…… 내 운명을 이겨야 해. 그러니 그리 아시오."

희정은 물러났다. 눈물 한 방울이 뚝 떨어졌다. 이해할 수 없었고, 공감할 수는 더더구나 없었다.

따르릉.

뜬금없는 전화벨이 죽음 같은 침묵을 깼다.

따르릉, 따르릉.

세 번 울리고서야 희정은 전화를 받았다. 시지에게 건네주었다. 수화기에서 윙윙 바람소리가 들렸다.

"선생님, 저 유키무라입니다. 편지를 주셨던 그분이 화랑에 다녀가셨습니다."

수화기를 떨어뜨릴 뻔했다. 희정은 눈물을 닦으며 방을 나갔다.

"여, 연락처를."

"받지 못했습니다."

"……."

유키무라는 이때다 싶었는지 제안을 했다.

"저희 화랑에 오셔서 기획전을 하면 어떨까요? 저번 그림은 벌써 주인을 다 찾아갔고…… 열다섯 점만 그리셔도 기획전을 열 수 있습니다."

"……."

"오랜만에 일본도 오시고, 예전에 친분 있던 화가들도 만나시고, 그분도…… 뵙고."

깊은 밤 교수실에 앉아 하나코의 사진을 들여다보았다. 그 옛날 도쿄에서 열렸던 공연 팸플릿 사진이었다. 무심히 호주머니에 한 장 집어넣었던 것이 지금 유일하게 남은 그녀의 흔적이었다. 르누아르 화집에 소중히 끼워 넣었다.

20년 만에 내린 도쿄는 눈부시게 발전해서 예전의 모습을 거의 찾을 수 없었다. 공항에 마중 나온 유키무라는 싱글벙글이었다.

"오시는 길이 힘들지는 않았나요? 전시장은 시세이도 옆에 있습니다. 저희 후지 화랑은 일본에서 최고의 전시만을 열지요."

"그 하나코……."

"아, 그 뒤로는 뵙지 못했습니다. 기획전을 대대적으로 홍보했으니까 반드시 오실 겁니다. 저희 후지 화랑은 일본 최고의……."

25년 만의 개인전은 대성황이었다. 얼굴도 이름도 잊은 오사카미술학교 시절의 친구들, 데라우치 선생의 제자들, 이제는 중견 화가가 된 파르테논 거리의 화가들이 차례로 방문했다. 반가운 악수와 함께 추억의 이야기가 샘처럼 솟았다. 직장인, 은행인, 교수, 기업가, 주부, 학생들의 발걸음이 끊이지 않았다. 진한 청색 원피스를 입은 여자의 뒷모습이 눈에 들어왔다. 시지는 손님들에 둘러싸여 언뜻 그 모습을 보았다. 하나코였다. 다급히 절뚝이며 그녀에게 갔다. 이미 전시장 밖으로 빠져나가고 있었다.

"하나코!"

거리에는 수많은 사람들이 넘쳐났으나 하나코는 없었다. 망연히 하늘을 올려다보았다. 같은 하늘 아래의 어딘가에서 분명히 자신을 기다리고 있을 것이라 믿었다. 기억을 더듬어 오사카 옛집의 문을 두드렸다. 허리가 90도로 꺾어진 할머니는 눈만 껌벅였다.

"하나코? 그런 아가씨가 이 집에 살았었나?"

"발레리나였습니다. 아버지가 교수였고."

"아, 생각나네, 그런데…… 우리 집이 아니라 옆집이야."

초로의 옆집 사내는 똑똑히 기억했다.

"14년 전에 이사 갔어."

"혹 어디로 갔는지 아십니까?"

"도쿄에서 남편과 함께 무용단을 차렸는데, 해외 공연을 주로 다닌다 하더군."

두 가지 사실을 알았다는 것 외에 소득은 없었다. 남편은 누구일까? 설마 이케다는 아니겠지. 그러나 이케다일 것이라는 불길한 예감이 들었다. 유키무라는 어깨가 축 처진 시지를 곁눈질로 흘긋 보았다. 그림을 구입한 사람들의 주소를 정리하느라 여념이 없었다. 전시장의 모든 그림들 아래에는 새끼손톱만 한 빨간 딱지가 전부 붙어 있었다.

"그림이 다 팔려서 정말 기쁩니다. 선생님도 그렇지요?"

돌고 돌아 제자리로

계절과 함께 고궁은 늘 변하면서도 참모습은 변하지 않았다. 노랗게 물들어가는 가을 속에 비원이 고즈넉하게 시지를 반겨주었다. 술 한 잔을 기울이고 정신없이 풍광을 담았다. 이제 작업실에 작품은 남지 않았다. 처음부터 다시 시작해야 했다. 사람들이 하나둘 다가와 그림을 구경했다.

"아, 멋있다."

"나도 저런 그림을 그렸으면 좋겠어."

문득 두런거림이 멈추었다. 한 사내가 옆에 털썩, 앉았다.

"여전히 아름답군요."

정형철이 씨익, 웃었다. 그 옆에 가죽 점퍼를 입은 두 사내가 우두커니 서 있었다. 멀어져가는 구경꾼들의 얼굴에 의아함과 두려움이 서렸다.

"나는 당신에게 볼일이 없소."

"그렇게 매정하게 대하지 마시오. 그림을 보러 왔을 뿐이니까."

"당신이 그림에 대해 뭘 안다고."

"나 같은 사람이 그림을 보면 안 됩니까?"

"방해되니까 비켜주시오."

형철이 눈짓하자 두 사내가 시지를 일으켜 세웠다. 예술가에 대한 예우는 눈곱만큼도 없었다.

"함께 가주셔야겠습니다."

"뭐야? 또 왜 이러는 거요?"

시지의 저항은 공허한 메아리가 되었다. 계절은 수십 번 변했어도 그 집은 그대로였다. 지하 취조실에 몇 개의 현대식 고문 기구가 걸려 있는 것이 가장 큰 변화였다. 고문을 받는다 하여도 두렵지 않았다. 사내들이 시지의 화구를 지프차에 실을 때 그림이 망가지지 않을까 그것만이 걱정되었다. 형철은 손가락으로 탁자를 톡톡, 두드리며 뜸을 들이다 물었다.

"일본엔 왜 가셨습니까?"

"화가가 출타할 일이 뭐 있겠소. 그림 때문이지."

"사람 때문은 아니구요?"

시지는 움찔했다.

"후지 화랑 상무가 선생님 댁을 방문하는데 굳이 일본까지 간 이유가 뭡니까?"

구구절절 설명해야 하는 자신의 처지가 한심해졌다.

"개인전을 여는데…… 화가가 없으면…… 관람객들이 어찌 생각하겠소."

"……하나코가 누굽니까?"

갑자기 숨이 턱, 막혔다. 탁자 위에 종이 한 장을 내밀었다. 르누아르 화집에 넣어두었던 하나코의 사진이었다.

"이, 이것을 어떻게?"

"우리는 변 선생의 일거수일투족을 놓치지 않습니다."

"민주국가에서…… 이게 무슨 짓이오?"

"그 민주를 지키기 위해서입니다. 예술보다 더 중요한 것이 국가입니다. 공산주의 국가가 아니라 민주국가. 난, 그것을 지킨단 말이오."

"그러면 나는 민주국가의 파괴자란 뜻이오? 나 역시 조국을 사랑하오. 당신보다 더 깊이. 당신이 삶의 고통을 알아?"

마주 보는 두 사내의 눈이 이글이글 타올랐다.

"이 여자가 하나콥니까?"

"……그냥, 공연 팸플릿이오. 우연히 책 속에 넣어두었을 뿐이오."

얼굴을 앞으로 쑥 내밀어 시지를 응시했다. 목소리는 낮았지만 엄숙했다.

"이 여자는 북한에 포섭된 거물급 공작원이오."

컥, 괴성이 나왔다. 천장에 매달린 전구가 빙글빙글 돌았다.

"말도 안 돼! 그 여잔 발레리나야. 춤추는 여자라구, 개미 한 마리도 못 죽이고…… 더구나 한국인도 아니고!"

"이 여자를 왜 만나러 갔죠? 도쿄에서 오사카까지? 만나서 무슨 지령을 받으려고?"

"지령?"

헛웃음이 나왔다. 지령이란 무엇을 의미하는 것일까?

"그녀는 내 첫사랑일 뿐이오. 북한이나 지령이나 그딴 터무니없는 말은 꺼내지도 마!"

"예술가는 거짓말도 달콤하구만. 첫사랑이라, 끝까지 오리발이라 이거지."

문이 다급히 열리고 사내가 뛰어들어와 형철에게 귓속말을 했다. 두 사람은 튕기듯 밖으로 나갔다. 덜컹 문이 잠겼다. 시지는 팔짱을 끼고 우두커니 앉아 책상 위의 사진을 응시했다. 하나코가 그곳에 있었다. 북한, 포섭, 공작원……. 이해할 수 없었다. 방 안을 거닐었다. 10분 후면 돌아올 줄 알았던 형철은 한 시간이 지나고 다섯 시간이 지나도 돌아오지 않았다. 문을 두드려도 아무런 반응이 없었다. 사방은 쥐죽은 듯 고요했다. 바람소리조차 들리지 않았다. 감금된 그를 망각한 채 모든 사람들이 사라진 듯싶었다. 배가 고프고 갈증이 일었다. 구석에 찌그러진 양은 주전자가 있었다. 뚜껑을 열자 썩은 냄새가 풍겼다. 내려놓았다. 지하실을 열 바퀴 돌았다가 주전자를 입으로 기울였다. 썩은 물은 구토를 일으켰다. 꾹 참고 벌컥벌컥 마셨다.

딸깍.

전구 스위치를 내렸다. 지하는 완전한 어둠에 빠졌다. 다리가 저려왔다. 바닥에 앉아 벽에 기대 눈을 감았다. 한여름인데도 바닥은 음험하게 차가웠다. 세상은 완전한 어둠, 완전한 침묵이었다.

딸깍.

불을 켰다. 책상 위의 하나코 사진을 품에 넣었다. 다시 불을 껐다. 세상은 또 한 번 완벽한 어둠에 잠겼다. 두렵지 않았다. 하나코가 품 안에 있었다. 어둠과 침묵 속에서 불편하면서도 행복한 잠에 빠져들었다.

덜컹.

문이 열리고 빛이 한꺼번에 쏟아졌다. 시지는 눈을 가렸다. 들어온 사내는 일언반구도 없이 시지를 일으켜 세웠다. 대문 밖으로 밀어내고 덜컹, 철문을 닫았다.

"내 화구를 돌려줘!"

한번 닫힌 철문은 꿈쩍도 하지 않았다. 8월의 태양이 내리쬐는데도 거리는 침울했다. 절뚝이며 걷다가 신문 가판대를 지나쳤다. 뒷걸음쳐 다시 그 앞으로 왔다. 1면에 커다랗게 활자가 찍혀 있었다.

陸英修 女史 逝去

교수실은 엉망이었다. 의자는 쓰러져 있고, 서랍은 전부 열려 있고, 책은 바닥에 내동댕이쳐 있었다. 월부 책장수에게서 구입한 화집의 몇 권은 표지가 떨어져 나갔다. 르누아르 화집을 꽂을 때 조교가 들어왔다.

"교수님, 죄송해요. 기관원들이 들이닥쳐서……. 저희가 교수님 물건에 손을 댈 수 없어서……."

"……."

"총장님이 찾으세요."

애써 태연한 얼굴로 총장은 커피를 권했다.

"아시겠지만 기관원이 찾아왔었어요."

지하 취조실이 떠올랐다. 목에서 썩은 냄새가 올라왔다.

"그래서 말인데…… 우리도 조금 곤란하게 됐어요."

"무슨?"

"……이거 참…… 어떻게 말을 해야 할지…… 육영수 여사 서거 이후 일본과 관계된 사람은 은밀히 조사를 받고 있어요."

서류 한 장을 내밀었다. 몇 사람의 이름이 나열된 명단에 변시지는 다섯 번째에 있었다. 시지는 고개를 끄덕였다. 총장을 난처하게 해서는 안 될 것이었다.

"……이해합니다……. 곧 사직서를 제출하겠습니다."

총장이 손을 내저었다.

"그만두라는 게 아니라 조금 쉬었다가 다시 오면……."

미련 없이 일어섰다.

"이곳은 나와 인연이 닿지 않는 곳인가 봅니다."

흔들의자에 앉아 창밖을 망연히 바라보았다. 인연이라는 단어가 원망스러웠다. 솜반천의 까마귀, 오사카미술학교, 이케부쿠로 거리, 고국의 여러 대학들…… 모두 인연이 없었다. 그리고…… 하나코! 슬픔이 밀려왔다. 하지만 그 어느 곳인가는 절름발이 화가를 따뜻하게 반겨줄 것이었다.

'어디로 가야 할까?'

감시의 눈길이 없는 곳, 예술을 돈으로 따지지 않는 곳, 다리가 아파오지 않는 곳으로 가야 했다.

아내가 평안하면서도 심란한 얼굴로 그 앞에 앉았다.

"학교는 나가지 않아도 상관없어요. 내가 일하면 생활비 정도는 충분히 벌 수 있으니까. 그런다 해도……."

바람이 건듯 불었다. 작은 마당 옆의 작은 화단에 심어진 파초잎이 아래로 출렁였다. 파초는 여섯 살 아들의 키보다 약간 컸다. 슬픔이 파도처럼 밀려왔다. 해마다 파초 묘목을 사들여 열 그루를 심었으나 살아남는 것은 두세 그루에 불과했다. 그마저도 키가 작았다. 사람들은 불가능할 것이라 말했고, 아내는 안쓰러워했다.

"고향으로 가야겠어."

아내는 움찔했다.

"제주도요? 서귀포?"

"그래."

"갑자기 왜 제주도로? 학교에서 일자리를 잃었다 해서 그렇게 낙담하지 않아도 돼요. 당신은 계속 그림 그리고, 작업실도 구하고, 그림

팔고……."

"나는 서울이 맞지 않아."

"서울이 어때서요? 당신이 좋아하는 고궁도 있고, 한강도 있고, 빈민촌도 있고, 산도 많아요. 제주도에 산은 하나밖에 없잖아요."

"고궁? 강? 빈민촌? 산? 나는 그런 것에 관심없어……. 서울에는, 아니, 육지에는 내가 찾는 것이 없어."

"도대체 무엇을 찾는데요?"

눈을 감았다. 아내의 질문을 무시해서는 안 되었다. 그녀는 삶의 동반자였다. '당신이 예술을 알아?'라고 물어서는 안 되었다. 눈을 뜨고 아내를 망연히 바라보았다.

"바다와 바람을 보고 싶어."

"……."

"파초를 가꾸어야 해."

아내는 창밖의 파초를 손가락으로 가리켰다.

"파초는 저기 있잖아요. 두 그루나 있는데."

"녹색, 진하게, 눈물 나게 진한 녹색, 키가 큰 파초……. 그리고 바다, 파란 바다. 바람, 바람……."

시지는 벌떡 일어섰다. 절뚝이며 거실을 거닐었다. 아내는 침착했다.

"바다를 보고 싶다면 크루즈를 타고 여행을 해보세요. 돈은 얼마든지 드릴게요."

가슴이 답답해졌다.

"나는 그런 평온한 바다를 원하지 않아요. 호화로운 여행을 바라는 것도 아니오."

아내는 생각에 잠겼다. 서울에 붙잡아둘 이유는 많았다.

"애들 교육도 생각해야지요."

"걱정 말아요. 나 혼자 갈 테니까."

"혼자? 당신 나이가 벌써 쉰인데…… 아픈 다리로 혼자 어떻게 지내려고?"

"혼자가 아니오. 파초가 내 벗이 될 것이오. 바다도 있고, 바람도 있고……."

검색대의 보안요원은 단호했다.

"손님, 이 지팡이를 들고 탑승할 수 없습니다."

시지는 얼굴이 빨개졌다. 손이 떨렸다.

"이, 이건…… 그냥 내 지, 지팡이일 뿐이야."

"하지만 흉기가 될 수 있습니다. 여기, 쇳조각이 붙어 있고, 끝도 뾰족하고."

"내가 이 지, 지팡이를 휘두를 사람으로 보이는가?"

"그렇다는 말이 아니라 규정에 의하면."

"그, 그럼 어떡하란 말인가?"

"보관대에 맡겼다가 돌아오실 때 찾아가든가, 아니면 가방에 넣어서 보내든가 하셔야지요."

"이봐요. 가방은 벌써 부쳤는데?"

"아! 그렇구나. 여하튼 들고 탈 수 없습니다."

뒤에서 불평이 터져 나왔다.

"빨리빨리 합시다."

시지는 줄 밖으로 밀려 나왔다. 아무런 생각도 나지 않았다. 24분의 시간이 남았다. 누구에게 도움을 청해야 할까? 몹시 초라한 화가라는 사실이 명백해졌다. 지팡이 하나조차 소유할 수 없다니! 얼굴들을 떠올리다가 한 명에서 멈추었다. 언젠가 한 번 정형철이 내민 가짜 명함에 찍혀 있었던 전화번호를 힘겹게 재생해냈다. 절뚝이며 걸어가 공중전화 부스 앞에 섰다. 끔찍이도 싫었지만 그 번호가 맞기를 기원하며, 평생 마지막이 되기를 기원하며, 떨리는 손으로 버튼을 눌렀다.

보안요원은 몇 번이나 허리를 숙였다.

"죄송합니다. 원칙을 따르려다 보니."

"아니에요. 오히려 내가 더 안도가 되오."

"고향에는 몇 년 만에 가시나요?"

시지는 당황했다. 그가 물어야 할 질문이 아니었다. 보안요원은 히죽 웃었다. 이빨 두 개가 길게 늘어나고 코는 커다란 돼지코로 변했다.

"고향 가는 길이 험난하지? 지팡이조차 못 가지고 가게 하니…… 무슨 뜻인지 아나?"

"알고 싶지 않아. 당장 사라져! 나는 고향으로 갈 거야."

"흐흐. 가지 말라는 뜻이야. 44년 만에, 결국, 돌고 돌아 제자리군."

"나는 갈 거야. 고향은 내가 태어난 곳이고, 나를 키워준 곳이야."

"정말 그럴까. 서울이 널 반겨주지 않은 것처럼, 한국 땅이 널 배척한 것처럼 고향도 널 반겨주지 않을 거야."

"괜찮아. 바다와 바람…… 까마귀, 조랑말이 있으면 돼."

"흐흐, 그것 가지고는 부족하지. 내가 너에게 신세계를 보여줄게."

"필요 없어."

"너는 운명을 피할 수 없어. 설마 박수무당의 저주를 잊은 것은 아니겠지."

"저주? 나는 저주 같은 것은 믿지 않아."

"기억을 떠올려봐. 그 저주를!"

시지는 기억을 재생시키지 않으려 입술을 깨물었다. 그럴수록 희미한 기억 저편에서 박수무당의 외침이 벌레처럼 스멀스멀 기어 올라왔다.

"흐흣, 제주의 용이 너에게 온갖 저주를 내릴 거야. 네가 신에게 저항했기 때문에."

"나는 내 길을 걸을 뿐이야."

"지금이라도 늦지 않았어. 집으로 돌아가!"

"돌아가지 않을 거야!"

"어쩔 수 없군, 정녕 고집을 피운다면 너에게 선물 하나를 주지."

괴물은 손을 들었다. 둘째손가락이 창처럼 길게 늘어났다. 그 손을 뿌리쳤다. 손은 파초 잎처럼 넓게 퍼졌다. 녹색의 파초 잎은 피할 틈도 없이 시지의 눈을 덮었다.

"으악!"

제5부

저주받은 고향길

노란 세상의 검은 까마귀

"증상이 더 심해진다는 말입니까?"

"……가라앉을 줄 알아신디 그 반대네 마씀."

의사는 검안기로 현작의 눈을 정밀히 관찰했다.

"그거, 첨, 이상허우다. 눈에는 특별한 증상이 없는데, 1년 가까이 지속되는 게…… 그러지 말앙 지난번에 말씀드린 것처럼 서울에 잇인 큰 병원으로."

고개를 저었다.

"아니우다. 그렇게까지 호들갑을 떨고 싶지는 안허우다."

의사는 이미 환자의 고집을 알고 있었다. 차트에 진료 사항을 기록하며 물었다.

"학교 선생님이렌 하셨지 예?"

"……대학에서 강의를 허고 이십주."

"무슨 과목 마씀?"

"아, 일본어요."

의사가 안심하듯 웃었다.

"그나마 다행이우다. 색에 관련된 일을 허지 않암시난 예. 여하튼 한 달에 한 번씩은 병원에 꼭 오셔야 헙니다 예."

모자를 쓰며 시지는 허헛, 웃었다.

"그렇게 헙주."

복도를 조심스레 걸을 때 안대를 착용한 남자가 진료실로 들어갔다. 간호사가 제지했다. 남자는 한쪽 눈을 부라리고는 의사 앞에 앉았다.

"방금 전 변시지 선생이 무슨 일로 왔소?"

"다, 당신은 누구시꽈?"

"묻는 말에 대답이나 해요."

하늘을 올려다보았다. 연한 푸른색이 끝없이 펼쳐져 있고 흰 구름이 뭉게뭉게 서쪽으로 떠갔다. 차츰 구름은 노란색으로 변했다. 하늘도 노란색으로 변했다. 세상은 온통 노란색이었다. 눈을 비비고 바다로 향했다. 마주 오는 사람이 인사를 했다.

"선생님. 안녕하시우꽝?"

노란 옷을 입은 노란 얼굴의 남자였다.

"아, 예."

노란 남자는 머뭇거리다가 서운한 목소리로 '안녕히 가세요' 인사를 하고는 멀어졌다. 시지는 앞으로 걸어갔다. 바다가 펼쳐져 있었다. 다행히 파란, 옥색의 바다였다. 그러나 잠시 후 노란색으로 변했다. 갈매기 한 마리가 끼룩 울었다. 그 새만이 검은색이었다. 눈을 비볐다. 벤치에 앉으려다 손을 헛짚었다. 모든 노란색은 원근감을 무시했다.

"아저씨, 괜찮으시꽝?"

교복 입은 남학생이 부축했다.

"고맙다 이. 나가 쪼끔 어지러워부난."

눈을 질끈 감았다. 다시 떴다. 세상은 정상이었다. 빨간색은 빨간색으로, 파란색은 파란색으로, 녹색은 녹색으로 보였다. 너무 당연한 현상이 고맙고, 또 고마웠다.

그림을 그리기 좋은 곳은 서울보다 더 많았다. 화구를 챙겨 들고 솜반천으로 향했다. 가슴 깊은 곳에 간직되어 있던 유년의 싸움터였다. 박수무당의 저주는 한갓 망발에 불과하다고 여겼다. 그날의 처절했던 기억을 가장 먼저 극복해야 했다. 천지연 폭포가 가장 잘 보이는 곳에 화구통을 놓고 이젤을 세웠다. 바위 위에 평평하게 세우기는 쉽지 않았다.

쿠르릉—

폭포는 쉼없이 떨어졌다. 이리저리 가늠하는 시지의 눈에 폭포의 흰 포말이 들어왔다. 포말은 노란색으로 변했다. 갑자기 둥둥— 북소리가 울렸다. 깜짝 놀라 주위를 살폈다. 아무도 없었다. 징징— 꽹과리 소리도 울렸다.

까악까악.

까마귀 울음이 귀를 때렸다. 온통 노란 세상 속에서 괴악스런 소리는 한꺼번에 시지에게 덤벼들었다. 폭포 아래에서 무당이 걸어나왔다. 울긋불긋한 옷이 노란색으로 변하면서 춤을 추었다.

휘이 휘이 물러가라……

네 삶은 어지러운 춤으로 얼룩질 것이니……

현기증이 일었다. 돌멩이를 들어 무당을 향해 던졌다. 몸이 휘청였다. 앞으로 꼬꾸라지려 할 때 억센 손이 뒤에서 껴안았다.

"왜 폭포를 향해 돌을 던집니까?"

형철은 정녕 궁금했다. 이마의 땀을 닦아내며 시지는 한숨을 내쉬었다.

"여기까지…… 어쩐 일인가?"

"우리 인연은 참으로 질긴가 보오."

"난, 그쪽과 더 이상 인연을 맺고 싶지 않아."

형철은 쓸쓸히 웃으며 외투 주머니에서 고량주 한 병을 꺼냈다.

"폭포를 바라보며 마시는 술맛은 일품이겠지요."

잠자코 그 술을 받았다.

"통닭 한 마리를 사 왔는데 입맛에 맞으실려나."

딱히 먹고 싶은 마음은 없었으나 한 조각 받았다.

"이 먼 서귀포까지 무슨 일이오? 설마 고량주 한잔하러 오지는 않았을 거고."

"캬, 술맛이 정말 좋군요. 나도 이런 곳에서 그림이나 그리며 살면 얼마나 좋을까."

난데없는 넋두리가 시지를 서글프게 했다. 굳이 묻지 않아도 될 질문이 나왔다.

"그림이나? 당신이 창작의 고통을 알아?"

형철이 심각한 눈길로 맞받았다.

"그럼, 선생님은 저처럼 음지에서 일하는 사람의 고통을 압니까?"

"그, 그거야……."

"선생님의 행적을 이해할 수 없습니다."

"이해하지 않아도 돼."

형철은 잠자코 종이컵에 술을 따랐다.

"궁금한 것은, 솔직히 말해서 일본에서 계속 그림을 그리는 게, 아니면 구라파나 미국으로 건너가서 그림을 그리는 게 더 좋았을 텐데, 그럴 능력과 돈도 충분히 있었는데, 왜 굳이 한국으로 돌아온 건지……. 이 땅은 솔직히 말해서, 창작의 자유도 제한되어 있고, 그림을 이해하는 사람도 드문데."

"왜 왔냐고?"

"그게 정녕 이해가 안 되고, 궁금합니다."

형철은 술을 털어넣고 꿀꺽 삼켰다. 얼굴을 찌푸리면서 멍하니 시지를 응시했다.

"사랑하기 때문이지."

"무얼요?"

"내 땅을, 내 바다를."

"흐흐. 이해는 가지만 공감하기는 어렵군요."

"날 이해할 필요도 없고, 공감은 더더구나 필요 없네."

"뭐, 좋습니다. 그런데 전 사랑을 믿지 않습니다."

"믿든 말든 내가 상관할 바 아니네. 그리고 나는 갚아야 할 빚이 있네."

"누구에게요?"

"내 땅과 내 바다에…… 그리고 나 자신에게. 그래서 빚을 갚으려 고향으로 왔네."

"빚을 갚아야 할 사람이 한 명 더 있지 않습니까?"

시지는 붓을 들었다.

"나는 사람에게는 빚이 없네."

"있을 텐데요? 사랑의 빚!"

붓을 내려놓았다. 가슴이 심하게 뛰었다. 형철은 심각하게 속삭였다.

"그래서 부탁을 하러 왔습니다."

"그만 가보게. 나는 이제 그림을 그리겠네."

형철은 히죽 웃었다.

"그나저나 병원에는 왜 다니십니까?"

"그거야……."

"일본어 교수라고 거짓말은 왜 했습니까?"

새파랗게 질린 시지가 잔을 움켜잡았다. 형철은 대답을 기다리지 않고 급작스레 제안했다.

"하나코, 만나고 싶지 않습니까?"

잔을 든 손이 부르르 떨렸다. 결국 그 이름을 꺼내고야 만 것이었다. 폭포 소리는 멈추고 까마귀 울음이 거세게 들려왔다.

"지금 평양에 있습니다."

머리가 빙빙 돌았다. 평양이라는 지명은 서울이나 도쿄, 뉴욕과는 근본적으로 달랐다. 그녀가 그곳에 갈 이유도, 머물 이유도 없었다. 그녀는 발레리나일 뿐이었다. 거짓의 차원이 너무 비열했다.

"지금 어디서 개수작이야? 또 나를 엮어볼려고 하나 본데…… 당장 꺼져!"

형철은 시지의 기분에는 신경 쓰지 않았다. 자신에게 욕하는 것쯤이야 가볍게 넘겼다. 호주머니에서 서류 뭉치를 꺼냈다.

"안과병원 진료 기록입니다. 어제 압수했지요. 눈에 이상이 있다는 사실은 이제 선생님과 나만이 알고 있습니다. 화가가 색을 구별 못 하면 사형선고나 마찬가진데……."

"나쁜 놈!"

"육지에 있는 대학은 약속 못 하겠지만 제주에 있는 학교에서 평생 먹고살 수 있도록……."

시지는 버럭 소리질렀다.

"난 그림 그려서 먹고살아! 다 필요 없어! 그림만 있으면 돼."

"그건 선생님 마음대로 하십시오. 그러나 하나코는 만나야지요."

희정은 연락도 없이 서울로 올라온 남편이 반가우면서도 의아했다. 아이들은 아빠가 왔다고 신이 나서 뛰어다녔다. 아이들을 한 번씩 안아주고 여행가방을 싸기 시작했다.

"갑자기 여행가방은 왜 꾸려요?"

"다리 통증이 심해져서…… 일본에 가려고."

"일본? 일본? 저와 상의도 없이……."

"지금 말하지 않소. 일본의 좋은 병원을 추천받았어요."

희정은 안심이 들면서도 의문이 꼬리를 이었다.

"그렇기는 해도…… 꼭 일본에 가야 하나요?"

"우리나라 의학 기술로는 내 다리를 완벽하게 만들어주기는 어려워."

"……저도 갈게요."

두꺼운 16절지 스케치북을 가방 속에 넣으며 아내를 지그시 응시했다.

"괜한 고생 말고 집에 있어요. 나 혼자 치료받고 올 테니."

아내가 잠든 후 책상에 앉아 편지지를 꺼냈다.

사랑하는 희정에게

두 번 읽은 후 좌좍 찢었다. 새 편지지를 꺼냈다.

장남 정훈에게

여덟 줄을 쓴 후에 처음부터 읽어보았다. 찢어서 버리고 새 편지지를 꺼냈다. 세 번째 만에 편지는 완성되었다. 어디에 두어야 할지 결정하기 어려웠다. 서울에서 첫 개인전을 열었을 때 사용한 방명록 사이에 끼워넣었다. 평소에 펼쳐볼 일은 없겠지만 아버지의 행방이 묘연해지면 펼쳐볼 확률이 높았다. 형철의 당부가 뇌리를 스쳤다.

— 일본에서 원산으로 가는 북송선을 타시오. 하나코는 현재 원산에서 북송 재일교포들과 관련된 일을 하고 있어요. 어렵사리 우리 공작원이 접촉해서 임무 하나를 맡겼습니다. 직접 만나서 그 임무를 완수하고 오시오.

사이토 슈이치의 여행

밤의 니카타 항구는 고요하면서도 무거웠다. 짙푸른 바다 저 멀리에서 죽음보다 무거운 뱃고동이 부-웅- 길게 울렸다. 시지는 그 배가 출항하는 배인지, 귀항하는 배인지 궁금증이 들었다. 떠난다면, 무사히 목적지에 당도하기를 바랐고, 돌아오는 길이라면, 평화로운 휴식이 주어지기를 바랐다. 그것은 무모한 선택이 될지도 모를 자신의 길에 대한 소망이기도 했다.

검게 칠해진 나무 벽에서 비린내가 심하게 풍겼다. 나무 벽의 창고 뒤편에서 검은 그림자 하나가 불현듯 모습을 드러냈다.

"제시간에 와주셔서 감사합니다."

중절모를 깊게 눌러쓴 남자는 사방을 살피며 수첩 하나를 내밀었다. 표지에 새겨진 '日本國 旅券' 은빛 글자가 희미한 가로등 불빛 아래 반짝였다.

"지금부터 선생님은 사이토 슈이치(斎藤修一)입니다."

시지는 잠자코 여권을 받았다. 다리가 저려왔다.

"사흘 후 아침 아홉 시에 선착장 건너편의 만복사(萬福寺)로 가십시오. 입구에서 한 사람이 기다리고 있을 것입니다."

"……."

"빨간 가방을 들고 있습니다. 그와 동행하면 됩니다."

"……."

"자세한 이야기는 그 친구에게 들으면 됩니다. 돌아올 배편까지 안내해줄 겁니다."

"……."

"조국 대한민국은 선생님을 믿습니다."

"알겠소. 그런데……."

남자는 시지를 차갑게 한 번 응시하고는 몸을 돌렸다. 궁지에 몰린 쥐를 노리는 고양이의 눈이었다. 서늘한 바람이 휘익 불면서 강한 비린내가 또 한 번 풍겨왔다. 어둠 속으로 빠르게 사라지는 남자의 등을 보며 호주머니 속의 여권을 만지작거렸다.

여관 앞의 골목에서부터 부두로 향하는 길마다 사람들이 넘쳐났다. 가방을 어깨에 메고 사람들을 헤치면서 북쪽을 향해 걸었다. 택시를 타는 것은 불가능했다. 절뚝이는 걸음은 아무리 힘차게 걸어도 제자리에 맴도는 것만 같았다. 고함, 누군가를 부르는 외침, 호루라기, 자동차들의 클랙슨이 한순간도 쉬지 않았다. 땀이 비 오듯 쏟아졌다. 한참을 걷다가 왼쪽 길로 접어들자 인적이 드물어졌다.

萬福寺 1km

이정표 앞에서 잠시 멈추었다. 이마의 땀을 닦아냈다. 다리가 심하게 아파왔다. 가방을 멘 어깨도 저려왔다. 무엇을 위해 고행의 길을 걸어야 하는지 의문이 들었다. 하지만 지금 그 질문을 떠올릴 때는 아니었다. 저 멀리 키 큰 소나무들이 보이고 대리석 두 개가 세워진 작은 사찰이 나타났다.

선명하게 새겨진 만복사 비석 옆에 한 여자가 서 있었다. 시지의 눈길은 여자를 스쳐 남자를 찾았다. 문득 여자 옆에 커다란 빨간 가방이 놓여 있는 것을 보았다. 당황한 시지에게 여자가 빠르게 물었다.

"사이토 슈이치?"

"그, 그렇소만."

"저는 사이토 우미카입니다. 나흘 동안 선생님의 아내입니다."

"그, 그……."

"지금 선착장으로 가야 배를 탈 수 있습니다. 수속을 밟는 데 한 시간 정도 걸릴 것입니다. 자세한 이야기는 가면서 하겠습니다."

우미카는 절제된 미소를 한 번 짓고는 가늘고 흰 손으로 가방을 들었다. 시지는 그 가방을 들어주려 했다.

"제가 들겠습니다. 일본에서는 남자가 아내 가방을 들어주지 않습니다. 저는 47세입니다. 고향은 나고야입니다. 쇼와여자대학을 졸업했습니다. 1953년에 사이토 슈이치와 결혼했고…… 지금은 가정주부입니다. 저를 하나코에게 소개해주셔야 합니다. 그녀를 통해서 저와 함께 원산, 영변을 둘러본 후에 그곳들을 기억해서, 나중에 그림으로 남겨주면 됩니다."

"……."

"그러지 않을 것이라 믿습니다만 우발적인 행동을 절대 해서는 안 됩니다. 자칫……."

"그건 걱정하지 마시오."

우미카는 앞서 걷다가 멈추었다.

"제가 선생님, 아니, 당신 뒤에서 걸을게요. 아내가 남편 앞에서 걸을 수는 없으니까."

시지는 이마의 땀을 또 닦아내고는 당황하지 않으려 마음을 다잡으며 우미카를 앞질렀다.

"사이토 슈이치는 덴리(天理)화공회사의 사장입니다. 그러나 가급적 말을 아끼기 바랍니다. 제가 전부 대답하겠습니다. 관계 서류는 완벽하게 준비했습니다."

"알겠소."

우미카는 불쑥 팔을 잡았다.

"언제나, 누구에게나 다정한 부부의 모습을 보여야 합니다. 그렇지 않나요? 여보!"

"마, 맞소!"

파도는 잔잔했고 만경봉(萬景峰) 호는 위엄 있게 바다에 떠 있었다. 펄럭이는 만국기들 속에 플래카드가 바람에 휘날렸다.

조선인민민주주의공화국으로 오시는 여러분들을 우리 위대한 조국은 열렬히 환영합니다!

헤아릴 수 없이 많은 사람들은 각자의 사연을 안고 부두로 모여들었다. 떠나는 사람과 배웅하는 사람, 구경하는 사람, 취재하는 사람들이 뒤섞여 선착장은 혼란의 극치였다. 한국전쟁이 끝나고 시작된 교포 북송은 벌써 5만 명을 넘어섰으나 그 행렬은 여전히 멈추지 않고 있었다.

"저를 놓치지 마세요."

"아, 알겠소."

시지는 우미카를 따라 행렬의 끝에 섰다. 그 뒤로 금세 사람들이 따라붙었다. 북조선 선원들은 친절한 미소를 지으며 사람들을 안내했다. 그 미소가 작위적이고 깊은 음험함이 담겨 있는 것을 시지는 놓치지 않았다. 일본에 사는 한국 동포들이 왜 공산주의 국가에 정착하려 하는지 이해하기도, 납득하기도, 공감하기도 어려웠다.

"자, 천천히 앞으로 나가세요. 가방은 꼭 소지하시고…… 신분증은 손에 들고 계시기 바랍니다. 이제 두 시간 후면 출항합니다."

부-웅.

길게 뱃고동이 울렸다. 갈매기 수십 마리가 배 주위를 맴돌았다. 시지는 숨을 멈추었다가 길게 내쉬었다. 목숨을 건 이번 여행의 목적이 하나코와의 만남인지, 조국을 위한 첩보 활동인지 판단하기 어려웠다. 어쩌면 둘 모두 할 수 있을 것이며, 어쩌면 둘 모두에 실패한 채 낯선 땅에서 아침이슬처럼 사라질 수도 있었다. 우미카가 갑작스레 행복한 웃음을 터뜨렸다.

"조국으로 돌아가서 정말 기뻐요. 여보, 그렇지 않나요?"

시지는 만족한 미소로 화답했다.

"꿈에 그리던 고향으로 드디어 돌아가게 됐군."

저마다의 희망과 설렘을 안고 사람들은 천천히 검사대 앞으로 갔다. 그들의 눈동자 한켠에 도사린 두려움이 안개처럼 피어나고 있음을 시지는 놓치지 않았다. 아들과 딸의 손을 쥔 40대 후반 가장의 눈 속에 '일생일대의 잘못된 판단을 내렸구나'라는 후회가 서려 있었다.

"자, 이쪽으로 오시라우. 아바이는 앞에 서고, 오마니는 맨 뒤에 서시라우. 조국에 돌아가는 것을 적극으로 환영합네다."

사람들은 질서 있게 줄을 섰고, 차츰 줄어들었다.

"이름?"

"다케시 가게루입니다."

빨간 넥타이를 맨 북조선 남자는 손에 침을 묻혀 서류를 넘겼다.

"다케시…… 가게루……. 여기 있군요. 가족이 몇입네까?"

"아내와 아들 둘, 딸 하나입니다."

"직업은?"

"도쿄 조선학교에서 일본어를 가르칩니다."

신분증을 확인하던 남자가 실망의 표정을 지었다. 다케시의 얼굴에 잠시 그늘이 졌다.

"북조선과 일본은 친밀한 관계를 유지해야……."

"나한테 훈계할 생각일랑 마시오."

"네!"

"왼쪽으로 가시오."

남자는 신분증에 도장을 꽝, 찍고 다음 사람을 바라보았다.

"이름?"

오른손에 쥔 여권을 내밀었다.

"사이토 슈이치."

남자는 서류를 넘겨 이름을 찾았다.

"가족은?"

"아내와 둘입니다."

문득 시지의 다리를 보았다. 얼굴이 심하게 일그러졌다. 옆 남자에게 귀엣말을 했다.

"박 동무, 1차 심사할 때 장애자는 전부 탈락시켰는데…… 이 사람이 어떻게 허가를 받았을까?"

"잠깐 보류하간. 상부에 보고해서 결정을 내려야 할 것 같으이."

남자는 서류에 '부적격'이라 적었다.

"직업이 뭐요?"

여태 조용히 있던 우미카가 조용하면서도 단호한 어조로 대답했다.

"제 남편은 오사카에서 화공회사를 운영하는 사장입니다."

남자는 한참을 망설이다 일어섰다.

"날 따라오시라우."

회색으로 칠해진 벽에 인공기 하나가 덜렁 걸려 있었다. 두 개의 책상에 양복을 입은 두 명의 남자가 앉아 있었다. 오른편 남자에게 거수경례를 했다.

"정 동지, 이분……."

"놓고 가시오."

날카로운 눈길로 부부를 응시했다.

"앉으시오."

시지는 지금이라도 집으로 가고 싶었다. 한편으로는 어떻게 해서든 통과하고 싶었다. 우미카가 상냥하게 말했다.

"조선공화국은 고국으로 돌아오길 원하는 모든 동포를 환영한다고 들었습니다."

"언제부터 일본에 살았소?"

시지가 대답했다.

"하도 오래되어 기억도 안 나오. 내가 여섯 살 때 가족과 함께 오사카로 왔어요."

"그래서요?"

"그 서류에 있는 것처럼, 오사카공업학교 마치고 화공회사 다니다 회사를 차렸소."

천연덕스레 거짓말을 하는 자신이 놀라웠다.

"그래서요?"

"더 늙기 전에 고국으로 가려는 거요."

"단 둘이? 아이들은 없소?"

우미카가 대답했다.

"그 서류에 있는 것처럼, 이번 방문은 향후 원산이나 함흥에 공장을 짓기 위한 사전 탐방입니다. 그 후에 가족과 함께."

정 동지는 차갑게 웃었다. 1차 서류 심사에 화공회사 사장은 존재하지 않았었다.

"솔직히 말하면 집으로 돌아갈 수 있지만, 거짓말하면 이 자리에서 죽을 것이오."

"……"

"왜 북조선에 가려 하오?"

"……고국의 공업 발전을 위해서."

문이 열리고 한 사내가 들어왔다.

"어느 기관에서 보냈소?"

"나, 나는 덴리화공회사 사장이오."

퍽!

느닷없는 사내의 주먹은 강했다. 얼굴에 번개가 내려치는 아픔이었다. 우미카가 날카로운 비명을 내질렀다.

"다시 묻겠소. 어느 기관에서 보냈소?"

"나, 나는 덴리……."

퍽!

앞으로 꼬꾸라졌다. 머리가 시멘트 바닥에 닿는 순간 정신을 잃었
다.

안녕! 나의 사랑

수십 대의 버스가 원산 거리를 질주했다. 4차선 도로에 오가는 자동차는 드물었고 아름드리 가로수들만이 낯선 손님을 맞을 뿐이었다. 건물의 모든 벽에는 공화국을 찬양하는 선전벽화가 원색으로 유치찬란하게 그려져 있었다. 창밖을 응시하는 사람들의 얼굴 모두에 후회의 그림자가 드리워졌다. 지금이라도 돌아가고 싶은 마음이 가득하건만 아무도 입밖으로 꺼내지 못했다.

"오늘, 원산인민예술대극장에서 환영 공연이 준비되어 있습네다. 조국의 품에 안긴 여러분들을 따뜻하게 맞이하는 위대하신 김일성 수령 동지의 지극한 배려입네다."

시지는 왜 이렇게 광장을 넓게 만들었는지 이해하기 어려웠다. 우람한 동상 하나가 서 있고 그 뒤편으로 흰 3층 건물이 위용을 드러냈다.

작은 꽃다발을 든 우미카가 속삭였다.

"모스크바에 가면 저런 건물이 많아요. 그대로 모방했네요."

웅장한 러시아 궁전을 닮은 예술극장은 억압되고 가난한 나라의 모순을 그대로 보여주고 있었다. 그 벽에 세로로 길게 늘어진 플래카드를 보는 순간 시지는 얼어붙었다. '승리의 깃발 따라' 아래에 하나코의 얼굴이 선동적이고도 선명하게 그려져 있었다. 시지의 떨리는 마음을 아는지 모르는지 우미카는 혼잣말로 중얼거렸다.

"일본에서도 명성을 얻을 수 있었는데…… 운명이란 묘한 건가 봐요."

가슴을 진정시키며 홀린 듯 극장 안으로 들어갔다. 인사말이 있고, 조국에 대한 경배가 있고, 지루한 환영사가 있고, 어설픈 답사가 이어졌다. 시지는 가슴을 진정시키려 다리를 주무르고 또 주물렀다. 이윽고 검은 커튼이 올라가고 잔잔한 음악과 함께 무용수들이 춤을 추며 등장했다.

두둥—

북소리가 울리면서 한 여자가 등장했다. 공연감독이었다. 박수가 쏟아졌다. 시지는 벌떡 일어섰다. 짙은 화장을 했음에도 분명 하나코였다. 심장이 터질 것 같았다. 오사카 하나조에진조고등소학교(花園尋常高等小學校) 2층 남쪽 미술실 입구에서 처음 보았던 모습 그대로였다. 꿈에도 잊지 못했던 이름이 입술 사이에서 새어나왔다.

"하나코!"

우미카가 시지를 끌어 앉혔다. 무대 뒤에서 조명감독이 이죽거렸다.

"저놈은 뭐야? 공연 중에 일어나다니. 역시 간코쿠는 교양이 없군."

이케다는 커튼 뒤에서 무심히 그 교양 없는 남자를 보았다. 고개를 돌렸다가 다시 보았다. 서치라이트가 객석을 한 번 휙 비칠 때 남자의 얼굴이 드러났다. 주먹을 불끈 쥐었다.

'아니겠지. 잘못 보았겠지. 여기는 북조선인데 우시로 도키시가 있을 리 없잖아.'

하지만 그는 분명 도키시, 조선인 변시지였다.

"이봐, 조명감독, 다열 3번석에 서치라이트 한 번 더 비춰."

서치라이트가 빠르게 다열 3번석을 스쳐 지나갈 때 이케다는 눈을 부릅떴다. 도키시인 것 같으면서도 아닌 듯했다.

'내가 잘못 봤나? 그 녀석이 이곳에 있을 이유가 없지.'

허황된 박수갈채가 쏟아지면서 공연이 끝났다. 이케다는 커튼의 틈 사이로 남자를 노려보았다. 절뚝이는 발! 분명 그 녀석이었다.

'내 눈이 틀리지 않았군. 도대체 저 녀석이 여길 왜? 무슨 꿍꿍이속으로!'

우미카가 조용히 시지를 이끌었다.

"절대 눈에 띄게 행동하면 안 됩니다. 직원을 겨우 매수해서 아무도 접근하지 못하게 했습니다. 날 따라오세요."

분장실 앞에 빨간 베레모를 쓴 안내원이 굳은 얼굴로 서 있었다. 우미카가 그녀에게 환한 미소를 보냈다.

"하나코상은 저와 고등학교 친구입니다. 꽃다발을 주러 왔습니다."

"시간은 5분입네다."

"고마워요."

삐그그― 문이 열렸다. 무대복을 입은 여자가 등을 보이고 앉아 있었다. 그녀 앞에 커다란 거울이 있고, 그 거울에 하나코의 얼굴이 비쳤다. 하나코는 거울 속의 남자를 보았다. 환영을 보고 있는 것이라 생각했다. 눈을 감았다가 다시 떴다. 거울 속의 남자는 여전히 소년이었다. 천천히 일어섰다. 어쩌면 꿈일 것이었다. 그러나 꿈이라 해도 좋았다. 몸을 돌렸다.

"하나코!"

"도키시?"

40년이 지났지만 서로를 알아보는 시간은 1초면 충분했다.

"……여긴 어떻게?"

"하나코."

말문이 막혔다. 그녀의 이름 외에 아무런 단어도 떠오르지 않았다. 갑자기 문밖이 소란스러웠다. 문을 밀려는 사람과 막으려는 사람 사이의 다툼이 들려왔다. 세 사람은 서로를 당황스레 바라보았다. 문밖의 남자는 다급했다.

"하나코! 하나코!"

"……잠깐…… 잠깐만요……."

재빨리 옷장 문을 열었다. 시지는 서둘러 그 안으로 들어갔다. 이케다가 안내원에게 화를 내면서 들어섰다.

"무슨 일이에요? 분장실에 맘대로 들어오는 거 싫어하는……."

이케다는 우미카를 발견하고 멈칫했다. 탁자 위에 꽃다발이 놓여 있었다.

"도키시 못 봤나? 도키시!"

"누구요?"

"그 절름발이 조센징."

하나코는 눈을 둥그렇게 떴다.

"지금 무슨 소리를 하는 거예요? 도키시? 40년 전의 이야기를!"

이케다는 분장실 안을 둘러보았다. 늘 보던 모습 그대로였다. 우아한 낯선 여인이 민망한 표정으로 서 있을 뿐이었다.

"아까 객석에 앉아 있는 모습을 언뜻 본 것 같아서…… 그런데 이상해…… 관람객 명단에 우시로 도키시란 이름은 분명 없었는데!"

"잘못 보았겠죠."

"그렇겠지? 그런데 이분은?"

"예전에 도쿄에서 잠깐 만났던 친구예요. 이번에 사업차 왔다가."

우미카는 90도로 허리를 숙였다. 이케다도 엉겁결에 허리를 숙였다.

"명배우와 총감독님을 북조선에서 만나리라고는 꿈에도 상상하지 못했는데 정말 기쁘네요."

뜻밖의 칭찬에 이케다는 멋쩍게 웃었다. 서치라이트가 다열 3번석을 비출 때 그가 본 사람은 남자뿐이었다. 하나코가 다정하게 말했다.

"먼저 나가 계세요. 오랜만에 만난 친구와 나눌 이야기가 많네요."

"알았어."

문이 닫히고 발소리가 멀어지자 옷장 문을 열었다. 숨을 죽인 채 빳빳이 서 있던 시지가 비틀거렸다. 두 사람은 시지를 부축했다.

"괜찮아요, 도키시?"

"난 괜찮소. 이케다가 있을 줄은 정말 몰랐소. 그와 결혼을 했으리라고는…… 그가 나를 보면 안 돼요. 절대!"

"이곳은 위험해요. 여관에 가 있으면 오늘밤 내가 찾아갈게요."

우미카가 다짐 받듯 또박또박 일러주었다.

"동명려관 사 공 구 호입니다."

밤은 금세 낯선 도시를 뒤덮었다. 가로등이 드문드문 켜져 있는 도시는 공포영화 속 유령 도시보다 나을 것이 없었다. 시지는 초조한 마음으로 창가를 서성였다. 우미카가 테이블 위에 종이 한 장을 올려놓았다.

"원산 부두를 그려보시오."

이제까지의 우미카는 사라지고 근엄한 첩보원이 서 있었다. 잠자코 연필을 꺼내 원산 부두 전경과 버스를 타고 오면서 보았던 거리를 스케치했다. 우미카의 눈이 점점 커졌다. 그 안에 경외심이 담겼다. 이제까지의 딱딱함이 눈 녹듯 사라졌다.

"놀랍습니다. 어떻게……."

"돌아가면 더 세밀히 그릴 수 있소. 그러니."

똑똑!

우미카는 재빨리 종이를 접어 가방에 넣었다. 시지는 목이 메었다.

"하나코!"

다급히 뛰어 들어오며 하나코는 시지의 손을 꼭 잡았다.

"도키시…… 그런데, 여긴 어떻게 왔어요?"

"한 번도 그대를 잊은 적이 없어요."

하나코의 눈가에 눈물이 어렸다. 시지가 손을 뻗어 그 얼굴을 만지려 할 때 우미카가 큼, 헛기침을 했다. 손길은 허공에서 멈추었고 두 사람은 동시에 우미카를 보았다.

"우리는 할 일이 있습니다."

하나코가 쓰러지듯 의자에 앉았다.

"저희가 온 이유를 알고 있지요?"

"네, 듣긴 했는데…… 그 사람이 도키시일 줄은!"

"저희를 도와주십시오."

시지가 그 말을 끊었다.

"하나코! 나와 함께 남쪽으로 내려가자."

"……."

"이유가 뭐지? 왜 북조선에서 살려 하는 것이지?"

하나코는 어둠에 잠긴 거리를 바라보았다. 15년 전 남편 이케다와 함께 평양 공연을 온 것이 인생 최대의 실수였다. 그러나 선택의 여지가 없었다. 결혼 후 이케다는 예술공연단을 차렸으나 공연보다는 술, 여자, 도박, 헛된 명예에 빠져 살았다. 아버지는 "예술가와 절대 결혼 시킬 수 없다"고 못박았다. 그 예술가가 한국인이라는 말을 들었을 때 혈압이 치솟아 쓰러지기까지 했다. "예술가만 아니면 그 누구라도 상관없다"고 말했다. 이케다를 처음 보았을 때 듬직한 외모와 청산유수와 같은 언변에 반했다. 또 사업을 하겠다는 포부가 마음에 들어 결혼을 강요했다. 이제 와서 아버지를 탓하는 것은 자신에 대한 저주였다. 빚쟁이가 매일 집으로 찾아오는 것은 참을 수 있었지만 공연장 앞에서 기다리는 것은 오욕 중의 오욕이었다.

"내게 좋은 계획이 떠올랐어."

남편은 늘 그렇게 운을 뗐다. 그러나 결과는 엄청난 빚이었다.

"조선 사업가 한 명을 만났는데 북조선에서 공연을 해달라 요청하더군."

"다른 모든 곳은 갈 수 있어도 북조선은 안 돼요."

"일주일 동안 만수대예술극장에서 다섯 번 공연을 해주고 10만 엔을 받기로 했소."

하나코는 흔들렸다. 일주일에 10만 엔은 큰돈이었다. 사람들은 만류했으나 이케다는 계약서에 서명했다. 공연은 가는 곳마다 큰 환영을 받았다. 그러나 마지막 날 그들은 계약을 위반했다며 억류했다.

"공화국의 비밀을 수집해온 첩보 행위를 간파했소."

수용소에 감금시켜놓고 매일 밤 서류에 서명하라고 강요했다.

"우리는 첩보 행위를 하지 않았습니다."

"증거가 있소."

보름 후 단원 스물한 명은 귀향선을 탔으나 하나코와 이케다는 북조선에 남았다. '위대한 수령동지의 배려로 북조선에서 인민예술가를 양성시킬 수 있는 은혜를 베풀었기' 때문이었다. 그 구구절절한 사연을 들려주고 싶지 않았다.

"내가 무엇을 도우면 되죠?"

"원산의 주요 시설과 영변의 원자로."

"……."

"우리는 꼭 보아야 합니다."

"원산은 어렵지 않은데…… 영변은 두어 사람을 접촉해야 합니다. 분명한 이유가 있어야."

"사이토 슈이치는 일본 오사카의 덴리화공회사 사장입니다. 북조선의 핵 개발에 도움을 주기 위해 영구 귀국을 원하고 있습니다. 1차 시찰 후 일본으로 돌아가 검토를 마친 다음에 큰 자금과 기술을 지원할 것입니다, 그렇게 보고하면 됩니다."

"최선을 다할게요. 하지만 만약……."

"우리에게 만약은 없소. 최후만이 있을 뿐이오."

꽝! 문이 벌컥 열렸다.

"이 새끼! 이 절름발이 조센징!"

이케다가 달려들어 시지의 멱살을 움켜잡았다. 우미카가 꽃병을 들어 이케다의 뒷머리를 가격했다.

"헉!"

쓰러진 시지를 일으켜 세웠다.

"도망쳐야 돼요. 빨리 일어나요."

시지는 하나코에게 손을 내밀었다.

"나와 함께 가!"

하나코는 이케다를 일으키려다 시지의 손을 잡았다. 순간 자신의 행동을 이해할 수 없었다. 남편은 시지가 아니라 이케다였다. '왜 나는 이케다를 버리고 시지를 따르려 하지?' 의문에 답할 틈도 없이 우미카가 문으로 밀었다.

"보위부원들이 지키고 있을 거예요. 먼저 내려가서 차에 시동을 걸어요. 우리가 1분 후에 내려가서 탈게요."

옷매무새를 다듬으며 계단으로 달음박질쳤다. 검은 점퍼를 입은 사내 셋이 여관 홀을 거닐고 있었다. 그들을 향해 살짝 미소를 짓고 차에 올라 시동을 걸었다. 갑자기 고함이 들렸다.

"저놈들을 잡아!"

우미카가 발차기로 한 명을 쓰러뜨렸다. 시지는 차로 달렸다. 뒷좌석에 가까스로 몸을 던졌을 때 손 하나가 날아와 뒷덜미를 붙잡았다. 굉음을 내며 차가 출발하자 남자는 길가에 나뒹굴었다. 붙잡힌 우미카의 고함이 들려왔다.

"그곳으로 가요. 꼭 살아야 해요."

차는 미친 듯 부두로 향했다. 30초 후 지프차 한 대가 질주해 왔다. 전봇대를 아슬아슬하게 피하고, 자전거 한 대를 들이받으면서 차는 선착장에 도착했다.

"빨리 내려요."

하지만 다리가 저려왔다. 통증은 온몸을 휘감았다. 먼저 내린 하나코가 시지를 끌어냈다.

"다친 곳은 없지요? 빨리."

거친 숨을 내쉬며 차 밖으로 나왔다. 심장이 심하게 뛰었다. 어둠에 잠긴 부두는 조용했다. 파도 소리만이 밤의 정적을 깼다.

"배가 어디에 있나요?"

"2번 선착장…… 오징어잡이 배……."

고개를 내밀어 주변을 살폈다.

"여기가 4번이니까 두 블록 아래로 내려가야 해요."

"하나코, 나랑 함께 가."

"도키시! 살아서 당신을 만난 것만으로도 행복해요."

울음을 삼키며 하나코는 일어섰다. 가로등 밑으로 천천히 걸어갔다. 경비병들이 의아해서 여자를 바라보았다.

"수고하세요. 저는 원산 공연단 단원 하나코예요. 제가 오후에 이곳에 왔었는데, 시계를 잃어버렸어요."

"그럽네까? 어딘지 기억납네까? 우리가 찾아주겠습네다."

시지는 허리를 바짝 숙이고 천천히 오른쪽으로 향했다. 3번 선착장을 지나 2번 선착장의 팻말이 보일 때 이케다의 고함이 들려왔다.

"저 여자를 잡아!"

동시에 뒤편에서 여러 개의 군홧발 소리가 들렸다. 정박해 있던 배들 중 하나가 시동을 걸었다. 부르릉 소리가 나는 배로 시지는 힘겹게 달려갔다.

"저기다. 쏴라!"

탕! 탕!

총알이 쏟아졌다. 빈 나무 상자가 와르르 쓰러지고, 전봇대에 맞은 총알들은 허공으로 튀었다. 남은 거리는 10미터였다. 배는 바다로 나아가고 있었다. 고함, 서치라이트, 총소리, 비명, 사이렌, 군홧발 소리, 갈매기 울음이 동시에 터졌다. 하나코가 군인의 손을 뿌리치고 뛰어왔다. 총알은 그녀라 한들 비켜가지 않았다. 배 위에 사람들의 모습이 드러났다. 맞사격이 쏟아졌다. 한 사내가 물로 첨벙 뛰어내려 시지에게 다가왔다.

"내 손을 잡으시오."

손을 잡자마자 번쩍 들어올려 배에 실었다. 그 위로 총알이 우박처럼 쏟아졌다. 시지의 오른쪽 귀에서 벼락이 쳤다. 귀가 터질 것 같았다. 가까스로 갑판에 몸을 뉘었을 때 받쳐주던 사내의 손에서 힘이 풀렸다. 배는 엄청난 속도로 전진했다. 사내가 컥, 비명을 내며 피를 한 움큼 쏟아낸 뒤 바닷물로 풍덩 빠졌다. 배 위로 서치라이트 서너 개가 일제히 쏟아지고 총소리는 천둥 같았다.

"최대 속력으로 달려! 곧 추격 배가 있을 것이다."

시지는 겨우 상체를 일으켰다.

"하나코!"

한 남자가 시지를 안으로 끌어당겼다.

"여자는 잊으시오. 지금 이 일도 모두 잊으시오. 영원히!"

시지는 가까스로 눈을 떴다.

"이제 정신이 좀 드우? 몸이 이리 약해서…… 어찌 화공회사를 운영하겠소."

정 동지가 측은히 내려다보고 있었다. 시지는 혼란스러웠다. 꿈인 듯싶었고, 아닌 듯싶었다. 우미카가 남편을 일으켜 의자에 앉혔다. 또 다른 사내가 들어와 귀엣말을 했다. 정 동지의 얼굴이 심하게 일그러졌다. 문밖이 시끄러웠다. 멀리서 울리는 확성기 소리에 섞여 말다툼이 들려왔다. 벌컥 문이 열렸다. 제복을 입은 일본 경찰 두 명과 중절모를 쓴 남자가 다짜고짜 들어왔다. 북조선 남자들이 그들을 만류했지만 막무가내였다.

"아, 수고하시오. 연락을 받으셨겠지만, 니카타 경시청에서 왔소. 두 사람을 연행해 가야겠소."

"왜? 당신들이…… 왜?"

"사이토 슈이치와 사이토 우미카는 사기범으로 지명수배가 내려졌소. 그래서 북조선으로 도망치려는 거요."

우미카가 일어나 소리쳤다.

"여기까지 따라오다니! 내가 그렇게 호락호락하게 잡힐 듯싶더냐."

느닷없이 사내들을 밀치고 문밖으로 뛰었다. 그러나 세 걸음도 뛰지 못하고 붙잡혔다. 중절모는 차갑게 웃었다.

"사이토 슈이치, 너와 네 부인을 경제범죄처벌법에 의해 체포한다. 순순히 따라와."

북조선 사내들이 응대할 틈도 없이 경찰은 시지의 팔을 잡았다. 중절모는 모자를 살짝 올렸다 내리며 빠르게 말했다.

"그럼, 수고하시오. 우리는 가겠소."

"자, 잠깐!"

중절모 사내는 돌아섰다.

"아, 그 서류는 전부 가짜요."

일본 경찰들은 시지와 우미카를 끌고 밖으로 나왔다. 사람들이 양쪽으로 갈라졌다. 시지는 한 손을 경찰에 붙잡힌 채 지팡이를 짚고 절뚝이며 걸었다. 우뚝 섰다. 하나코를 만나러 가야 했다.

"하나코!"

중절모가 옆구리를 쿡 찔렀다.

"곧장 가시오. 작전은 실패했소. 하나코는 깨끗이 잊으시오."

제6부

이어도로 떠나는 나그네

자살바위 위의 혈투

"선생님, 이 그림 제목이 무언지 물어봐도 되카 마씀?"

"……〈이어도〉라."

내가 하나코를 만난 건 꿈이었을까, 현실이었을까? 아마도 그 때부터였나 보다. 이어도를 그리기 시작한 것은.

"이어도요?"

진우의 눈에 희미한 당혹감이 담겼다. 바다는 노란색이었고, 하늘 도 노란색이었다. 다만 명암의 차이가 약간 있을 뿐 전부 노란색이었 다. 노란색투성이의 그림 한가운데에 검은색으로 주먹만 한 섬 하나가 덩그러니 그려져 있었다. 정녕 당혹스러웠다. 미술학도로서 수천 점의 그림을 보아왔어도 이런 그림은 처음이었다. 시지는 빙그레 웃었다.

"노란색 이야기를 듣고 싶언?"

진우는 시지 앞으로 바짝 다가앉았다.

"들려주시면 정말 고맙주 마씀."

"그리지. 내가 제주에 도착한 다음 날 가장 먼저 찾아간 곳이 묘목상회였지."

"30그루만 줍서."

"관상용이꽝? 영업용이꽝? 아니면 수확용 마씀?"

"그냥…… 마당에 심을 거우다."

"심을 줄 알아집니까?"

"땅 파고 뿌리 묻고, 흙으로 덮으면 되는 것 아닙니까?"

"뭐, 그렇기는 해도…… 가만 보아하니 이런 일을 하실 분은 안 같은디 예, 30그루를 사면 제가 심어드리주 마씀."

"아니우다. 내 손으로 심젠 마씀."

"마음은 잘 알쿠다마는, 그러다가 파초가 죽으면 마음이 더 아플 거난 저하고 같이 심게 마씀."

틀리지 않는 말이었다. 파초는 잘 자랐다. 손바닥에 불과했던 잎은 두어 달 만에 낚싯배처럼 커졌다. 그 잎의 녹색은 마음에 위안이 되었다. 어느 날 녹색은 사라지고 잎들은 전부 노란색이 되었다.

'갑자기 파초들이 죽다니!'

시지는 마음이 아프지 않았다. 의아할 뿐이었다. 파초들의 잎은 노란색이면서도 굳건히 서 있었다. 그것은 모순이었다. 그 모순은 갑자기 찾아왔다. 서귀포, 모슬포, 애월, 월정바다, 함덕을 그릴 때 가장 많이 필요한 색은 파란색이었다. 아이언블루(Iron blue), 마린블루(Marine blue), 터콰이즈블루(Turquois blue), 아쿠아블루(Aqua blue), 시블루(Sea blue), 코발트블루(Cobalt blue) 중에서 코발트블루를 가장 좋아했다. 그런데 바닥나고 있었다. 지금 당장 파란 바다를 칠해야 했다.

쉬우웅―

폭풍과 함께 거센 비가 쏟아지고 있었다. 비옷을 꺼내 입었다. 비바람이 분다 하여 그림을 멈출 수 없었다. 화방 주인은 깜짝 놀랐다.

"하이고, 선생님. 이런 날에 뭐하러 오셔수광. 폭풍이라도 호꼼 잔잔허여지걸랑 오시지 안허영."

"영 폭풍이 몰아칠 때 그리는 그림이 진짜 그림인 걸 몰람시냐?"

"그것은 잘 몰르쿠다마는…… 몸이 불편허신 분이난 허는 소립주."

"코발트블루로 네 통 주시게."

화실로 돌아와 물감통을 열어 팔레트에 쏟았다. 노란색이었다. 눈을 비비고 다시 보았다. 분명 노란색이었다. 물감통을 보았다. 겉라벨에 'Cobalt Blue'라 명확히 인쇄되어 있었다.

"쯧쯧, 공장에서 실수를 허였구나."

코발트블루 통에 노란 물감을 담은 것이었다. 술 한 모금을 들이키고 다시 비옷을 입었다. 폭풍은 더 거세졌다. 버드나무 가지들이 미친 듯 춤을 추었고 플라타너스는 커다란 잎사귀들을 마구 흩날렸다. 거리에 사람은 아무도 없었다. 간판이 금방이라도 추락할 듯 덜컹거렸다. 가게 문을 닫으려던 화방 주인은 입을 쩍 벌렸다.

"아이고, 선생님. 어떵허연 또시 오라수광?"

"이거, 파란 물감이 아닌게. 가져가서 뚜껑 열어보난 노란색이란게."

"그래요?"

다급히 뚜껑을 열었다. 눈이 뚜껑보다 더 커졌다. 시지의 얼굴을 한참 동안 빤히 응시했다.

"노, 노란색이랑 말앙 이거 봅써. 파란 색깔 아니우꽈?"

"……"

손가락으로 물감을 찍었다. 분명 노란색이었다. 현기증이 일었다. 다리가 저려왔다. 비옷에서 빗방울이 또르르 흘러내렸다. 귀신에 홀린 듯 비틀비틀 걸어 밖으로 나왔다. 거센 바람이 훅, 불어와 얼굴을 때렸다.

"변 선생님. 이거 가져가십써!"

아무 소리도 들리지 않았다. 위잉― 바람소리만이 귀를 파고들 뿐이었다. 인적 끊긴 거리에 비와 함께 어둠이 내리고 있었다. 검은 아스팔트, 잿빛 건물, 그리고 노란 기와지붕, 노란 하늘, 노란 나무, 노란 자동차, 노란 간판, 노란 우산을 쓰고 허둥지둥 걸어가는 노란 사람. 시지는 비를 맞으며 정처없이 걸었다. 어슴푸레한 벌판에 거인 한 명이 우뚝 서 있었다.

"너는 또 뭐냐?"

시지는 거인에게 달려들었다. 욕을 퍼붓고 발길질을 해도 꿈쩍도 하지 않았다. 커다란 은행나무 한 그루가 외롭게 서 있을 뿐이었다. 비와 폭풍을 다 맞으면서도 나무는 의연했다. 억센 비가 나뭇잎을 때리면서 요란한 소리가 사방으로 퍼졌다. 그것은 시지를 비웃는 소리였다.

너는 아무것도 할 수 없어. 네 한쪽 귀는 소리를 듣지 못하고, 눈은 오로지 노란색만 볼 뿐이야. 이제 그 삶을 끝마치는 게 어떨까?

"그래. 원한다면 그렇게 해주지."

들판을 마구 달렸다. 어둠 속에서 절벽이 나타났다.

"죽기에 딱 좋은 곳이구나."

허위허위 기어 자살바위 위로 올랐다. 손톱이 까져 피가 흐르고, 숨이 턱턱 막혔다. 비옷을 뚫고 들어온 소나기는 온몸을 적셨다. 다리의 통증은 격렬해졌고 가슴속에는 분노가 치밀었다. 이제 그 모든 것을 끝내야 할 때가 왔다. 하나코의 곁으로 가야 했다.

위잉.

바람에 몸이 휘청거렸다. 천길 낭떠러지가 발아래 있었다. 어둠 속에서 파도가 새하얗게 부서졌다. 눈을 질끈 감았다. 뛰어내리면 저주받은 삶을 간단히 끝낼 수 있었다. 두 팔이 없는 사람이 권투 선수가 될 수는 없었다. 색을 모르는 사람이 화가가 될 수는 없었다. 흰 캔버스에 검은 줄 두어 개를 그려넣고 〈고뇌〉라 제목을 붙이는 사기꾼 추상화가가 되고 싶지는 않았다. 흰 캔버스에 온통 노란색을 칠해놓고 〈모슬포〉라 이름 붙일 수는 없었다. 그것은 사람들을 조롱하는 행위였다. 예술에 대한 철저한 기만이었다. 그런데 세상은 온통 노란색이었다. 파란 바다, 푸른 하늘, 녹색의 나뭇잎, 갈색의 조랑말, 빨간 단풍은 존재하지 않았다.

감귤나무에 열린 감귤은 나무도, 감귤도 노란색이었다. 처음부터 끝까지 노란색이었다. 그 풍광을 담으면 사람들은 무엇이 나무이고, 무엇이 감귤인지 구분하지 못했다.

"저는 이 그림이 무엇인지 모르겠습니다. 전부 노란색인데…… 감귤나무가 어디에 있다는 것입니까?"

노란색은 절망의 색이었다. 화가로서의 삶을 살 수 없다면 남은 인생은 아무런 의미가 없었다. 죽어야 했다.

"잘 생각했어."

속삭임이 들려왔다. 괴물이 이를 드러내며 팔을 뻗었다.

"내가 밀어줄까. 결국 넌 나를 이기지 못해! 벼랑 밑으로 도망치는 거야! 으하하하!"

대꾸하지 않았다. 삶과 죽음의 선택은 오로지 자신의 몫이었다.

"그림이 안 되지? 세상이 노랗게만 보이니까. 넌 그림을 제대로 그릴 수 없어! 나한테 배워!"

헛웃음이 나왔다. 다른 말은 전부 받아들일 수 있으나 '나한테 배워'라는 말은 용납할 수 없었다. 지팡이를 들어 휘둘렀다.

"너를 가만 두지 않겠어! 저 바위 밑으로 떨어져야 할 놈은 내가 아니라 너야!"

지팡이 속에서 칼을 꺼냈다. 처음으로 꺼내는 칼이었다. 은빛이 찬 연했다. 괴물은 주춤했다. 칼이 허공을 가를 때마다 뒤로 물러났다.

"난 네가 누군지 알아! 그래서 이 싸움을 끝내야겠어!"

쉬웅— 바람이 불어 시지의 몸이 비틀거렸다. 괴물이 달려들었다.

"흐흐, 그렇게 쉽게 날 이길 수 있겠나. 어림도 없지."

"널 죽여서 이 땅에 묻어버리겠어."

"난 불사신이야."

꽈르릉 꽝!

천둥이 치고 번개가 번쩍였다. 빗방울은 우박이 되고 파도는 세상을 집어삼킬 듯 포효했다. 둥둥— 북이 울리고 징징— 꽹과리도 울렸다. 박수무당이 눈을 부릅뜨고 괴물 뒤에서 춤을 추었다. 시지는 힘껏 칼을 휘둘렀다. 괴물의 몸이 정확히 반으로 갈라졌다.

크헉!

멈추지 않았다. 괴물을 난도질했다. 산산조각이 났다. 거친 숨을 고를 때 괴물은 다시 하나가 되었다.

"난 불사신이야."

"너의 손에 나의 운명을 맡기지 않겠다. 이제 이 칼의 손잡이는 내 손에 있어. 내가 나의 운명을 이 칼로 가를 것이야. 용두검은 내 손에 있단 말이다!"

으으악!

"네가 용의 저주를 풀었구나!"

괴물은 손을 허우적거리며 추락했다. 검은 파도가 낼름 삼켰다. 온 몸에서 힘이 빠졌다. 머리와 얼굴, 몸으로 비가 쏟아졌다. 벌떡 일어나 옷을 찢었다.

으하하하하!

알몸이 되었다. 통렬하게 시원했다. 하늘을 향해 두 팔을 활짝 벌렸다.

"신이시여! 대체 왜 저에게 이런 형벌을 주시는 겁니까? 내 눈을, 내 다리를 돌려주십시오!"

미친 듯 바위와 언덕을 뛰어다녔다. 손에서 피가 흐르고 발에서도 피가 흘렀다.

눈을 떴을 때 사방은 쥐 죽은 듯 고요했다. 찬란한 아침 햇살이 수평선에서 떠오르고 있었다. 강렬한 황금색 햇살이 눈을 따갑게 비쳤다. 햇살은 완전한 노란색이었다.

이야기가 끝났다. 진우는 떨떠름한 눈길로 시지를 응시했다.

"노란색…… 그래서 바다가 노란색이 되었다는 거우꽈? 그렇다면 이어도는?"

섬은 하나의 점

"뭐라고?"

노인은 수건으로 얼굴의 땀을 닦으며 눈을 치켜떴다.

"이어도에 가자고 했수다."

"이어도? 어디 사시유?"

"서귀포 살암수다. 서흥동이 고향이고 마씀."

더 이상 상대하기 귀찮다는 듯 노인은 갑판 구석에 세워져 있는 대걸레를 들어 바닥을 문지르기 시작했다. 그럼에도 시지가 사라지지 않자 혼자 중얼거렸다.

"서귀포가 고향이라는 놈이 이어도를 가자니! 미쳐도 단단히 미쳤네."

시지는 어깨에 멘 화구 가방을 털썩 내려놓았다. 끈으로 친친 묶은

세 개의 캔버스도 그 옆에 세웠다. 갈매기들이 몰려들어 똥을 내지르는 바람에 갑판은 금세 지저분해졌다. 배 옆면의 '해승호' 글자는 페인트가 반이나 벗겨져 나갔다. 시지는 띄엄띄엄 말했다.

"이어도가 꼭 이어도만은 아니난 예. 그 비슷헌 섬으로 가줍써."

걸레질을 멈추고 노인은 시지를 위아래로 살폈다. 지팡이를 바라보는 눈길에 잠시 측은함이 서렸다.

"비슷한 섬? 뭐 허레 가젠 허는디? 그림 그리는가?"

"그림이라기보다…… 그냥 바다를 가장 잘 볼 수 있는 섬으로 가주면 되어 마씀. 이왕이면 한적하고 멋진 섬으로 마씀."

노인은 눈을 껌벅거리며 일순 생각에 잠겼다.

"멋진 섬이라……. 지귀도도 괜찮고, 마라도는 잘 알 거고, 비양도는 어떵헌고?"

"성산포 쪽에 있는 섬이우꽝?"

"아니주. 한림 앞 바다에 있주!"

"좋습니다."

"흐흐. 그런데 바다로 가젠허면 이틀은 있어야 헐 건디?"

"2년이 걸려도 상관 없수다."

"기름값허고, 밥값허고…… 20만 원은 주어야 되어."

시지는 옷 속에서 지폐 한 뭉텅이를 꺼냈다.

"30만 원 드리쿠다."

"헤…… 뭐, 딱히 그렇다는 건 아니고, 어서 선실로 들어가세."

노인은 차양이 반짝이는 검정 모자를 머리에 척, 올리고는 시동을 걸었다. 해승호는 부르릉— 거친 숨소리를 뱉어내고는 파란 바다로 미끄러지듯 나아갔다. 모자는 낡았지만 한가운데 박힌 금빛 독수리는 햇빛보다 더 찬란했다.

"이 모자가, 내가 옛날에 원양어선도 타고, 커다란 여객선 선장도 했어. 그때 쓴 모자라. 영광은 사라지고 이 모자허고, 이 배하고 두 개만 남았주."

"아내는 있을 것 아니꽝? 자식도 있을테고 마씀."

"흐흐. 원양어선 타고 석 달 만에 돌아와보난 무덤 속에 들어가 있었어. 자식은 뭐, 있으나 마나주."

핸들 옆의 서랍을 열어 담배를 꺼내 물었다. 흰 연기가 아스라이 흩날렸다.

"제주 바다가 내 여편네고, 내 자식인 거주. 이 바다에서 50년 넘게 노를 젓고, 고기를 잡았으니까. 시절 좋을 때는 인도양도 누비고, 태평양도 누비고, 돈도 많이 벌었주만은. 그런데 손에 쥔 모래알처럼 다 빠져나가불고, 술에 여자에 도박에…… 흐. 그러다가 고향 바다가 그리워지난 이곳에 다시 정착허게 된 거주."

갈매기들이 끼룩끼룩 울었다. 낚싯배는 섶섬을 지나 왼쪽으로 보목포를 끼고 동쪽으로 거슬러 올라갔다. 몇 척의 배들이 뱃고동을 길게 울리며 스쳐 지나갔다.

"제주 바다가 늘 잔잔하고, 맑고…… 그런데 폭풍이 몰아치면 술 취한 거인이 되어버리주. 인정사정없이 마구 쓸어버려. 그런 모습이 나는 더 멋있단 말이지."

남원 포구의 낮게 엎드린 집들이 흐릿한 햇살 아래 드러났다. 검은 바탕 위에 온통 노란 집들이었다. 시지는 눈을 비볐다.

"곧 비가 올지도 몰르키여."

"더 좋수다."

"그나저나 비양도를 가젠허면 더 힘든다. 성산에서 우도로 가면 더 편헐건디…… 이렇게 서귀포에서 가면 시간도 더 걸리고."

"노인장처럼 바다를 보고 싶언 일부러 서귀포에서 배를 탔주 마씀."

"잘했어. 아무 할 일 없이 서너 시간 배에 앉아서 바다를 바라보아야 제대로 보는 거주. 제주도 풍광도 보면서 말이주. 서홍동에 살았으면 바다는 많이 보아시큰게."

"늘상 보았어도, 진짜 바다가 무엇인지는 모르주 마씀."

"허기사! 나처럼 50년을 바다에서 보낸 놈덜도 실상 바다를 잘 몰라. 그런데 무슨 그림을 그렴서?"

"이것저것 그렴수다."

배는 광치기 해변을 지나 성산 일출봉 앞으로 나아갔다. 깎아지른 절벽을 흰 파도가 마구 때리고 있었다. 그 파도에 일출봉이 금세 파여 나갈 것 같았다. 그러나 끄떡없이 앉아서 파도와 바닷바람을 다 맞고 있었다. 파란 바다와 흰 파도와 푸른 풀밭은 시지에게 노랑과 검은색의 어울림일 뿐이었다. 그 의젓한 자태와 노랑의 향연이 가슴을 시리게 했다. 노인은 손을 들어 우뚝 솟은 일출봉을 가리켰다.

"내가 원양어선 타멍 세계 여러 섬을 돌아보았는디 저렇게 멋진 곳은 어디에도 없어."

"그렇지 예."

"다만, 그곳에 사는 사람덜이 격랑을 겪었다는 것이 슬플 뿐이주."

"……."

이제 노인은 손가락을 오른쪽으로 향했다.

"저어기 우도, 보이지?"

"네."

"가보았는가?"

"……아직."

선장의 눈동자가 커졌다.

"서흥동에 산다면서 우도도 안 가봤어?"

"어찌어찌 허다 보니까 예."

"하하! 그림은 이것저것 그리고, 사는 것은 어찌어찌했고! 나보다 못허구만."

시지는 씨익, 웃었다. 반박할 수 없었다. 지금까지 그린 그림은 어쩌면 이것저것이었다. 그 그림에 환호하는 사람은 많았어도 진정한 자신의 그림은 아니었다. 어찌어찌 생을 이어왔지만 참된 예술가로서는 한참 뒤떨어졌다. 가방을 열어 소주병을 꺼냈다.

"어르신, 한잔 드십써."

"화가 양반이나 드세. 난 운전대 잡으민 술은 안 먹어."

뚜껑을 열고는 바다에 조금 뿌린 뒤 벌컥 들이마셨다. 목은 썼으나 가슴은 시원했다.

"천진항에 들렀다 가카?"

"거기 가면 뭐가 있습니까?"

"그냥 코딱지만 헌 포구라. 그 옆에 톨칸이가 있주. 소가 누워 있다고 해서 우도렌 허는디, 여물통처럼 생겼덴 톨칸이라 불러."

"네."

"저기 등대 돌아서면 검멀레 나오고 서편더레 더 가야 비양도주."

노란 등대와 노란 판자집 하나가 외롭게 바다 끝에 서 있었다.

"등대를 왜 노란색으로 칠해신고?"

선장이 의아한 표정으로 시지를 바라보았다.

"저 등대가 노란색으로 보이나?"

얼굴이 붉게 달아올랐다.

"아닙니다. 노란색이면 더 좋았을걸…… 하는 생각이난 마씀."

"뭐, 노란색으로 칠해도 나쁘지는 않겠네. 비양도에 가면 해녀덜이 많은디, 다 내 친구들이라."

"아이구! 부럽네 마씀."

"비양도가 왜 비양도냐면, 어느 날 갑자기 날아와서 한림 앞바다에 척 붙어 앉았다 해서 비양도렌 전허주."

"어디서 날아와신고 예."

"하늘나라에서 선물로 준 거주. 구멍 숭숭 뚫린 바위덜이 천지에 널령 잇인디 그 앞 바다에는 괴기덜도 많고 해산물도 많주. 그래서 해녀 덜도 많은 거라."

뿌웅— 뱃고동을 한 번 울린 뒤 배는 작은 선착장에 닿았다. 짙푸른 바다 위에 낚싯배들과 평배들과 지붕 없는 배들이 열두어 척 둥둥 떠 있었다. 바람이 불어 배들이 살랑살랑 흔들거렸다. 황금빛 저녁 햇살이 조용히 가라앉고 있었다. 바다는 고요했지만 시지의 가슴은 두근거렸다

"내려. 다 왔어. 여기가 이어도라고 생각허여."

포구는 조용했다. 관광객 서너 명이 바위 끝에서 하하 웃음을 터뜨리며 사진을 찍느라 정신이 없었다. 어두워지기 전에 한 장이라도 더 찍으려는 듯 바삐 움직였다.

"저 사람덜 가버리고 나면 섬은 침묵에 빠지메. 밤새 파도 소리밖에 안 들리난."

선장은 껑충 뛰어 내려 배를 기둥에 묶었다. 시지는 화구 가방을 어깨에 메고 왼손으로 캔버스를 들고 오른손으로 지팡이를 짚었다. 문득 다리가 저려왔다. 선장이 혀를 끌끌 찼다.

"몸도 불편헌디 그림은 뭐 허젠 그리는 거라. 그런 것 가지고 다니면 힘들지 않허는가?"

"어쩔 수 없주 마씀. 이런 것이 화가의 숙명이난 예."

"숙명이라……. 맞는 말이주. 뱃사람의 숙명이 있고, 그림쟁이의 숙

명이 있는 거난. 날 따라와. 방을 잡아줄 거난. 그 집에서 밥도 해줄 거
라. 그런데 여자는 없어. 애시당초 기대는 허지 말고."

금봉댁은 어망을 토방에 올려놓다가 발걸음 소리에 고개를 돌렸다.
두 남자가 터벅터벅 들어오고 있었다.

"아이구! 선장님, 오랜만이우다. 어떵허연 여기를 다 오셨수꽝."

"바람 따라, 파도 따라 오다 보니까 여기까지 와졌네."

"잘했수다, 그런데 옆에 손님은 누구꽝?"

시지는 고개를 숙여 인사했다.

"누구냐면, 화백이주."

"화백?"

"그림 그리는 사람이라고."

"아하, 그림쟁이를 뭐 하러 데려와수꽝?"

시지는 부끄러움이 밀려와 화구 가방을 부리나케 마루에 올려놓았
다. 금봉댁은 묶었던 머리를 풀었다. 길고 검은 머리가 어깨 아래로 물
결처럼 흘러내렸다. 시지는 순간 가슴이 두근거렸다.

"뭘 그려보젠 이 섬까지 오셨수꽝?"

"섬을 그리젠 마씀."

"섬을…… 그릴 게 뭐 있어 마씀? 그냥 파란 바다에 점 하나 꽉, 찍으
면 될 거주 마씀."

순간, 시지는 섬뜩함이 들었다. 망망대해에 떠 있는 섬의 낭만과 아

름다움을 그리려 애써왔던 자신의 어리석음을 깨달았다. 섬은 그저 점 하나였다. 캔버스에 점 하나를 찍으면 되는 것이었다. 그 사실을 해녀는 이미 체득하고 있었다.

"멀리서 왔이난, 밥이나 드려쿠다. 안에 들어강 계십써."

선장은 히힛 웃으며 신을 벗었다.

"밥도 주고, 술도 주고, 방도 하나 주시게."

"저기 옆방에서 적당히 잡써."

귀퉁이가 떨어져 나간 밤색의 낡은 상 위에 올라온 것은 전부 바닷속 생명체들이었다. 소라, 멍게, 해삼, 돔, 갈치, 미역, 전복, 톳······.

"다 내가 잡은 것들이우다. 많이 잡수십써. 여기 술도 있수다."

"하핫, 오늘 밤새도록 먹고 죽어버려야키여."

"죽을라면 선장님이나 죽읍써, 난 해야 헐 일이 아직 많이 남아 있어마씀."

"과부가 먼 헐 일이 그렇게 있어?"

"과부니까, 헐 일이 있는 거주 마씀 게."

"낮일이라? 밤일이라?"

"둘 다······."

금봉댁은 힐끗 시지를 바라보고는 갑자기 부끄러운 미소를 지었다.

파도 소리에 눈이 떠졌다. 방은 샛노랗고, 벽에 걸린 달력에는 파리 똥이 덕지덕지 앉아 있었다. 옆에는 아무도 없었다. 밤새 술을 마시고,

노래를 부르고, 푸념을 늘어놓고, 고함을 지르던 선장은 보이지 않았다. 문밖이 시끄러웠다.

"빨리빨리 챙겨."

"오늘 바람이 잔잔허난 좋네."

"저 남정네 신발은 뭐꽝?"

"몰라도 되어."

시지는 몸을 일으켜 방문을 열었다. 주인여자가 오해를 받게 하고 싶지 않아서였다. 마당에 검은 잠수복을 입은 세 명의 해녀들이 서 있었다.

"아이쿠, 육지 손님이 오셨구나 예?"

"저기 박 선장이 데려온 손님이라. 그림 그리는 사름이렌."

까부리를 머리에 올리고 망사리를 손에 든 금봉댁이 어설프게 웃었다.

"일어나셨수광? 난 일 나감시난 배고프면, 정지에 들어가면 밥 잇일 거우다. 그것 드십써 예."

시지는 도구를 챙겨 밖으로 나왔다.

"나도 갈 거난. 앞장들 서십써."

"우리 물질허는 디를 따라가젠 마씀?"

"뭐 볼 것이 이시쿠광? 소중기 입고, 물적삼 입은 걸 보면 흉헐 건디?"

햇살이 한가득 내려쬐는 비양도 앞바다는 은빛으로 반짝거렸다. 가까이 가서 들여다보아야 파란색이라는 것을 알 수 있었다. 해녀들은 망설임 없이 바다로 들어갔다. 다리가 물에 잠기고, 허리가 잠기고 가슴이 잠기고 머리만 조그맣게 보이다가 그마저도 사라졌다. 물거품을 보며 시지는 이젤에 캔버스를 고정시켰다. 푸른 하늘과 파란 바다와 밤색 바위들만 펼쳐져 있었다. 그것들은 전부 노란색이었다. 무엇을 그려야 할지 알 수 없었다. 흰 캔버스를 보면 볼수록 머리가 어지러웠다. 어젯밤의 취기가 올라왔다. 마른 바위에 엉덩이를 걸치고 끝없이 펼쳐진 바다를 응시했다. 이 바다의 저편에 하나코가 분명 있을 것이었다. 이어도에 그녀가 있을 것이었다. 붓을 들었으나 한 획도 그을 수 없었다. 첨벙, 소리와 함께 물안경을 쓴 해녀 한 명이 올라왔다. 거친 숨을 내쉬며 안경을 벗었다. 시지는 벌떡 일어나 소리쳤다.

"아, 하나코!"

개다리소반을 들고 들어오며 금봉댁은 미안한 표정을 지었다.

"저녁밥은 그냥 단촐허게 드십써."

"저한테는 다 진수성찬이우다……. 어째서 밥은 한 그릇뿐이우꽝?"

"겸상을 헐 수 이수광? 외간 남자하고."

"하핫, 이틀이나 됐는데 식구나 마찬가지 아니꽝? 밥 가져옵서게."

"그렇카 마씀?"

상을 내려놓고 금봉댁은 밖으로 나가 밥 한 그릇과 술병을 들고 왔다.

"선장님은 어디 가셔수광?"

"한림 포구 여자덜하고 놀려고 내빼실테주 마씀. 거기 여자덜이 다

육지에서 왕 있어 마씀. 제주도 사내덜 돈 빼앗아갈려고 환장덜 허난."

"그런 여자덜은 어디엘 가도 다 있으니깐."

시지는 금봉댁의 잔에 술 한 잔을 따라주었다. 그녀의 얼굴이 불현듯 빨개졌다.

"외간 남자 술 받기도 오랜만이우다. 그나저나 그림은 그려졈수광?"

"대충 마씀."

"어디, 좀 보게 마씀."

"볼 것도 엇수다 게."

금봉댁은 무릎으로 기어 윗목으로 갔다.

"내가 달력 그림 빼고는 진짜 그림을 본 적이 한 번도 없어서 마씀게."

뒷면만 보이는 캔버스 하나를 돌려 앞을 보았다. 미처 만류할 틈이 없었다.

"아이쿠! 이게 뭐꽝?"

캔버스의 아래는 노란 들판이었고, 중간은 노란 바다였고, 그 위는 노란 하늘이었다. 바다 한가운데 검은 점 하나가 찍혀 있을 뿐이었다.

"아이쿠! 이어도가 여기 있네 마씀."

시지는 숨이 턱, 막혔다.

"그게…… 이어도인 걸 어떻 알앗수광?"

금봉댁은 희미하게 미소를 지었다.

"이어도가 별 거 잇수광? 우리 인생이 다 이어도주 마씀."

"그게 무슨?"

"이 비양도에, 아주 옛날에 깡패 하나가 있었는데 예. 어느 날인가, 배를 빌려갖고 저기 먼 바다로 가서 물고기를 굉장히 많이 잡아왔어 마씀. 그것이 굉장히 비싼 고기덜인데 그걸 팔안 갑자기 벼락부자가 되언 예. 그러니까 사내놈덜 그 고기를 잡는다고 죄다 바다로 나가신디, 남편이렌 헌 놈도 그 꽁무니를 따라갔다가."

"갔다가?"

"다시는 돌아오지 않았주."

"……."

"이어도로 간 거주. 미친놈!"

"돈 많이 벌어서 금봉댁 아주머니 호강시켜줄려고 그랬겠주 마씀."

"호강은 무슨 호강이라! 이어도는 열심허게 사는 사람한티만 나타나는 섬이라. 착허게 살고…… 그러니까 그런 헛된 꿈은 버려야 허는 것이주. 이생에서 열심히 살면 저생에서 이어도에 가는 것이주."

문풍지가 바스락거렸다. 갑작스레 바람이 불어왔다. 금봉댁은 잔을 내려놓았다. 시지는 바람소리에 귀를 기울였다. 밖으로 나가고 싶었다. 바람을 보아야 했다. 일어서려 할 때 급작스레 다리가 저려왔다. 주저앉았다.

"아이쿠, 저런, 다리가 많이 아픈 거우꽝?"

"괜찮수다."

"어디 보게 마씀."

금봉댁은 막무가내로 바지를 걷어 올렸다. 시지는 그 손을 막을 수 없었다. 거친 손이 종아리를 지나 무릎을 지나 허벅지로 향했다. 커다란 손은 망설이지 않고 허벅지를 쓰다듬었다. 거칠면서 따뜻한 손의 체온에 시지는 안도감이 들었다. 어머니의 품에 안긴 안도감이었다. 손은 점차 위로 올라와 시지의 뜨거운 가슴에 이르렀다. 금봉댁이 시지의 눈을 그윽하게 바라보며 나직이 물었다.

"우리 이어도에 가카?"

"……."

시지의 손을 들어 자신의 가슴 위에 살포시 올렸다.

"여기가 이어도라. 바로 지금이 이어도라고."

소나무를 바라보는 남자

진우는 손가락으로 캔버스 위의 검은 형태를 가리켰다.

"아, 이어도! 그런데."

스승의 길고 긴 이야기는 재미있었다. 그러나 공감할 수 없었다. 바다는 노란색이었다. 하늘도 노란색이었다. 진우는 문득 '변시지가 벌써 노망이 든 것은 아닌가' 의심이 들었다. 화가의 변신은 필요한 것이기는 해도 이러한 식의 변신은 미친 행동으로밖에 받아들일 수 없었다. 깊고 화려하고 은은하고 출중했던 그림은 온데간데없고 그저 누런색이 펼쳐져 있었다. 신성한 섬 이어도는 검은 점 하나에 불과했다. 시지는 혼잣말로 중얼거렸다.

죽어야 갈 수 있는 환상의 섬 이어도! 나는 그녀와 이어도에서

만날 것이다.

이리저리 살펴보다가 결국 진우는 따지듯 물었다.

"선생님, 이 그림…… 제가 이해를 못 해서…… 바다를 노란색으로 표현할 수는 있는데…… 그러면 하늘은 다른 색이어야 하지 않나요? 뭐, 추상화라면 바다나 하늘이나 다 노란색일 수 있지만 이 그림은 분명 풍경화로 보이는데…… 어찌 바다와 하늘이 똑같을 수 있나요? 저는 이해가 안 됩니다."

"이해되지 못하면 어쩔 수 없지. 내가 그걸 설명해줄 의무는 없잖아."

진우는 낭패한 표정으로 시지를 빤히 바라보았다. 스승의 잘못을 일깨워주고 싶었다. 그 옆의 그림을 가리켰다.

"이 그림은 제목이 무엇입니까?"

"아직 붙이지 않았네. 〈소나무와 소년〉은 어떤가?"

"음…… 죄송하지만 제목이 문제가 아니라."

"그럼 무엇이 문제인가?"

시지는 제자와의 토론이 무척 흡족했다. 지금까지 자신의 그림에 이의를 제기하는 사람은 없었다. 다들 칭찬 일색이었다. 산과 바다와 들과 건물과 인물을 담은 그림들에 사람들은 즐거워했고, 많은 돈을 지불하면서까지 소유하려 했다. 그러나 이 그림은 그렇지 않을 것이었다. 진우는 그 사실을 예견하고 용감하게 일깨워주려는 것이었다.

"선생님, 정말 무엇이 문제인지 모르시겠습니까?"

"난 모르겠네. 난 이 그림이 정말 훌륭한 그림이라고, 나 스스로 평가하고 싶네."

"아!"

방 안을 이리저리 맴돌다가 진우는 시지의 예전 작품 앞에 섰다. 두 작품을 한참이나 번갈아 보았다.

"훌륭한 그림? 그런데 이 그림은 어떻게 그리게 되셨나요?"

진한 술 냄새를 풍기며 선장은 마당으로 들어섰다. 노란 해가 중천에서 서쪽으로 서서히 기울어지고 있었다.

"이보게, 화가 양반."

시지는 방 안에서, 금봉댁은 부엌에서 동시에 문을 열었다.

"이제 오셨수광? 손님을 딸랑 남겨두고 대체 어딜 갔다 왔수광?"

"저기…… 별천지."

모자를 벗어 마루에 휙 던지고는 끄억, 트림을 했다.

"그림은 많이 그려신가?"

"네."

"그러면 이젤랑 가야주."

금봉댁이 행주치마에 손을 씻으며 타박했다.

"벌써 가면 안 되주 마씸. 오늘밤에 술 한잔 더 하고 가십써."

"아이구, 술은 이제 그만. 이 양반하고 갈 데가 있어."

“어딜 마씀?”

“당신은 몰라도 되어. 어젯밤에 만리장성 쌓았으면 됐주. 뭘 또.”

얼굴 빨개진 금봉댁이 화들짝 놀라 선장의 어깨를 후려쳤다.

“이 놈팽이가! 미쳐수광?”

히죽, 웃으며 선장은 모자를 머리에 올렸다.

“짐 챙겨서 나오시게. 해 떨어지기 전에 집에 가야주.”

시동을 걸고 잠시 망설였다.

“왔던 길로 가카? 아니면 차귀섬 지나서 가파섬 들러서 서쪽으로 한 바퀴 빙 돌아 서귀포로 가카?”

“저는 다 좋수다.”

“그러면 왔던 길의 반대로 가보주. 섬덜 구경도 허면서.”

“그러지요.”

노란 해승호는 노란 바다를 헤치며 앞으로 천천히 나아갔다. 그 위로 노란 하늘이 선명하게 펼쳐져 있었다. 바람이 불면 그 바람도 분명 노란색일 것이었다. 두 남자는 아무런 말 없이 바다와 파도만 바라보았다.

“저기가 대정읍이라.”

“네.”

모슬포 등대를 지나 하모 선착장으로 들어섰다. 배를 묶어두고 선장은 심드렁하게 말했다.

“날 따라오시게.”

뒷짐을 지고 얕은 언덕을 오르는 선장 뒤를 시지는 지팡이를 짚고 잠자코 따라갔다. 어렸을 때 동네 형들과 자주 놀러 왔던 곳이었다. 낮은 집들과 작은 상점들을 지나자 푸른 언덕이 나타났다. 선장은 언덕에 털썩 앉았다. 시지는 지팡이를 땅에 쿡, 찍어 세우고 그 옆에 앉았다. 대정 앞바다가 무한히 펼쳐져 있었다. 담배 한 대를 물고 선장은 손을 뻗었다.

"소나무 보이나?"

바닷가 언덕에 소나무 한 그루가 태양을 받아 곧게 뻗어 있었다.

"우리 집에 추사, 그 양반 글씨 한 점이 있네."

"아!"

"어쩌면 가짜일지도 몰르주. 그냥 대대로 추사 글씨라고 하니까 그런 줄 알고 가지고 있을 뿐이라. 나는 배우지 못허난 한자로 된 글씨가 무엇인지도 몰르곡."

"아!"

"우리 할아버지의 할아버지의 할아버지쯤 되었나? 한양에 살던 높으신 양반이 동네에 귀양 왔다 하는데 가서 인사라도 하면 관가에 끌려가 치도곤을 맞을까 봐 얼씬도 허지 않았주. 그런데 가만 보니까 그 양반이 제대로 먹지고 못하고, 불쌍하니까 고구마 서너 개를 토방 위에 살짝 들이밀어주고, 바다에서 물고기 잡으면 두세 마리 살짝 주곤 했다네."

"아!"

"하루는 소라 한 광주리를 놓고 돌아서려 하니까 문이 발칵 열리고 그 양반이, 추사가 '이보게' 부르더라고 해. 딱 멈춰 돌아섰더니 '내가 받기만 해서 송구하오. 이거라도 받아가시오' 허면서 둘둘 말린 종이 하나를 주더라지. 얼떨결에 받아 집에 와서 펴보니 한자로 쓴 글씨인 거라. 혹시 관가에서 알면 혼쭐날까 봐 다시 둘둘 말아서 옷장 구석에 깊이 처박아놓았뎬 허대. 나중에 알고 보니 그렇게 글씨 받은 사람이 여기에 꽤 있더란 거주. 그래도 들키면 치도곤 당할까 봐서 그냥 내내 처박아두기만 했다는 것이지."

"아!"

"그 양반이 여기 언덕에 나와서 어떤 날은 하루 종일 바다만 바라보았다 했어."

"……."

"뭐, 다른 헐 일이 있었겠나? 한양서 높은 벼슬 지내고, 임금에게 귀여움 받았던 사름이 하루아침에 벼슬 잃고 귀양 왔으니 그 울분이 얼마나 깊었겠나."

"……."

"그래서, 내가 간혹 이 자리에 이렇게 앉아서 저 소나무허고, 저 바다허고, 저 하늘을 망연히 바라본다네."

손을 뻗어 소나무를 가리켰다. 시지의 가슴에 파도가 밀려들었다.

"여기 잠깐만 앉아 있으시게."

선장은 오던 길을 되짚어 가더니 화구를 들고 돌아왔다.

"난 이제 가겠소. 화가 양반은 걸어서 가든, 날아서 가든 알아서 가시게."

"네."

해가 뉘엿뉘엿 질 때까지 시지는 그 자리에 앉아 있었다. 포구의 허름한 여인숙에서 밤을 지새우고 새벽별과 함께 언덕으로 나왔다. 어제 그 자리에 앉아 바다를 바라보았다. 파도는 여전히 변함없이 출렁였다. 태양이 떠오르고 소나무가 자태를 드러냈다. 노란 하늘 아래 노란 바다를 옆에 끼고 검은 소나무는 말이 없었다. 그 아래로 한 소년이 지나가고 있었다. 그 뒤를 개가 경중경중 뛰면서 따라갔다. 그 위로 까마귀 한 마리가 날아갔다.

까악까악.

똑똑.

노크 소리가 났다. 진우는 아쉬운 표정을 한가득 안고 문을 열었다. 두 제자가 들어왔다.

"선생님, 저희 왔습니다."

진우는 화를 냈다.

"하필, 이 시간에 오다니!"

"왜?"

시지는 의자에서 일어섰다. 진우의 어깨를 토닥였다.

"그래서 그림 제목을 〈소나무와 소년〉이라고 붙이면 어떻겠는가?"

"아주 멋진, 아니, 낭만적인, 아니, 가슴 아픈 제목입니다."

"그러면 우리 술 한잔 허레 가카?"

"넷. 좋습니다, 선생님."

"저희들이 간절하게 바라던 바입니다."

바다는 밤에도 잠에 들지 않았다. 끊임없이 밀려왔다가 한꺼번에 밀려가는 서귀포 바다 곁의 한적한 주점에 네 명이 자리를 잡았다. 진우와 은실은 시지가 따라주는 술을 마다하지 않고 마셨다. 기석은 시지의 눈치를 슬쩍 보았다.

"교수님, 수업 시간일랑 미의 진실에 대해서만 강의하지 말고, 일본에서 그림 그려난 시절 때 이야기를 해주면 더 좋으쿠다."

"이 녀석, 니가 지금 내 강의를 평가하는 것이냐? 건방지게!"

"헤헤, 그게 아니고, 그 뭐렌 헙니까. 교수님이 살아온 굴곡진 인생 이야기 잇잖수광. 학생들은 그런 이야기덜을 더 듣고 싶은 거라 마씀게. 어저께 미대 학생을 만나신디 예, 교수님한테 꼭 전해달라고 신신당부헙디다."

은실이 맞장구쳤다.

"맞아 마씀. 첫사랑 이야기도 해주시고 마씀."

가슴이 두근거렸다. 소주병을 들어 콸콸 마셨다.

"내 첫사랑은…… 지금 내 와이프, 희정이라."

"그 말을 누게가 믿으쿠광?"

고함을 꽥, 질렀다.

"이놈들! 느네가 사랑에 대허영 얼마나 안다고 그래. 진짜로 사랑을 알기는 하냐?"

그렇게 서귀포의 밤은 깊어갔다. 빈 소주병이 스무 병으로 늘어났을 때 세 사람은 서로에게 눈짓했다. 기석이 시지의 팔을 붙잡았다.

"선생님, 이젤랑 그만 드시게 마씀."

"그러게 마씀, 저희가 서울 계신 사모님한티 혼납니다 게. 그만 드십써."

"걱정허여주지 안해도 나 몸은 나가 알앙 잘 간수하니까, 신경덜 꺼. 이놈덜아!"

지금까지 마시는 시늉만 했던 기석이 시지의 손에 들린 술병을 빼앗았다. 등에 업자 팔을 내둘렀다.

"내려놓으라, 이놈아. 아직 술이 하영 남아신디 그냥 가냐? 술 아깝게시리."

"어이구, 선생님. 식사도 제대로 하지 안허시는 분이 왜 이렇게 무거우꽝?"

대답이 없다. 벌써 잠에 들었다. 기석은 시지를 추스르고 두 사람에게 말했다.

"진우랑 가방하고 지팡이를 들렁 날 따라오곡, 은실이 널랑 이제 그만 집에 가라."

내…… 첫사랑…… 흐흐…… 희정…… 하나코…… 너희들은…… 파르테논…… 청춘…… 정형철이라는 놈…… 간헐적으로 내뱉는 소리를 들으며 둘은 사거리를 지나 골목을 여러 개 돌아 작업실에 도착했다. 계단 위 화분 아래에서 열쇠를 꺼내 문을 열었다.

"열쇠가 여기 있는 걸 세상 사람덜이 다 아는디…… 내일이라도 당장 번호키로 바꽈사키여."

"그러게."

문을 열자 강한 오일 냄새가 코를 찔렀다.

"이 내음샌 화가한티 숙명 아니라?"

"덧붙영 말하민, 술 내움도 화가한테는 숙명이라 할 수 있어."

1층 작업실을 지나 2층으로 올라가 침실에 시지를 뉘었다. 구두를 벗기고, 상의를 벗기고 이불을 덮어주었다.

"선생님, 잘 주무십써. 꿈속에서 아까 일본 여자 이름을 불러신디…… 생각이 나지 않네. 하옇든 꿈속에서 그 첫사랑 여자분 꼭 만나십써양."

다시 1층으로 내려온 진우는 작업대 옆 선반에서 회사 이름이 박힌 소주잔 하나를 들었다. 형광등 빛 아래에서 소주잔은 누렇게 비쳤다.

"이 잔은 불빛 때문에 이처럼 누렇게 보이는 건가?"

기석이 잔을 받아 이리저리 살폈다.

"요게 선생님이 처음 제주도에 내려오실 때 서울서 가지고 온 거렌. 20년이 넘었덴 하더라. 그래서 투명이 아니라 누렇게 변한 거라."

"참나! 이런 소주잔은 널리고도 널려신디. 필요하면 100개도 얻을 수 있는데."

"선생님은 그런 낭비를 싫어허니까. 선생님이 돈 쓰는 곳은 세 곳밖에 없어."

"그건 나도 알지. 물감, 술…… 또 하나는 뭐지?"

기석은 목소리를 낮추었다.

"요건 비밀인데…… 선생님의 그림은 비싸게 팔리는데도 왜 돈이 없는지 아나?"

두 사람은 스승의 작업실에서 아닌 밤중에 뜬금없는 토론을 벌이기 시작했다.

"그것은 나도 궁금하던 참이라. 옷은 늘 작업복이고, 차도 없어서 버스 타고 다니고, 그 돈을 다 서울 사모님에게 보내나?"

"그게 아니라 저번에 서울에서 젊은 화가 한 놈 왔었지?"

"그 신진 화가라는 놈?"

"맞아. 그놈이 왜 왔냐면, 겉으로는 선생님 그림 보러 온 거주만 사실은 후원금 얻으레 오는 거라. 그놈 말고 그전에도 여러 놈 왔었지?"

"그렇지. 한 달에 두어 명은 꼭 찾아오주."

"그게 다 가난한 화가들인데 우리 선생님에게 말하면 두말없이 후원금을 준다는 소문이 퍼져서……."

"하나코!"

2층에서 괴성이 들려왔다. 두 사람은 서로를 마주 보았다.

"가세."

"꿈속에서 하나콘가 둘콘가 만나는 모양인게."

기석은 밖으로 나와 문을 잠그려다 다시 안으로 들어가 30호 캔버스 하나를 들고 나왔다. 노란 땅 위에 검은 초가집, 그 앞의 웅크린 검은 소년, 그 옆의 검은 조랑말, 그 위로 검은 까마귀들이 날아다니고 있었다. 진우가 만류했다.

　"말도 안 하고 가져 나오민 어떵하나?"

　"히힛, 선셍님안티 나 등을 빌려준 값은 받아야 할 거 아니? 어떤 화가들은 등도 안 빌려주고 돈을 받아가는데."

　계단을 내려와 불 꺼진 2층 창문을 향해 낮게 소리쳤다.

　"선셍님, 나가 가져가는 이 그림일랑 성님 타고 온 택시비로 생각하십서."

옛사랑의 희미한 그림자

"오실 때가 넘었는데……."

진우는 시계를 보았다. 이제 곧 점심시간이었다. 오전 내내 변 교수는 모습을 보이지 않았다. 수화기를 들었다. 일곱 번 울리고서야 전화를 받았다가 그냥 끊어졌다. 불길한 예감이 들어 작업실로 차를 몰았다. 어느 날부턴가 변 교수는 '뭐라고?'라고 되물었다. 왼쪽에 있을 때는 묻지 않았다. 오른쪽에서 말할 때 그 질문이 나왔다. 귀가 들리지 않는 것이 분명했다. 그러나 내색하지 않았다. 그가 내색하지 않는 것은 그것뿐만이 아니었다. 삶의 고통과 어려움에 대해 한 번도 이야기하지 않았다. 강한 남자였다. 그 강함은 한순간에 꺾일 수 있었다.

문은 닫혀 있었으나 잠겨 있지는 않았다. 조심스레 문을 열자 안은 조용했다. 발을 들이민 순간 심장이 쿵, 내려앉았다. 한가운데 1인용

소파에 시지가 축 늘어져 있었다.

"선생님!"

게슴츠레 눈을 떴다. 휴- 안도의 한숨을 내쉬었다.

"네가 여기는 어쩐 일로……."

"연락이 안 되언 마씀."

"지금 몇 신고?"

"12시 24분입니다."

몸을 일으켰다.

"술에 취핸 열두 시간 가차이 잠을 자졌구나."

"선생님, 이제 더 이상 술을 마시면 안 됩니다."

호주머니에서 편지들이 후드득 떨어졌다. 진우는 주워서 차례로 읽었다.

"전화요금 고지서, 전기요금…… 이것은 전부 한문이네. 일본에서 왔나 봅니다."

심장이 쿵쾅거렸다.

"하나코!"

빼앗다시피 편지를 받아 보낸 사람의 이름을 보았다.

日本國 大阪市 久保田大輔

휴- 실망의 한숨이 절로 나왔지만 완전히 실망할 편지는 아니었다.

"돋보기 좀 가져다주게."

우시로 도키시에게

잘 지내는가. 이제는 변시지로서의 삶을 살아가겠지.

이 편지를 쓰기 위해 큰 용기가 필요했다네. 자네와 함께 다녔던 이케부쿠로의 거리와 제국극장, 그리고 데라우치 선생님의 화실이 아직도 기억이 생생하군. 시지, 너무 늦었지만 나를 용서해줄 수 있겠나? 사실 자네 그림은 일본의 그 누구 그림보다 훌륭하고 독특했었어. 그래서 질투심에 눈이 멀어 자네를 음해했었네. 그때 내가 조금만 더 현명했더라면 이렇게 늦은 사과 편지를 쓸 필요가 없었을텐데…… 미안하네!

자네의 그림은 잘 보고 있네. 도쿄에서 열린 개인전은 정말 훌륭했고, 새로운 제주 그림은 나를 충격에 빠뜨렸다네. 앞으로도 자네의 천재성은 변치 않을 것이라 믿네. 기약할 수는 없지만 언젠가는 만날 수 있으리라는 희망을 안고…….

오사카에서 구보타

깊은 안타까움이 가슴을 저리게 했다. 일본 화가록(畵家錄)에서 구보타 다이스케의 이름을 발견하지 못했다. 평범한 직장인으로 살아가거나 장사를 하거나 교단에서 미술을 가르치거나 할 것이었다. 무엇이 그를 화가로서의 길을 포기하게 했을까?

"변시지라는 사람 때문이 아니라 '질투심' 때문이었주. 그것을 이겨내지 못했어."

진우가 고개를 갸웃했다.

"여기 이 구보타는 누구꽝? 질투심은 무엇입니까?"

시지는 가까스로 몸을 일으켰다.

"나의 경쟁자였지. 하지만 나는 그를 한 번도 경쟁자로 여기지 않았
는데. 좋은 동반자가 되기를 바랐을 뿐이난……."

"질투심 때문에 자신의 재능을 발휘하지 못했군요. 지금 무얼 하십
니까?"

"어느 하늘 아래서 지나온 삶을 후회허명 살아갈 것이련만, 이 편지
를 보냈다는 건 질투심을 마음에서 몰아냈덴 허는 뜻일 수 있을 테주."

"다행이네 마씀."

"다행? 어쩌면 그럴 수 있주. 하지만 괴물과 싸워 이기지 못한 것은
천추의 한으로 남을 거라."

"괴물 마씀?"

편지는 진우가 놓고 간 그 자리에 그대로 있었다. 벌써 먼지가 쌓였
고, 오일 서너 방울이 튀어 꼭 그만큼만 누런색으로 동그랗게 변색되
어 있었다. 시지는 가만히 바라보다 봉투에서 편지를 꺼내 읽었다. "언
젠가는 만날 수 있으리라는 희망을 안고"가 마음에 걸렸다. 수화기를
들어 버튼을 눌렀다.

"오사카에 가야키여."

"오사카요? 언제요? 왜 갑자기?"

"만나야 할 사람이 있다."

"비행기를 타실 수 있으세요?"

"제주에서 오사카는 30분이면 간다."

"아버지도 참, 이래저래 하면 두 시간은 걸려요."

"이틀이 걸려도 가야 헐 거난."

"알았어요. 그런데 저랑 함께 가자는 말씀입니까?"

10월 마지막 주 월요일 저녁의 제주공항 국제선은 한가했다. 일본 관광객 20여 명이 면세점에서 담배를 사려고 조금 북적일 뿐이었다. 그들은 귤 한 상자씩을 손에 들고 있었다. 정훈은 아버지의 얼굴이 보름 만에 더 초췌해졌다는 것을 알았다.

"아프신 데는 없죠?"

"난, 항상 건강허다."

"그런데 갑자기 오사카에는 왜? 혹시 유키무란가 그 사람 만나시려고? 아니면."

"그냥 바람 쐬러 간다."

"잘 생각하셨어요. 초밥도 실컷 먹고, 정종도 마시고, 도톤보리에 가서 맛있는 것도 먹고 그러지요."

바람 부는 밤의 오사카 공항은 휘황찬란했다. 짙은 어둠 속의 바다는 어둠보다 더 짙었고, 광활했다. 창밖을 보며 시지는 나직이 말했다.

"내가 여섯 살 때, 오사카에 처음 도착했을 때 이곳은 회색 도시였주. 조국으로 돌아온 뒤에도 서너 번 더 왔었는데 더 회색의 도시가 되었더구나."

"그래도 번화가에 가면 휘황찬란합니다."

"젊은이의 눈으로는 당연히 그렇겠지. 호텔은 예약해시냐?"

"규타로마치(久太郞町) 한신호텔로 했습니다. 오사카에 누가 사나
요?"

"살 수도 있고, 아니 살 수도 있고."

"미리 연락을 한 게 아닙니까?"

"연락할 수 없는 사람이여."

니시여자고등학교(西區女子高等學校)는 그대로 있었다. 교문은 더 세
련되어졌고, 미루나무와 버드나무는 더 자랐다. 교정 안에서 땡땡땡
종소리가 울렸다. 정훈은 그 소리가 신기했다. 시지는 오른쪽으로 고
개를 돌려 귀를 쫑긋 세우고 종소리를 들었다.

"50년 전에도 종을 쳤는데……. 아직까지 그대로라니!"

단발머리 여학생이 아름다운 미소를 지으며 뛰어나올 것 같았다. 그
러나 피아노 소리와 여학생들의 합창이 아련하게 들릴 뿐이었다. 시지
는 아름드리나무들을 올려다보았다. 푸른 나무 끝에 푸른 하늘이 펼쳐
져 있었다. 그러나 전부 노란색이었다. 노란 교문, 노란 나무, 노란 하
늘. 회색은 보이지 않았다. 정훈도 하늘을 올려다보았다. 그저 하늘이
었다.

"가자."

"어디로?"

"오사카 성으로."

"그…… 그러지요."

택시에서 내린 정훈은 아버지를 부축했다.

"괜찮아. 아직은 충분히 걸을 수 잇이난. 달음박질을 해도 될 거여."

"그럼 저랑 시합을 해볼까요?"

"오늘이랑 말고 다음엘랑."

"그러지요."

고쿠라쿠바시(極樂橋)를 건너 시지는 성으로 향하지 않고 왼쪽으로 꺾었다. 비석 앞에 멈추었다. 백합 두 송이가 놓여 있었다.

"누구 비석인지 알암시냐?"

"알지요. 세 번이나 왔었는데. 도요토미 히데요리가 자결한 곳이잖아요. 그런데 왜?"

"그때 미술학교 2학년 때, 공습 사이렌이 매일 울리던 때, 다들 그림 수업보다는 교련 수업을 더 많이 받을 때, 이곳으로 참배를 왔다. 나는 다리가 불편해서 갈 수 없다고 교련 선생에게 말했다가 아이들이 보는 앞에서 총검으로 다섯 대나 맞았지."

"……"

"그 학교에 조선인, 아니 조센징은 나 혼자였어. 어쩔 수 없이 다음 날 아이들과 참배를 왔지. 교련 선생은,"

"이름이 뭐였나요?"

"기억나지 않아. 눈이 매서웠다는 것 외에는. 그는 저 잔디밭에 아이들을 모아놓고 일본인의 위대함에 대해 한 시간이나 설교를 허고, 천황을 위해 목숨을 바쳐야 헌다고 강요했지. 그리고 아이들을 끌고 이 비석 앞으로 왔어."

"……."

"용감하게 싸우다가 자결한 이야기를 장황하게 늘어놓고, 나를 앞으로 불러내는 거라. 무릎을 꿇엉 절을 허렌 명령했지."

"……."

"다리가 아파서 할 수 없다고 했어."

"……."

"아니나 다를까, 허리에 찬 지휘봉으로 나를 내리치려는 찰나에 공습 사이렌이 울렸어. 경고 사이렌이 아니라 실제 공습이랐주. 사람덜이 황급허게 도망쳤고, 우리도 도망쳤지."

"다행이군요."

"그 교련 선생 이름은 잊었주만 그 얼굴은 지금까지 기억이 뚜렷허다……. 이제 그를 용서해주어사키여."

"그가 고마워할 거예요."

다시 다리를 건너 아오야몬(靑屋門)을 지나 매화나무 숲으로 갔다. 크고 작은 매화나무가 무리지어 심어져 있었다. 시지는 지팡이를 짚고 이리저리 돌아다녔다.

"이 근처인데…… 이건 아니고, 이것도 아니고."

"무얼 찾으시는데요?"

제자리에 서서 건너편 히가시소토보리(東外堀)를 한참 살피다가 해자쪽으로 다가가 방위를 가늠했다.

"이쪽이 동쪽이니까 저 큰 나무에서 열 걸음 지나, 오른쪽으로 한 번 꺾어져서 세 걸음…… 이 나무가 맞다."

정훈은 아버지의 행동을 우두커니 지켜보았다. 시지는 커다란 은행나무를 두 바퀴 돌면서 밑동을 천천히 들여다보았다. 갑자기 얼굴이 환해졌다. 무릎을 꿇고 한 곳을 가리켰다.

"여깄구나!"

손가락이 가리킨 곳에 가로 세로로 깊게 파인 자국이 있었다. 나무는 무럭무럭 자라 그 껍질이 수십 번 벗겨지고 수십 번 새롭게 돋아났지만 흔적은 희미하게 남아 있었다. 정훈은 아버지 옆에 무릎을 꿇고 그 새긴 자국을 들여다보았다. 그림인지 글씨인지 알아볼 수가 없었다.

"무엇을 새긴 거예요?"

시지는 지팡이로 땅 위에 두 글자를 썼다.

時

花

"이게 뭐예요?"

"시(時)는 우시로 도키시, 화(花)는 후유미 하나코다."

"……"

"꼭 이맘때 하나코와 소풍을 왔지. 토요일이었어. 나는 바다를 보고 싶어서 포구로 가기를 원했는데 그녀는 포구는 비린내가 난다고, 공장들이 너무 많다고 싫다고 했어. 오사카에서 나무가 가장 많은 이곳으로 가자고 했지. 나는 교련 선생이 떠올랐지만 사랑하는 그녀…… 사랑이었지. 분명…… 그녀와 함께 이곳에 왔어."

쿨럭. 갑자기 격한 기침이 쏟아졌다.

"아버지."

"괜찮다. 그냥 기침이다."

"일어나세요. 호텔로, 아니 병원으로 가지요."

"아니다. 괜찮다……. 내 이야기를 끝마쳐야지. 이 나무 아래 앉아 도란도란 이야기를 나누고, 여기에 몰래 우리 이름을 새겼지. 시계를 보니 5시가 넘었더구나. 더 있고 싶었는데…… 사이렌이 또 울려서."

"그 하나코는 어찌 되었나요?"

시지는 아들을 향해 씨익, 미소를 지었다.

"이어도에서 누군가를 기다리고 있겠주."

정훈은 아버지가 가리키는 손끝을 보았다. 회색 하늘이 물러간 곳에 푸른 하늘이 펼쳐져 있었다.

이어도에서 춤을 추리라

까악까악.

그 울음이 오늘은 괴악스러웠다. 건너편 감나무 가지에 앉아 늘 울어대던 그 까마귀가 아니었다. 시지는 눈을 떴다. 밤이었다. 아니 새벽이었다. 어쩌면 아침인 것도 같았다. 낯선 시간과 함께 낯선 까마귀는 시지를 흔들어 깨웠다. 눈은 분명하게 어둠을 응시하고 있었지만 팔과 다리는 움직이지 않았다. 온 힘을 주어 팔을 들어올렸다. 꼼짝도 하지 않았다. 자유롭게 움직일 수 있는 것은 눈동자뿐이었다. 부릅뜨고 천장을 응시했다. 짙은 어둠이 내려다보고 있었다. 그 어둠에 지지 않으려 시지는 더욱 눈을 크게 떴다. 어둠이 서서히 밀려갔다.

"으아악!"

고함을 내지르며 벌떡 일어섰다. 그리고 꼬꾸라졌다. 침대 옆의 탁자에 머리를 쿵 찧었다. 붉은 피가 금세 이불을 적셨다.

"드디어 그놈이 왔구나."

슬프지 않았다. 절망감도 들지 않았다. 팔과 다리를 움직일 수 있는 것만으로도 안도감이 들었다. 네 다리로 기어 화장실 변기 위에 가까스로 앉았다. 피가 쏟아졌다. 일어서려다 앞으로 다시 꼬꾸라졌다. 바닥에 피가 번지기 시작했다. 금세 벌겋게 변했다. 다리에서 고름이 흘렀다.

"갈 때 가더라도 이렇게 갈 수는 없지."

엉금엉금 기어 거실로 나와 수건으로 듬성듬성 피를 닦아냈다. 떨리는 손으로 다리에 붕대를 감았다. 흰 붕대는 분홍색으로 물들어갔다. 친친 동여맨 붕대를 뚫고 머리 하나가 쑤욱 얼굴을 내밀었다.

"흐흐…… 이제 네 몸이 네 몸이 아니구나."

"넌, 낭떠러지에 떨어져 죽은……."

"난 불사신이야. 네가 살아 있는 한 나도 살아 있지. 흐흐."

쿨럭. 기침과 함께 피가 쏟아졌다.

"미안하지만 너도 이제 죽겠구나. 난 곧 저세상으로 갈 거거든."

괴물은 어슴푸레한 어둠 속을 거닐었다. 몸을 홱 돌려 시지를 노려보았다.

"안 돼! 난 너를 떠나고 싶지 않아."

수건으로 입을 닦아내고 하핫, 웃었다.

"고맙군, 그동안 나와 함께해줘서……. 네가 아니었다면 난 모든 걸

포기했을 거야."

괴물은 시지의 발목을 붙잡았다. 뜬금없이 눈물 한 방울이 뚝방 흘러내렸다.

"으어엉, 가지 마. 시지야. 나는 너를 위해 여태 살아왔어. 변시지, 그다음에 우시로 도키시, 다시 변시지, 또 사이토 슈이치, 다시 변시지…… 거친 세상에서 여러 개의 인생을 살았구나. 그 인생 모두 훌륭했어."

손을 내밀었다. 시지는 괴물의 울퉁불퉁한 손을 잡았다. 아픔도 잊고 빙긋 웃었다.

"……미친놈! 죽을 때가 되니까 별 소리를 다 듣는구나."

"그래, 난 미친놈이야. 너와 함께 미친 춤을 추었지. 흐흐. 그래서 행복했어."

괴물은 눈물을 닦아내고 화실 한가운데서 덩실덩실 춤을 추기 시작했다. 희부연한 아침 햇살이 창문으로 비쳐들기 시작했다.

"나도 너 때문에 행복했었다고 해야 하나?"

"제발 그래줘. 나는 네가 절름발이가 되었을 때, 노란색만 볼 수 있었을 때, 한쪽 귀가 멀었을 때 기뻤어. 그런데 정말로 슬펐어. 너는 나니까."

"이제 더 이상 슬픔이나 불행은 찾아오지 않을 거야."

커튼을 젖혔다. 황금 햇살이 쏟아졌다. 괴물은 눈을 가렸다. 서서히 형체가 희미해졌다. 부리부리한 눈과 솟아난 이빨과 아귀와 같은 몸은

안개로 변해 가면서 하나코의 모습이 되었다

"아아— 시지야, 잘 가, 우리는 곧 만날 거야."

시지의 몸으로 쏙 들어갔다. 배가 든든했다. 통증은 사라졌다. 배를 두들기며 속삭였다.

"그동안 고마웠네! 나의 괴물!"

쏟아져 들어오는 황금빛 햇살 아래로 이젤을 옮겼다. 시간은 충분했다. 물감도 넉넉했다. 피는 멈추지 않았다. 작업실 바닥은 온통 빨간 파도였다. 노란 세상에서 빨강은 선명하게 드러났다. 나무틀 캔버스에 정성스레 천을 끼우고 힘겹게 망치질을 했다. 이승에서의 마지막 망치질이 분명함에도 행복감이 밀려들었다.

캔버스를 이젤 위에 올렸다. 눈을 부릅뜨고 하얀 캔버스에 녹색을 칠했다. 녹색일 뿐 시지의 눈에는 노란색이었다. 그 바탕이 마르자 스케치를 시작했다. 태양은 더욱 치솟고 피는 더욱 흘렀다. 노란 물감통을 열어 붓을 푹 담갔다. 붓을 움직이는 손이 빨라질수록 정신이 혼미해졌다.

자신이 무엇인지, 이 세상에 어떤 존재로 왔다가 저세상으로 갔는지 흔적을 남겨야 했다. 가까스로 붓을 놓았을 때 문이 벌컥 열렸다.

"아버지!"

신발도 벗지 못하고 아들이 뛰어 들어왔다.

"빨리 병원으로……."

"아들아……. 왔구나. 수고했져……. 병원에 가기 전에 먼저 나를 씻겨주라."

"먼저 병원으로……."

"그래. 허지만…… 이 꼴로 병원에 갈 수는 없는 거여."

아버지를 안아 목욕탕으로 향했다.

"……깨끗이…… 씻겨…… 그래야…… 나와 같이 가는 그놈도 좋아
하지……."

정훈은 울면서 샤워기의 꼭지를 돌렸다. 그놈이 누구인지 묻지 않았
다. 아버지는 손으로 이젤을 가리켰다. 꺼져가는 목소리로 겨우 말했
다.

"저…… 그림…… 제목은, 〈나그네〉다."

119 구급차가 사이렌을 요란스레 울리며 응급실 앞에 멈추었다. 침
대가 덜컹, 덜컹 바퀴 소리와 함께 복도를 질주했다. 환자는 어울리지
않게 깔끔하게 차려입었다. 아들은 당황하고 조급한데 아버지는 느긋
했다. 입에서는 쿨럭쿨럭 피가 올라오지만 마음은 평온했다.

"87년…… 오래…… 살았구나."

당직 의사가 주의를 주었다.

"환자분, 아무 말도 하지 마세요."

희미하게 눈을 떴다. 흰 천장을 캔버스 삼아 지난날들이 수채화처럼
스쳐 지나갔다. 그날들은 모두 아름다웠다. 자신도 모르게 미소가 지
어졌다.

"그놈은 마지막까지…… 나를 쉽게 보내주지 않았어."

아들이 절규했다.

"아버지! 제발……!"

의사가 소리쳤다.

"빨리빨리!"

아무 소리도 들리지 않았다. 알뜨르 비행장의 굉음, 둥둥— 북소리, 천지연 폭포 떨어지는 소리, 파도 소리, 징징— 꽹과리 소리, 박수무당의 호통, 어린 까마귀의 울음, 심상소학교 씨름판의 호루라기 소리, 오사카의 실개천 흐르는 소리, 춤추는 하나코의 발을 따라가는 가녀린 음악 소리, 공습을 알리는 요란한 사이렌 소리, 뱃고동 소리, 총알 튕기는 소리, 그림 앞에 선 관람객들의 혀를 끌끌 차는 소리…… 거센 바람소리, 세상을 집어삼키는 폭풍 소리, 괴물의 웃음이 한꺼번에 덮쳐왔다.

"놈은 나의 모든 것을 빼앗아가려 했지. 하지만…… 내 모든 걸 걸고 그놈과 싸웠다."

시지는 손을 뻗었다. 그 모든 소리들을 잡으려 했다. 그러나 소리들은 빨랐다. 겨우 하나만이 잡혔다. 천천히 펼쳤다. 폭풍이 그 안에 있었다. 기침은 멈추었다. 피는 흐르지 않았다. 침대는 새빨갛게 변했다.

"난, 폭풍을 만났어. 그를 붙잡았지. 폭풍은 나의 친구였어."

천천히 눈을 감았다. 온통 노란색으로 덮여 있는 캔버스가 커다랗게 다가왔다. 폭풍이 휘몰아쳐 캔버스 안은 어지러운 꿈으로 변해갔다.

시지는 망설이지 않고 캔버스로 걸어갔다. 한가운데에 검은 점 하나가 찍혀 있었다. 작은 배였다. 벙긋 미소를 짓고는 지팡이를 짚고 작은 배 위로 성큼 올라탔다. 바람이 불어 배가 흔들거렸다. 바람은 곧 폭풍이 되었다. 그 폭풍을 친구 삼아 덩실덩실 춤을 추었다.

"이게 바로 나야! 하하하하…… 나는 이제 이어도로 간다네."

●● 참고자료

서종택, 『변시지 : 폭풍의 화가』, 열화당, 2000.

황인선, 「폭풍의 화가, 변시지를 만나다」, 논객닷컴 연재, 2017~2018.

「The Noble Ethos of Korean Artist Byun Shi Ji」, 기당미술관, 2005.

〈변시지, 마음의 풍경〉, 고양문화재단, 2004.

〈제주 큰 굿〉(디지털영상기록집), KBS 제주방송총국, 2012.

「畫家 邊時志」, 시지화가의집 자료기념관.

나는 바람을 모른다

폭풍이 분다.

모든 것이 흩날리고 비틀거려도 나는 바람을 볼 수 없다. 바람은 언제나 제 모습을 감춘 채 세상을 이리저리 흔들어놓는다. 그리고 한번은 반드시 거센 울음을 토해낸다. 그 울음은 폭풍이 되어 땅에서부터 하늘에 이르기까지, 그리고 바다의 물살까지 뒤집고, 파헤친다. 그 폭풍을 이기는 사람은 아무도 없다.

그러나 한 사람은 폭풍을 이기려 했다. 변시지……. 운명의 덫에 걸려 다리 하나를 빼앗겼음에도 불구하고 폭풍과 맞섰다. 하지만 세월이 흐를수록 그는 폭풍을 사랑했고, 그 사랑을 화폭에 담았다. 그것은 인내의 열매였지만 그는 또 하나의 덫에 걸려 색을 잃어버렸다. 그가 알 수 있는 색은 오직 노랑…… 그리고 검정이었다.

두 가지 색으로 그는 하늘, 바다, 소년, 소나무, 까마귀를 그렸다. 그 모든 것들을 감싸는 것은 폭풍이었다. 온통 샛노란 그림 앞에 서면 하늘과 바다, 소년을 휘감은 폭풍이 나의 몸과 마음을 흔들었다. 그리하여 변시지의 그림은 우리의 삶 그 자체가 되었다.

소나무 아래 외롭게 서 있는 소년은 왜 그곳에 있는지, 그 옆의 다리 잘린 까마귀는 왜 그 옆에 있는지 알 수 없다. 그림 속 주인공은 말이 없기 때문이다. 하지만 그림을 들여다보면 소년은 귀엣말을 한다. 무슨 말을 하려는 것일까? 까마귀의 울음, 파도의 흐느낌, 폭풍의 포효 속에서 소년의 말은 바람처럼 사라진다.

그 말을 들으려면 내 마음을 온전히 비워야 한다. 제주의 옥색 바다에 풍덩 빠져야 한다. 바람과 함께 서귀포의 들판을 쏘다녀야 한다. 내가 변시지가 되어 오로지 노란 눈으로 세상을 바라보아야 한다. 그때 소년의 속삭임이 들린다. 그것은 예술가의 고단한 영혼을 위로하는 노래이자, 세상을 향한 날카로운 꾸짖음일 수 있다. 변시지의 노란 폭풍 그림은 그래서 삶을 이끌어주는 지표이다.

그러나 어쩌랴!

내가 바람을 볼 수 없듯 화가의 마음을 알 수 없으며, 그의 인생은 더더구나 인식의 영역 저 너머에 있다. 그럼에도 불구하고 변시지의 삶을 추적한 것은 누구보다 치열하고 험난한 굴곡을 거쳐 세상 사람들 앞에 폭풍이 무엇인지 보여주었기 때문이다. 그림에는 문외한에 불과한 내가 선구적 예술가의 초상을 미약하나마 글로 표현한 것은 부끄러운 행위이다. 부끄러움을 넘어 깊고 맹렬한 화폭의 흔적을 따라간 이유는 화가가 들려주는 말이 모든 이들에게 전해지기를 바라는 마음이 간절해서였다.

부디 그의 그림이 세상 모든 사람들에게 매혹과 안위, 그리움과 사랑의 깃발이 되기 바란다.

2018년 봄
김호경